Après elle…

Conception couverture : Yoann Laurent-Rouault
Réalisation couverture : Cynthia Skorupa
©2021. Edico

Éditions : JDH Éditions pour Edico
77600 Bussy-Saint-Georges.
Imprimé par BoD – Books on Demand, Norderstedt, Allemagne

ISBN : 978-2-38127-086-9
Dépôt légal : janvier 2021

Le code de la propriété intellectuelle n'autorisant, aux termes de l'article L 122-5.2° et 3°a, d'une part, que les « copies ou reproductions strictement réservées à l'usage privé du copiste et non destinées à une utilisation collective », et d'autre part, que les analyses et les courtes citations dans un but d'exemple et d'illustration, « toute représentation ou reproduction intégrale ou partielle faite sans le consentement de l'auteur ou de ses ayants droit ou ayant cause est illicite » (art L. 122-4)
Cette représentation ou reproduction par quelque procédé que ce soit constituerait une contrefaçon sanctionnée par les articles L. 335-2 et suivant du Code de la propriété intellectuelle.

Amy Lorens

Après elle…

JDH Éditions
Nouvelles Pages

1

Mon cœur bondit dans ma poitrine lorsque M. Farès, mon professeur de français, nous apprend la triste nouvelle.
Il dit :
— C'est terrible. Nous venons à l'instant d'apprendre que six de vos camarades ont péri dans un crash cette nuit, à Barcelone.

Je regarde les lèvres de mon prof remuer. Elles expriment l'horreur dans sa cruelle nudité, presque dans une banalité que les mots ne parviennent pas à retranscrire tout à fait.

Aussitôt, le regard peiné de mon prof croise le mien. Calée sur ma chaise, je manque d'air. Je suffoque.

Dans la classe, pas un bruit ni même un souffle. Pas même un soupir las de Zach, l'élément perturbateur, pseudo rebelle – et fort sympathique au demeurant – dont le passe-temps favori est d'agacer les professeurs. Pas même ça. Rien. On peut entendre une mouche voler – et encore.

Assise au milieu des seize élèves restants, j'entends mon prof débiter les mots sans parvenir à les comprendre. Impossible.

Je fixe l'horloge murale. Neuf heures vingt-deux.

Je devrais hurler, manifester un signe d'abandon, mais rien ne vient. Même le cri que je cherche à expulser est coincé dans ma gorge. Je ressasse l'information qui vient de nous être donnée : six de nos camarades seraient morts dans un accident d'avion, et parmi eux, Jenny, ma meilleure amie de toujours. C'est ridicule. Grotesque. Jenny ne peut pas être morte. Pas déjà. Pas comme ça.

Du reste, elle m'a envoyé un SMS peu avant 20 h, la veille, m'assurant que son vol s'apprêtait à décoller en direction de Barcelone. Vous voyez ? C'est impossible, je vous dis.

Je sens la main de Logan, mon voisin de table – et mon petit ami depuis un an – me caresser le dos tandis que je sanglote en silence. Bien que je ne le voie pas, je sens son regard doux et bienveillant se poser sur moi.

M. Farès, quant à lui, lève des yeux pleins de compassion dans ma direction. Le silence est pesant, frustrant. Presque aussi insurmontable que la nouvelle elle-même.

Plusieurs paires d'yeux se posent sur ma personne.

Quoi ? Qu'ont-ils tous à me regarder comme ça ?

— Mademoiselle Amal, murmure mon prof en s'approchant de moi. Vous êtes toute pâle. Voulez-vous sortir prendre un peu l'air, ou bien aller à l'infirmerie ?

— Je peux t'accompagner, si tu veux, propose Logan, sans cesser de me caresser les cheveux et le dos.

D'un coup d'œil au prof, Logan obtient son assentiment.

Tandis que mon petit ami m'aide à me lever, une main enserrant mon bras et une autre posée sur mon dos pour m'éviter de flancher – mes jambes flageolent, je suis au bord de l'évanouissement – j'entends déjà quelques commentaires fuser derrière moi ; j'ignore si Jenny est réellement morte, mais Louna la peste, elle, est hélas bien vivante.

— Je… J'aimerais rentrer chez moi, s'il vous plaît, Monsieur, je bafouille.

— Je comprends, soupire M. Farès, nullement surpris.

Dans un effort surhumain, je parviens à river mes yeux aux siens.

— Demain, c'est vendredi. Restez chez vous pour le week-end. Quelqu'un vous aidera à rattraper vos cours.

Il consulte Logan du regard, et je devine qu'il y consent volontiers – j'ai beaucoup de chance de pouvoir compter sur lui, je le sais.

— Ça va aller ? s'enquiert mon prof, visiblement inquiet pour moi.

Je hoche mollement la tête en guise de réponse. Comment ça pourrait aller ?

Après m'avoir aidé à rassembler mes affaires, Logan presse doucement ma main et m'adresse un regard compatissant. Il se lève, obtient l'autorisation silencieuse du prof de me raccompagner jusqu'au portail.

Sans un regard pour la classe, je lui emboîte le pas.

De l'autre côté de la porte, j'entends M. Farès demander le silence d'une voix ferme et claire.

Dans le couloir, je suffoque. Je manque d'air. Je craque. Aussitôt, Logan m'attire dans ses bras :

— Viens là, ma puce, souffle-t-il, l'air compatissant. Je suis sincèrement désolé.

Tandis qu'il m'étreint chaleureusement, j'ai une pensée pour Jenny – la cause de mon chagrin. À partir de ce moment, je sais avec certitude que plus rien n'ira jamais bien.

2

Je n'en finis pas de pleurer durant toute la journée du vendredi et celle du samedi. Je ne parviens pas à m'arrêter. J'en suis incapable.

Maria, notre domestique, a dû me donner un somnifère, afin que je puisse dormir un peu. Elle est venue me consoler après que j'aie fait un horrible cauchemar – Jenny était happée par une force invisible, et moi, je ne pouvais absolument rien faire pour lui venir en aide. J'ai beaucoup de mal à m'alimenter, également. Rien ne passe.

Prostrée au fond de mon lit, je pense à Jenny. Elle est la sœur que je n'ai pas eue. Mon alter ego. Mon double. Elle et moi, nous avons tout partagé ensemble : les bons comme les mauvais moments. Elle a toujours été là pour moi, pour me remonter le moral ou pour me faire rire. Et soudain, j'ai le sentiment de ne pas avoir été aussi présente dans sa vie qu'elle ne le fut dans la mienne. L'impression de ne pas avoir été à la hauteur, à la mesure de son amitié indéfectible. Est-ce normal de ressentir cela lorsque l'on perd un être cher ?

Je réprime un gloussement en songeant que je suis athée et que Jenny, elle, est croyante – tout comme sa famille, d'ailleurs. Et pourtant, le monsieur là-haut – oui, oui, c'est bien à toi que je m'adresse – n'a pas jugé bon de la sauver. Au nom de quoi ? Comme s'il avait besoin d'elle là-haut ! Franchement ! C'est n'importe quoi. Et sans elle, je suis n'importe qui.

J'ignore combien de temps encore je vais baigner dans mes larmes ni si elles se tariront un jour. J'ignore même si pleurer me fait du bien ou du mal. Mais, la douleur qui accompagne mon chagrin, elle, est insoutenable et dévastatrice. Incommensurable.

Je n'ai que seize ans et, déjà, je suis dévastée. Brisée – c'est d'ailleurs ce que chante Maître Gims dans mes oreilles. À l'intérieur comme à l'extérieur. J'ai mal. Tellement mal.

Entre deux sanglots, je passe une main sur ma poitrine douloureuse, tentant vainement de refermer le trou béant qui s'y est creusé depuis que Jenny est… « morte ».

Je relis son dernier SMS m'informant qu'elle vient d'embarquer dans l'avion, que celui-ci s'apprête à décoller et qu'elle pense fort à moi.

J'ai encore beaucoup de mal à réaliser qu'elle n'est plus là. Et s'ils s'étaient trompés ? Si elle vivait encore ? Elle qui se faisait une joie de son séjour linguistique à Barcelone. Qu'y avait-elle trouvé, sinon la mort ?

Dès lors que je ferme les yeux, j'entrevois son joli visage. J'entends son rire, aussi, si communicatif et singulier. Doucement, j'essaie de me remémorer ma meilleure amie.

Désormais, tout est flou, abstrait.

Les paupières closes, je bascule sur le flanc, encore secouée par les spasmes. Un signal sonore m'indique l'arrivée d'un message sur mon smartphone.

Je passe une main sur mon visage, asséché par les larmes et tiré par le manque de sommeil, et lis le message en question. Sans surprise, il s'agit de Logan, visiblement inquiet à mon sujet.

Salut, ma puce. Je voulais juste m'assurer que ça allait. Je me fais du souci pour toi. Tu me manques. Je t'aime.

La sollicitude, ainsi que la bienveillance de Logan me touchent, au point que je décide de lui répondre aussitôt :

Salut. Ce n'est pas la grande forme, mais je survis. Enfin, j'essaie. C'est très gentil à toi de prendre de mes nouvelles. Merci. Bisou.

Comme je le prévoyais, sa réponse ne se fait pas attendre :

Navré de ce que tu traverses en ce moment, ma puce. Jenny était ta meilleure amie. Je ne peux même pas imaginer ce que tu ressens. N'oublie pas que je suis là pour toi. Tu peux compter sur moi.

Je sais. Merci.

Mais de rien. Là, je me sens con et impuissant.

Pourquoi ? Ce n'est pas ta faute. Laisse-moi le temps de m'en remettre.

Si je m'en remets un jour !

Bien sûr, je comprends. Dis, si tu es d'accord, j'aimerais passer chez toi. J'ai tes cours et… j'ai vraiment envie de te voir.

Si tu veux, mais… tu ne devais pas passer voir Zach, aujourd'hui ?

Zach peut attendre. Toi, non. Tu as toujours été ma priorité, bébé. Et ça ne changera pas.

Je me renfrogne sur mon lit. Il est si gentil, et moi… Bon sang ! J'ai encore envie de pleurer.

D'accord. Viens.

OK. Je serai chez toi d'ici une petite demi-heure. À tout à l'heure, mon cœur. Je t'aime. <3

Ses mots me réchauffent le cœur. Un peu. Et moi, je reste là, comme une idiote, à fixer le plafond et à attendre sa venue.

3

Lorsque je me décide enfin à quitter mon lit, je regarde la pluie tomber sur les rebords de la fenêtre. Mon estomac réclame à manger, mais mon esprit, lui, n'en a cure. En revanche, j'ai soif. À croire que mes larmes m'ont déshydratée.

Je descends à la cuisine me verser un verre d'eau au robinet. En passant devant le comptoir, je remarque un mot laissé par mes parents, m'informant de leur absence, et ce jusqu'au lendemain soir. Maria, quant à elle, est visiblement sortie, elle aussi. Pendant combien de temps, ça, je l'ignore. Mais qu'importe, au fond ? Je me sens vide et seule, et ce quelle que soit la compagnie.

J'ai à peine vidé mon verre qu'on sonne à la porte. Sans surprise, je découvre un Logan trempé jusqu'aux os sur le seuil.

Pressée de sentir ses bras protecteurs autour de moi, je l'invite à pénétrer à l'intérieur.

Après avoir refermé la porte derrière lui, je le dévisage en silence. Des gouttes d'eau perlent au bout de ses cheveux en bataille. S'il n'était pas aussi humide et si mon chagrin ne prenait pas autant de place dans mon cœur meurtri, j'aurais aimé y passer la main.

Mon cœur se serre en songeant au paradoxe de cette image : Logan, trempé, et moi, dont le visage était, il y a quelques minutes à peine, inondé de larmes. Décidément, l'eau est partout autour de moi, et en moi. Cette simple pensée m'attriste.

Face à moi, Logan paraît hésiter. Il me jauge longuement et intensément. Ses yeux expriment de la douleur.

— Ma puce, souffle-t-il au bout d'un moment, en m'attirant à lui.

Je frémis au contact de l'eau sur mes vêtements. Je suis trempée, mais je m'en fiche. Il est avec moi, pour moi, contre moi. Je me laisse aller contre son torse humide. Le silence nous enveloppe avec douceur.

— Tu m'as manqué, avoue Logan d'une voix suave, empreinte d'une sincérité désarmante et émouvante. Quand t'as quitté la classe, l'autre jour, j'ai cru que j'allais devenir fou pendant que toi, tu étais ici, toute seule, à te morfondre.

Je ne réponds rien, touchée par la beauté de ses paroles. J'ai beaucoup de chance de l'avoir à mes côtés, surtout en ce moment, après le drame qui vient de me heurter de plein fouet. Du reste, j'ai besoin de lui, bien que je ne sois pas de bonne compagnie.

Je relève la tête pour le regarder droit dans les yeux et l'embrasse sur la bouche avant d'enfouir de nouveau ma tête contre son torse.

Je savoure l'instant en sa compagnie. J'inspire, j'expire, davantage pour chasser mes larmes que pour emmagasiner l'air dont mes poumons ont besoin.

— Le ciel pleure avec toi, ma puce, dit-il dans un murmure tandis qu'il me caresse doucement le dos.

Je ressens une nouvelle vague d'émotion. Que c'est poétique !

Nous restons ainsi dans cette position pendant de longues minutes. Jusqu'à ce que Logan finisse par éternuer, me rappelant brusquement qu'il est trempé.

— Viens, dis-je en reculant. Je vais te prêter des vêtements secs.

Il me décoche un sourire et essuie les larmes sur mes joues avec ses pouces avant de me suivre dans les escaliers, sa main dans la mienne.

Après lui avoir prêté un vieux T-shirt ainsi qu'un pantalon de survêtement appartenant à mon frère aîné, j'emmène Logan dans ma chambre.

Blottis l'un contre l'autre sur mon lit, nous regardons quelque imbécillité à la télé lorsque Logan me propose de nous commander une pizza – il insiste pour la payer, et je n'ai pas la force de refuser.

Je le regarde manger plus que je ne mange. La chaleur ainsi que la bonne humeur de Logan suffisent à me distraire de la pensée de Jenny – de la vie en général.

Lovée dans ses bras, j'oublie tout tant que je suis avec lui. Il me divertit, m'arrache un ou deux sourires. Il se donne sans compter. Sans rien attendre en retour, et cela m'émeut au plus haut point. Il est si bon avec moi. Qu'ai-je fait pour le mériter ?

Bercée par ses caresses, je m'assoupis l'espace d'un instant et me réveille en sursaut, tressaillant comme si j'avais chuté du haut d'un escalier.

— Eh ! Ça va ? s'enquiert Logan, l'air soucieux. Tu trembles. Tu as froid ?

— Oui, admets-je timidement.

Et Logan me réchauffe de ses bras, me frottant le dos et resserrant sa prise autour de ma taille. Prévenant, il remonte l'édredon sur moi et dépose un baiser sur ma tempe tandis que je frissonne.

Du coin de l'œil, je l'observe. Ses yeux couleur noisette en amande, ses cheveux bruns – secs, à présent – naturellement décoiffés, son nez droit, ses pommettes saillantes, sa peau blanche, son teint de porcelaine, sa bouche grande et charnue. Je n'ai aucun mal à me rappeler les raisons pour lesquelles je suis tombée amoureuse de lui, un an plus tôt.

Au-delà de son charme naturel, tout en lui me plaît – aussi bien à l'extérieur qu'à l'intérieur. J'aime ce que je vois, mais également ce que je ne vois pas – l'invisible.

— Ça va mieux ? m'interroge-t-il en m'étudiant, les yeux plissés.

Je hoche timidement la tête en guise de réponse. *Oui, grâce à lui.*

Il dépose une pluie – décidément ! – de baisers sur mon visage : mes joues rendues froides à cause des larmes, mon front, mes yeux, ma bouche.

J'ai un rictus lorsqu'il commence à me chatouiller les côtes. Je ris, timidement d'abord, puis plus franchement. Assurément, il est doué pour chasser mes idées noires.

— Viens là, dit-il, en ouvrant ses bras, et en m'invitant à poser de nouveau ma tête contre son torse, ce que je fais sans hésiter.

Au terme d'un long silence, il me demande à brûle-pourpoint :

— Que puis-je faire pour toi, ma puce ?

— Rien, réponds-je sans réfléchir. Si ce n'est être là, avec moi.

— Ça, c'est dans mes cordes, sourit-il, avant de m'embrasser sur la tempe.

Je lève les yeux dans sa direction, le regarde fixement, un rictus sur les lèvres :

— Merci. Je ne suis pas de très bonne compagnie, ce soir. Malgré tout, j'aimerais que tu restes.

Pour toute réponse, Logan m'adresse un regard attendrissant, puis m'embrasse langoureusement et amoureusement sur les lèvres.

Émue, je lui rends son baiser avec plus de ferveur encore. Dans ses bras, je me réchauffe peu à peu tandis qu'il me console, me cajole, me câline avec une infinie tendresse. Que ferais-je sans lui ?

— Tu as le droit d'aller mal, ma puce. C'est aussi mon rôle de petit ami de t'aider à traverser cette épreuve. On arrivera à la surmonter. Ensemble. Tu peux compter sur moi.

Cette promesse m'émeut aux larmes. Puisse-t-il avoir raison.

Épuisée, je sombre doucement, la voix de mon merveilleux petit ami résonnant comme un écho. Alors, je me mets à rêver à un avenir dans lequel Logan et moi sommes heureux, unis l'un à l'autre pour toujours. Un avenir dans lequel Jenny a également sa place, parmi nous.

4

La vie au lycée reprend doucement son cours. Comme si rien ne s'était passé. Comme si ce drame, cette tragédie n'avait pas eu lieu. Comme si je n'avais pas perdu brutalement ma meilleure amie, du jour au lendemain.

La veille au soir, je me suis endormie avec le doux visage juvénile de Jenny en mémoire. Elle me parlait, m'appelait au secours, mais je n'entendais rien, incapable de lui venir en aide. Au loin, sa voix n'émettait plus que des ultrasons, comme les dauphins. Soudain, son visage et son sourire insouciant se dématérialisaient. Impuissante, je m'étais réveillée dans un cri déchirant, en sueur et à bout de souffle.

J'emprunte le couloir habituel menant à la salle de classe et regarde, émue, les photos des six victimes ayant péri dans le crash, accrochées aux murs. Certaines sont récentes, d'autres non. Au moment où mes yeux s'arrêtent sur celle de Jenny, une question, implacable et assommante, s'impose à moi : comment une adolescente de dix-sept ans a-t-elle pu trouver la mort aussi tôt ?

Moi qui suis athée, c'est à vous dégoûter de croire en Dieu.

Arrivée dans la classe, je salue timidement quelques visages familiers au passage, avant de gagner ma table.

En retard, Logan me fait un clin d'œil avant de venir s'asseoir à côté de moi. Son temps libre du week-end, il l'a majoritairement passé en ma compagnie. Je lui dois beaucoup, je le sais.

— Ça va ? me demande-t-il en posant son sac à dos sur la table.

Dans un soupir las – *combien de fois devrais-je encore répondre à cette question à l'avenir ?* – je lui adresse un sourire sans joie – chagrin oblige – pour toute réponse. Peu convaincu, Logan fronce les sourcils, désireux d'en savoir davantage. Mais c'est compter sur M. Farès qui vient d'entrer en classe.

— Bien, dit-il en posant son cartable au sol, près du bureau. Tout le monde est là ?

Il demande le silence, qu'il obtient aisément tandis que Logan murmure un « Tu es sûre ? » à mon attention, s'assurant par la même occasion de mon moral. Je hoche discrètement la tête, refusant de lui répondre à voix haute.

— Je vais faire l'appel dans un instant, reprend le prof. Mais avant cela, le lycée a tenu à rendre un dernier hommage aux élèves disparus. Aussi, nous allons observer une minute de silence.

Nous nous levons tous comme un seul homme. Logan me prend par la main, un sourire confiant sur les lèvres. Je l'accepte, portée par la force qu'il me prodigue instantanément. Il m'adresse un regard bienveillant et serre doucement ma main dans la sienne, m'assurant de son soutien indéfectible.

Je prends une profonde inspiration, incertaine de pouvoir endurer un tel supplice, et baisse la tête. Logan ne tarde pas à m'imiter.

Le silence règne dans la salle de classe. Pendant cette minute – assurément la plus longue de toute mon existence – j'adresse une prière silencieuse à Jenny, partie trop vite. Je demande à Dieu – son créateur, mais aussi son assassin – de prendre bien soin d'elle, de ne pas l'abandonner.

Les paupières closes, je me remémore son sourire angélique et mutin, de même que sa voix douce et chaude comme du velours, ses yeux d'un vert émeraude. Je replonge peu à peu dans ces souvenirs, intacts pour la plupart, qui n'appartiennent qu'à nous, prisonnière d'un passé encore très présent.

Logan paraît sentir mon trouble, car je sens ses doigts se resserrer sur les miens, crispés et moites.

Lorsque la sonnerie retentit quelques secondes plus tard, je sursaute, puis rouvre les yeux. M. Farès, soucieux du bien-être de sa meilleure élève, m'adresse un sourire compatissant, semblable à celui de Logan.

Je soutiens le regard de ce dernier un court instant avant de détourner les yeux. Imitant mes camarades, je me rassois sur ma chaise, la main de Logan toujours dans la mienne sous la table.

Il est temps de procéder à l'appel et de répondre « présent ».

5

Après un traumatisme de cette ampleur, des cellules psychologiques sont généralement mises à disposition des proches, c'est-à-dire de celles et de ceux qui restent. Les vivants.

Lorsque mon professeur titulaire, M. Farès, a vivement recommandé à mes parents de m'en faire profiter, je me suis d'abord montrée réticente, plus par pudeur que par dénigrement. Puis, dans un second temps, et après réflexion, j'ai fini par accepter une entrevue avec la psychologue du lycée, croyant que cela ne me ferait sans doute pas de mal de parler à quelqu'un, à une personne extérieure à tout cela – à mon entourage, surtout.

Le Dr Malenfant est une femme charmante, la quarantaine, les cheveux entre deux teintes, dont la fraîcheur et la gentillesse naturelles ne font aucun doute. Pas très bavarde – ce qui me va tout à fait, au vu de ma timidité quasi maladive – elle aime surtout écouter et observer. Elle est incroyablement douce et gentille.

De ma vie, jamais je n'ai été aussi peu à l'aise que dans son cabinet. Non qu'il faille imputer mon malaise à sa présence, mais plutôt à ce que je m'apprête à lui dire, sous quelle forme les mots vont sortir et jusqu'où je suis prête à aller dans mes confidences.

D'ordinaire, je n'aime pas me livrer aux autres – sauf à Jenny. Or, c'est précisément d'elle – de sa perte – dont il s'agit. Comment parler d'un être que l'on a tant chéri à quelqu'un qui, certes, ne veut que notre bien, mais dont on ignore tout malgré tout, et ce au passé ?

Calée au fond d'un siège, j'hésite à livrer ces mots qui, pourtant, menacent de franchir mes lèvres. Quel temps employer ? Présent ou passé ? Elle ou je ? Nous, peut-être ? Il faut dire que cet exercice est tout nouveau pour moi. Non pas que j'éprouve une certaine honte à voir une psy, mais de là à me sentir à l'aise, il ne faut pas exagérer.

Les yeux humides, je me décide à évoquer le souvenir de Jenny. Je la décris dans les moindres détails, relate sa présence, regrette son absence. Rapidement, le Dr Malenfant me met en confiance. D'un simple regard, elle m'aide à me livrer, m'incitant à poursuivre sur ma lancée. Avec une facilité déconcertante, je me confie à cette femme que je ne connais pas. Elle griffonne quelques mots au fur et à mesure de mes confidences sur un calepin, mais je ne m'en préoccupe pas outre mesure. Peu à peu, je me déleste d'un poids trop lourd sur mes frêles épaules. Jenny est morte. Il me faut en faire le deuil, à défaut de l'accepter – c'est au-dessus de mes forces.

Au bout d'une vingtaine de minutes, l'entretien s'achève. Je me dirige vers la porte avec le sentiment d'être sensiblement plus légère. Parler fait du bien, tout compte fait. Même si je sais pertinemment que cela ne ramènera pas ma meilleure amie, j'accepte un autre rendez-vous avec la psychologue.

Dans le couloir, Logan se lève du banc sur lequel il est assis dès qu'il me voit. Il est au courant que je vois la psychologue, mais ne s'en formalise pas outre mesure. Du reste, il ne me pose aucune question lorsque je le rejoins. Comme toujours, il respecte mon silence, attendant patiemment le moment où je me déciderai enfin à lui parler – ou pas. Il ne souhaite qu'une chose : mon bonheur, et ce quelle que soit la thérapie pour y parvenir.

— Ça va ? s'enquiert-il en m'embrassant.

Cette question commence sérieusement à m'agacer.

Une fois encore, je hoche la tête, refusant obstinément d'y répondre. Sans attendre ma réponse, Logan me guide jusqu'à la salle de classe, où le cours d'espagnol va être donné dans moins de cinq minutes.

6

On prend conscience de ce que l'on avait une fois qu'on l'a perdu. Dans mon cas, j'ai perdu ma meilleure amie et mon alter ego, ici-bas. Une perte immense. Un vide incommensurable et infini. Impossible à combler, par quelque présence que ce soit.

Il n'y a pas de mots pour exprimer ce que je ressens tout au fond de moi. En revanche, les émotions qui me submergent sont, quant à elles, bel et bien là, présentes. Vivantes. La tristesse, l'amertume, le dégoût, la colère, et j'en passe. Même le plus doué des acteurs ne saurait retranscrire tout cela à la fois à l'écran. Impossible.

J'ai des devoirs à rattraper – Logan m'a remis ses notes, mais son écriture est illisible – mais je n'ai pas le cœur à l'ouvrage. Cette nuit, j'ai pris un de ces cachets que m'a prescrit la psychologue pour dormir. Efficaces, mais malheureusement éphémères – comme le passage de Jenny sur cette Terre.

Face à mon ordinateur, le regard vitreux, je divague dans mes pensées, le visage parfait de Jenny devant les yeux en guise de fond d'écran lorsque les vibrations de mon smartphone m'arrachent un sursaut. Sans surprise, il s'agit de Logan qui, une fois de plus, vient aux nouvelles.

Bon anniversaire, ma puce ! :-)

Ça alors ! Je suis tellement accaparée par le deuil de ma meilleure amie que j'en ai oublié mon propre anniversaire. Comment est-ce possible ? J'ai seize ans. Celui de Jenny aurait dû suivre deux jours plus tard. J'espère qu'ils n'ont pas oublié de le lui fêter, là-haut. Je l'imagine faisant la fête au milieu des anges. Ou alors, si ça se trouve, elle s'est déjà réincarnée en quelqu'un d'autre – Jenny croyait dur comme fer à la réincarnation.

Je pousse un soupir triste pendant que je tape frénétiquement sur les touches de mon clavier.

Merci. C'est gentil d'y avoir pensé.

La réponse de Logan me parvient quasi instantanément :

Comme si j'allais oublier. Lol ! OK pour que je passe chez toi ce soir ?

OK ? Non. Pas envie. Envie de rien.

Ne m'en veux pas, mais j'ai quelques cours à rattraper. Et stp, pas de surprise ni de fête, d'accord ? Je n'ai ni la tête ni le cœur à célébrer quoi que ce soit (surtout pas ma venue au monde) avec qui que ce soit.

Je redoute un peu sa réaction. Il sera déçu, forcément. Mais, je refuse de lui mentir – sauf pour les devoirs en retard. S'il m'aime, il comprendra.

T'inquiète. Je comprends. À lundi.

Me voilà rassurée. Il comprend. Néanmoins, tel que je le connais, il doit être déçu. Toutefois, il a la délicatesse de ne pas le montrer. Logan est un expert dans l'art de la dissimulation des émotions.

Je suis sur le point d'éteindre mon ordinateur lorsque je reçois un mail anonyme.

Sans réfléchir, je clique sur le lien contenu dans ce mail. Soudain, j'ai une vision d'horreur. Certes, la qualité du son et de l'image est médiocre, mais je parviens malgré tout à distinguer l'avion qui pique du nez dans la nuit claire.

Les yeux écarquillés de stupeur, j'assiste, pétrifiée, aux derniers instants du vol A320, menant ses passagers pour un aller simple tout droit vers la mort.

Incapable de soutenir ces images horribles et abjectes, je détourne mes yeux révulsés et avise ma poubelle près de mon bureau, dans laquelle je ne tarde pas à vomir.

7

Je ressasse la vidéo une bonne partie de la soirée et de la nuit, ne parvenant pas à chasser ces images horribles de ma tête.

Lorsqu'enfin, je sombre dans le sommeil – ma psy m'a prévenue que les insomnies seraient passagères et que les cauchemars finiraient par s'estomper et tendraient à disparaître – avec le temps. Un terrible cauchemar m'assaille et me happe violemment. J'ai beau gigoter telle une démente dans mon lit, rien n'y fait. Les ténèbres m'aspirent tout entière. Impossible de me débattre. Le sourire de Jenny se mue en une bouche tordue. Elle a l'air pétrifiée. Son rire communicatif se bloque dans sa gorge. Elle pousse un cri strident tandis que l'avion amorce sa descente, lente mais assurée. À l'intérieur, un vent de panique souffle, puis un silence serein avant la chute, inévitable. Un nuage de fumée comme on en voit peu. Puis des débris de l'appareil et, avec eux, des corps calcinés, pulvérisés, amoncelés çà et là, preuve vivante de leur mort. Et parmi ces corps, celui de Jenny – *ma* Jenny.

Je sursaute dans mon lit, le visage en sueur. Je crie son nom, implorante. J'éclate en sanglots, seule dans mes draps froissés.

Où sont mes parents lorsque j'ai besoin d'eux ?

Je tends la main pour ouvrir le tiroir de ma table de chevet et prends un autre comprimé.

Dans le cabinet du Dr Malenfant, je raconte mon cauchemar en insistant sur chaque détail : le visage de Jenny, la place qu'elle occupait dans l'avion, la descente de l'appareil. Tout. Je n'omets rien – du moins, je le crois. Après tout, cette femme est censée m'aider à aller mieux, à me reconstruire – si tant est que cela soit possible – après la disparition de ma meilleure amie.

La psy m'observe attentivement tout en prenant des notes dans son carnet. Elle marque un temps, semble relire ses notes, puis lève les yeux vers moi. C'est long avant qu'elle se décide à briser le silence :

— Ce n'est pas la première fois que tu visualises Jenny dans tes rêves, n'est-ce pas ?

— Non, en effet.

La psy m'adresse un regard bienveillant. Le mien est fuyant malgré moi. Je me sens vulnérable et exposée face à cette femme qui, pourtant, m'aide à mettre des mots sur mes maux, ma douleur mise à nu.

Quand je détourne le regard, mes yeux accrochent une plante – un ficus, je crois – derrière le Dr Malenfant. Je l'avais déjà remarquée lors de ma première séance. C'est idiot, je sais, mais c'est un peu comme si Jenny renaissait à travers cette plante. Comme si nous étions connectées l'une à l'autre.

Tandis que je la contemple, je n'entends pas la psy qui m'apostrophe :

— Mademoiselle Amal ?

— Hein ? Euh... Oui. Pardon.

Je reporte mon attention sur la psy, qui me sourit d'un air affable.

— Jenny et toi étiez très proches. Le temps ne te la rendra certes pas. Toutefois, tu ne l'oublieras pas.

Je renifle à ce constat qui m'attriste. *Sauf si je suis atteinte d'un Alzheimer précoce,* songé-je, ce qui ne serait pas plus mal, après tout.

— Par ailleurs, il est normal, et même légitime que tu te poses autant de questions au sujet de l'accident. En outre, il subsiste encore quelques zones d'ombre. Une enquête est en cours. Bien que je ne détienne pas les réponses à tes questions moi-même, je vais m'efforcer de t'aider à traverser cette épreuve du mieux possible.

Sans que je m'y attende, elle se penche en avant et pose une main doucereuse et fraîche sur la mienne.

— Tu peux compter sur moi, Anaïs.

Elle marque un temps, ses yeux rivés sur les miens, avant de reprendre :

— Le deuil est une épreuve longue et très complexe, parfois chaotique. Perdre un être proche est, pour certains d'entre nous, difficilement surmontable, mais pas impossible. On se sent perdus, égarés, abandonnés, et parfois même livrés à nous-même. Il te faudra du temps et beaucoup de volonté pour te reconstruire. Ce sera long et douloureux. Il y aura des rechutes, parfois, mais tu surmonteras cette épreuve. Tu dois te battre, Anaïs. Pour ta famille, tes amis, ton petit ami, aussi, mais avant tout et surtout pour toi-même. Je sais que t'amuser t'est difficilement concevable, du moins pour l'instant, mais tu dois continuer à vivre malgré tout.

Je baisse les yeux en déglutissant avec peine. Que répondre à cela ?

Soudain, je me demande si le Dr Malenfant a perdu un être cher, elle aussi. Je distingue une alliance à son annulaire. J'en déduis donc que son mari est toujours vivant.

Quelques minutes plus tard, la séance prend fin. Après avoir convenu d'un nouveau rendez-vous, la psy me raccompagne jusqu'à la porte. J'accepte volontiers la main qu'elle me tend, et quitte le cabinet.

Un rapide coup d'œil sur ma montre m'apprend que je suis en retard et que le cours suivant a déjà commencé.

Poussée par un élan d'audace inhabituelle, je me dirige vers le portail. J'ai besoin d'air. Pour la première fois de toute ma vie scolaire, je décide de sécher les cours de maths et d'histoire, et ce sans même me soucier des conséquences.

8

Seule dans la rue, j'erre sans savoir où je vais ni pourquoi. Je savoure le vent de liberté qui me pousse allègrement, jusqu'à atterrir devant la maison des Peña.

Comment suis-je arrivée là ? Pourquoi ? Est-ce parce qu'aujourd'hui est le jour de la venue au monde de Jenny ? Quelle ironie ! Maintenant que j'y suis, ai-je réellement envie d'entrer ? Qu'espéré-je trouver derrière cette porte ? Pas Jenny, ça, c'est sûr.

Je jette un œil alentour. Personne. Je ferme les yeux en prenant une profonde inspiration. Dans ma tête, je déroule le film du crash au ralenti. Je rouvre brusquement les yeux, me sentant sur le point de vaciller. Mon cœur s'emballe, preuve que je suis nerveuse à l'idée de ce que je m'apprête à faire – entrer.

Je me sens comme un militaire venu annoncer la mort d'un fils à son père, au cours d'une mission périlleuse – sauf que dans ce cas, le père est déjà au courant.

Avant que je ne me rende compte de quoi que ce soit, mon doigt a déjà atterri sur la sonnette. Je sonne. Une fois. Deux fois. Rien. Si ça se trouve, il n'y a personne. M. Peña – Ángel de son prénom – le père de Jenny, est avocat international, spécialisé dans le droit pénal. Il doit donc être pas mal occupé… ou absent.

Je m'apprête à rebrousser chemin lorsque la porte s'entrouvre enfin. Je me retourne, horrifiée par ce que je vois :

M. Peña en peignoir et en chaussettes, les traits tirés, les yeux cernés par la fatigue, les cheveux en bataille et une barbe de trois jours, selon mon estimation. Est-ce que je le dérange ? Est-ce qu'il dormait ?

S'il n'était pas en deuil de sa fille unique, j'aurais pu croire qu'il émergeait d'une soirée un peu trop arrosée. Or, je sais que ce n'est pas du tout de cela qu'il s'agit, même si je le soupçonne d'avoir un peu trop forcé sur la bouteille. Qui l'en blâmerait ? Certainement pas moi.

— Oui ? m'interroge-t-il d'une voix pâteuse.

Je me sens bête tout à coup. Est-ce réellement moi qui me trouve ici, face à cet homme dont l'allure piteuse trahit une souffrance intérieure ? Que m'est-il passé par la tête ?

Je baisse les yeux, soudain intimidée face à cet homme incroyablement beau malgré sa vulnérabilité. Lorsque je les relève, je parviens à croiser son regard, de manière furtive, de peur de me consumer rien qu'en le regardant.

— Bonjour, M. Peña, bredouillé-je. Pardon de vous déranger, mais… En vérité, j'ignore ce que je fais ici. Je… voulais… Enfin, je pensais…

C'est clair ce que je dis, là ?

Ma voix faiblit sous son regard impassible, comme paralysée et épuisée. Je laisse passer un silence, m'éclaircis la gorge et reprends en tentant d'être plus claire :

— Je m'appelle Anaïs. J'ignore si vous vous souvenez de moi, mais je suis… J'étais… Enfin… Jenny est… était ma meilleure amie.

M. Peña pousse un long soupir silencieux. Il m'étudie longuement sans me voir, mine figée et yeux écarquillés. Il ouvre un peu plus la porte et, dans une demande silencieuse, m'invite à entrer. Ce n'est qu'en franchissant le seuil de cette porte que je comprends que c'est précisément là que je veux être. Là, et nulle part ailleurs.

9

Tout ici m'évoque le souvenir, vivant et douloureux, de Jenny. À commencer par les photos qui trônent fièrement sur un meuble dans le salon.

Assise sur le canapé, j'accepte poliment le verre de soda que m'offre M. Peña – qui s'est habillé – bien que je n'aie pas soif. Je balaye le vaste salon d'un regard. Cette maison est immense. Je me remémore ma présence ici même, trois ans plus tôt. C'était un mercredi après-midi après l'école. Il y régnait alors une atmosphère sereine et tranquille.

Tournant la tête vers le fauteuil dans lequel est assis M. Peña, je me visualise, enfoncée dans ce fauteuil, Jenny assise sur l'accoudoir, sa tête contre moi. J'entends nos fous rires. Je revois Anne, la mère de Jenny, rouspéter à cause du bruit provoqué par nos éclats de rire. Anne. Je la trouvais si belle, si gentille, si… féminine. Tout en elle – son regard, son sourire, sa voix douce et chaleureuse – respirait la bienveillance ainsi que la confiance. Il émanait d'elle une aisance ainsi qu'une bonté naturelles. Indéniablement, elle avait la fibre maternelle. Malheureusement, je ne pouvais pas en dire autant de ma mère.

Le regard éteint, M. Peña lorgne avidement son verre rempli d'un liquide ambré – du whisky, je crois. Ses yeux sont baissés et j'en profite pour l'épier discrètement. Ángel Peña.

Je me souviens de l'effet qu'il avait sur moi, déjà à l'époque. Bien sûr, Jenny n'en a jamais rien su. Je n'avais alors que treize ans. Mon corps étant en pleine mutation, j'avais imputé cela aux hormones et ne m'étais pas inquiétée outre mesure de ce que je croyais être un simple béguin d'adolescente. Mais le fait est que, même aujourd'hui, face au bellâtre hispanique, ma réaction est la même. L'attraction est bel et bien là, immuable après toutes ces années.

Ses yeux d'un bleu azur m'avaient dès lors donné l'envie d'y plonger et de m'y noyer, quitte à ne jamais refaire surface. Ce jour-là, en fin d'après-midi, alors que Jenny était en pleines négociations avec sa mère pour me garder à dîner, Ángel – dans mes pensées et mes rêves, je m'autorise à l'appeler par son prénom, mais mes lèvres, elles, restent scellées – était rentré, un attaché-case à la main. Il m'avait saluée poliment, nullement surpris de me trouver ici, quoique légèrement troublé, m'avait-il semblé. Son accent espagnol avait achevé de me faire fondre – si tant est que j'avais besoin de ce détail pour être subjuguée par lui. À ce moment-là, j'ignorais s'il s'agissait d'une pure attraction physique, du désir réclamé par mes hormones d'adolescente chargées à bloc, ou bien de sentiments avérés. Une chose est sûre : il ne m'était pas indifférente.

Je me souviens avoir ressenti un pincement au cœur lorsque M. Peña avait embrassé sa femme sur la bouche devant mes yeux révulsés. De ma gêne, aussi, au moment de passer à table, M. Peña assis en face de moi, ce qui ne m'avait pas franchement aidée à me détendre. De mes yeux qui n'en faisaient qu'à leur tête, à le dévorer lui, au lieu de ce que contenait mon assiette.

Après que Francesca, leur bonne, nous eût servi le dessert, Ángel avait posé sa main sur celle de sa femme en un geste tendre, laquelle l'avait sèchement esquivée. J'avais observé la scène, obnubilée que j'étais par cet homme qui avait, sans le savoir, capturé mon cœur. Jenny, quant à elle, m'avait interrogée du regard. Mais je m'étais efforcée de garder le silence. Je ne sais par quel miracle j'étais parvenue à taire mes sentiments, par les mots et par les regards – non sans peine, toutefois.

D'ordinaire, j'aimais me confier à Jenny. Mais me livrer sur un sujet aussi délicat et inavouable – j'avais des sentiments pour son père – était strictement impossible et inconcevable. Qu'aurait-elle pensé de moi ?

Le soir venu, *il* hantait mes nuits. Je voyais son beau sourire affable, ses beaux yeux bleus méditerranéens et sa bouche parfaite. Tout en lui m'attirait, aussi bien à l'extérieur qu'à l'intérieur. C'était comme si je le connaissais déjà.

Il m'est même arrivé de faire quelques rêves érotiques et de me caresser en pensant à lui. Tout ce que j'avais à faire, c'était reprendre contact. Avec lui, mais aussi avec moi-même. Me reconnecter doucement avec la réalité, ainsi que me l'avait vivement conseillé ma psy. D'où ma présence ici.

Assis l'un en face de l'autre, M. Peña et moi nous évitons soigneusement du regard, par pudeur ou par paresse, je ne sais pas. Je suis intimidée face à lui.

J'ai du chagrin pour cet homme – à croire que ma réserve d'eau est inépuisable. Je n'ose imaginer le calvaire dans lequel a dû le plonger la mort de sa fille unique – sa chair et son sang – et ce d'autant plus que sa femme n'est pas là pour le consoler – elle et lui ont divorcé l'année dernière. Plus que de la pitié ou de la compassion, j'éprouve une réelle empathie pour cet homme. Comment survivre à la mort de son enfant ? Pourquoi le sort s'acharne-t-il sur ce pauvre homme, à présent démuni ?

J'ai envie de le toucher, de le caresser, de le prendre dans mes bras et de le bercer, même si j'ai conscience que les rôles sont inversés, que les adultes doivent prendre soin des plus jeunes. Qu'importe ! Je veux soulager sa peine. Lui apporter mon soutien, mon réconfort. Ne sommes-nous pas censés aider notre prochain, *a fortiori* nos aînés ? Si Jenny voyait son père ainsi – le voit-elle ? – à terre, que dirait-elle ? C'est idiot, je sais, car si elle pouvait parler, cela signifierait qu'elle serait vivante. Et si elle était vivante, Ángel ne serait pas dans cet état. Assurément.

Jenny qui, justement, me fixe, figée sur les photos comme Mona Lisa fixant les visiteurs de son regard hypnotique et énigmatique.

Au bout d'un interminable silence, je me décide à parler enfin, et, bredouillant, je présente au père de ma meilleure amie mes plus sincères condoléances. Ángel les accepte de bonne grâce d'un simple hochement de tête – je sais à quel point il est difficile de parler dans un moment pareil. D'autant que c'est l'anniversaire de Jenny, aujourd'hui. Ça fait beaucoup de choses à digérer émotionnellement.

Il boit une gorgée de son breuvage et, lorsqu'il relève la tête pour croiser mon regard triste, j'aperçois une larme perler le long de sa joue hâlée et chuter dans son verre. Je devrais tendre la main, le toucher, mais j'en suis incapable. Je suis comme paralysée, tétanisée par ma propre réaction.

Il détourne le regard et je sens comme une gêne. Aurait-il honte de pleurer devant moi ? Ou bien ma présence le dérange-t-il au point de ne pas oser me mettre à la porte ?

— Francesca n'est pas là ? demandé-je au bout d'un moment.

Sans m'adresser le moindre regard, M. Peña a un soupir las. Dois-je attendre – espérer – une réponse de sa part ? Peut-être pas.

— Elle est partie en même temps que ma femme, souffle-t-il d'une voix qui me fend le cœur.

Il finit son verre d'un seul trait et le pose sur la table basse en faisant du bruit.

Voir M. Peña ainsi me fait de la peine. J'ai l'impression de me regarder à travers un miroir. Nous partageons cette même douleur, cette même colère typique des gens en deuil. Ce même regard vide et inexpressif, aussi. Cette même voix morne et éteinte.

Comme moi, Ángel n'est plus que l'ombre de lui-même. Où est passé l'homme jovial et sûr de lui que j'ai connu ? Jamais il ne m'a paru si vulnérable et en détresse. Son air négligé me laisse penser qu'il n'a pas dû beaucoup dormir depuis l'annonce officielle du crash.

Je profite que M. Peña me tourne le dos pour se servir un autre verre pour ranger sommairement la table basse. J'empile plusieurs magazines financiers ainsi que quelques dossiers plus ou moins volumineux.

— Que faites-vous ? m'interroge-t-il en retournant s'asseoir sur son fauteuil.

— Je… Pardon, balbutié-je à nouveau.

Ça faisait longtemps, tiens !

Je sens mes joues s'échauffer et les battements de mon cœur s'accélérer dangereusement. Craignant de vomir devant le seul homme qui ne m'ait jamais traitée autrement que comme son égal, et pour qui j'ai toujours eu de l'admiration, je me lève, manquant de trébucher sur le tapis. Est-ce possible d'être aussi maladroite et embarrassée à la fois ? J'ai honte.

D'un pas leste, je me dirige vers la porte avant de me retourner vers M. Peña qui, lui, n'a pas bougé.

— J'aimerais vous proposer mes services, je dis, confuse.

M. Peña hausse les sourcils, ne comprenant visiblement pas ce à quoi je fais illusion. Devant l'ambiguïté de mes propos, je me racle la gorge et reprends :

— J'aimerais venir faire le ménage ici, disons deux fois par semaine ? Le mercredi et le vendredi. Si vous êtes d'accord, bien sûr.

J'ai dit tout cela sans bredouiller. *Yes, I can !* Je n'en reviens pas de mon audace. Et je ne suis pas la seule, visiblement. M. Peña est bouche bée. Il paraît sonné comme un boxeur après un match. Ai-je réellement proposé mes services à cet homme, dans sa propre maison ? Dira-t-il oui ? Non ? Me prendra-t-il pour une folle ?

Je m'apprête à franchir la porte, une main sur la poignée, consciente de ma bêtise. Comme si un brin de ménage pouvait nous aider tous deux à aller mieux – moi en m'exécutant, lui en l'appréciant. Comme si j'avais le pouvoir d'effacer de sa mémoire la disparition de celle que nous aimions tous les deux par-dessus tout.

— D'accord, consent M. Peña dans mon dos. Je laisserai la clé sous le paillasson.

Quoi ?

Je me fige sur place. Est-ce qu'il vient de… d'accepter ? C'est ce qu'il a dit, et pourtant, j'ai dû mal entendre tant j'ai du mal à y croire.

Le dos résolument tourné vers Ángel, je hoche mollement la tête, prends congé et quitte les lieux.

Dehors, quelque chose étire mon visage – une grimace ? Un sourire ? Je me surprends à presser le pas jusqu'à l'abribus, à la fois excitée et affolée de ce qui m'attend. Ce faisant, je lève les yeux au ciel.

Joyeux anniversaire, Jenny.

Vivement mercredi, songé-je.

10

Samedi, Lilian, mon frère aîné – huit ans nous séparent, mais nous nous entendons comme si nous étions jumeaux – a débarqué dans la matinée, pour mon plus grand bonheur. Officiellement, il est là pour moi. Pour remonter le moral de sa petite sœur. Mais je le soupçonne d'être venu jouer les nounous. Peu m'importe la raison de sa venue au fond ; l'essentiel, c'est qu'il soit ici avec moi. Pour moi.

Nous nous sommes jetés dans les bras l'un de l'autre. Il m'a manqué. Je le lui ai dit : « Tu m'as manqué. » Il y a si longtemps que je ne l'ai pas vu. Sa fiancée, Sarah, et lui ont emménagé ensemble il y a deux ans dans un coquet appartement à l'autre bout de la ville. J'ai longtemps souffert – et encore aujourd'hui – de la distance qui nous sépare, lui et moi. Mais il est là, avec moi, et je compte bien profiter de sa présence.

Depuis toujours, il est mon roc. Mon pilier. Mon protecteur et mon confident – au même titre que Jenny avant. Même si j'en veux énormément à Dieu de m'avoir pris ma meilleure amie, je ne le remercierai jamais assez d'avoir fait entrer mon frère dans ma vie. Assurément, Lilian est un don du ciel. J'ai beaucoup de chance de l'avoir, j'en suis parfaitement consciente. Il m'a toujours protégée contre les menaces extérieures, quelles qu'elles soient. Depuis que je suis toute petite, il n'a eu de cesse de prendre ma défense auprès des vilains garçons qui en avaient après moi à l'école, mais aussi des petites pestes qui me jalousaient, ou encore lors de discussions houleuses avec nos parents. Quels que soient mes rivaux ici bas, j'ai toujours pu compter sur cet allié de choix. Son soutien est, quant à lui, indéfectible. Avec lui, je me sens toujours bien, en sécurité. Logan lui ressemble à bien des égards.

— Tu comptes rester longtemps ? l'interrogé-je en reculant.

Je redoute déjà sa réponse. Le problème avec mon frère, c'est qu'en général, il ne reste jamais bien longtemps au même endroit. C'est un jeune homme tout ce qu'il y a de plus actif et très occupé – un peu trop à mon goût.

Je le regarde sans trop d'espoir tandis qu'il me jauge à son tour, visiblement amusé de me faire languir inutilement.

— Tout le week-end si ça te dit ! dit-il en passant son bras sur mon épaule et en m'attirant à lui.

Tu parles si ça me dit !

Lilian m'embrasse sur la joue tandis que j'esquisse un sourire. Un week-end rien que tous les deux. Je ne pouvais pas rêver mieux.

— Les parents ne sont pas là ? demande-t-il en se laissant choir sur le canapé.

— Pas quand on a besoin d'eux ! gloussé-je en m'affalant à côté de lui.

Il m'adresse un sourire empreint de compassion – il a appris pour Jenny, d'où sa présence ici. Un long silence s'abat sur nous, puis, sans que je m'y attende, il enfonce ses doigts dans mes côtes, ce qui a pour effet de me faire me tortiller sur le canapé. Je me plie en deux, ris à gorge déployée tandis qu'il redouble d'inventivité pour me faire rire. Comme autrefois, lorsque nous étions enfants. C'était sa manière à lui de dissiper mon chagrin – momentanément, du moins. Le rire est une thérapie comme une autre, après tout. Et, je dois avouer qu'elle est plutôt efficace sur moi. C'est comme si nous ne nous étions jamais quittés, Lilian et moi.

Comme s'il vivait encore ici, dans cette maison. Avec moi. Je suis nostalgique de cette époque. Tout était tellement plus facile alors. Cela étant, je ne peux pas en vouloir à mon frère d'être parti. Car, après tout, il a une vie à vivre, lui aussi.

Je crie à Lilian d'arrêter, le ventre douloureux à force de rire. Et pour une fois, il m'obéit.

Je passe une main dans mes cheveux défaits et essaie de retrouver mon souffle. Ça fait longtemps que je n'avais pas autant ri. Depuis…

J'enfonce ma tête dans le canapé, encore essoufflée d'avoir tant ri. À côté de moi, Lilian m'observe du coin de l'œil, un sourire satisfait aux lèvres.

— Tu m'as manqué, p'tite sœur ! raille-t-il, essoufflé lui aussi.

Tournant la tête vers lui, je le dévisage. Il a l'air si jeune et si insouciant.

— Toi aussi, tu m'as manqué, grand frère ! réponds-je avant de venir me blottir contre lui.

Il m'étreint chaleureusement dans ses bras. C'est si bon. Je me sens si bien avec lui que j'en oublie mon chagrin. Je perds toute notion du temps lorsque je suis avec lui et c'est appréciable. Le temps semble s'être suspendu.

Nous restons ainsi, enlacés l'un contre l'autre, pendant je ne sais combien de temps.

Jusqu'à ce que nous nous assoupissions sans même nous en rendre compte.

11

Après notre petite sieste improvisée – j'ai mieux dormi en vingt minutes que ces six derniers jours – mon frère m'a emmenée déjeuner dehors. Maria, visiblement déçue de ne pouvoir s'adonner à son passe-temps favori – la cuisine – a eu du mal à cacher sa déception. Se sentant coupable de cette désertion, Lilian lui a gentiment proposé de se joindre à nous, mais cette dernière a poliment décliné, prétextant du ménage en retard, même si, la connaissant, je la soupçonnais de vouloir nous laisser seuls, mon frère et moi.

Avant de partir, j'ai vu du contentement dans ses yeux lorsqu'elle nous a longuement observés tour à tour, Lilian – il y avait si longtemps qu'elle ne l'avait pas vu, elle aussi – et moi. De la fierté, aussi. Il faut dire que mon frère est devenu un vrai homme, à présent.

À nos yeux, Maria est bien plus qu'une nourrice ou une simple domestique. Elle est un peu notre seconde mère – la seule et l'unique, en ce qui me concerne.

Pendant le déjeuner, j'observe mon frère à la dérobée, songeuse. Il est beau. S'il a hérité des yeux de biche de notre mère ainsi que de son sourire angélique, et la peau délicieusement hâlée de notre père, Dieu merci – une fois n'est pas coutume ! – il n'a pas dans ses gènes le caractère colérique, voire tyrannique, de ce dernier. D'humeur égale, Lilian est, au contraire, quelqu'un d'ouvert et de pondéré.

Tandis que je le regarde se délecter de son plat, perdue dans la contemplation de son doux visage, je sens mon smartphone vibrer dans la poche de mon jean. Je le sors discrètement et découvre un énième SMS de Logan. Il m'écrit que je lui manque, me demande si je vais bien, si je tiens le coup et si j'ai réussi à dormir.

Dans un soupir las, je décide sans plus tarder d'éteindre mon portable, sans cesser de boire les paroles de Lilian – comme toujours.

— Qui est-ce ? me demande mon frère après s'être essuyé les commissures des lèvres avec une serviette, soudain curieux.

— Personne, réponds-je, évasive, en secouant la tête comme pour éluder la question.

Les sourcils froncés, Lilian m'interroge du regard avant de tendre la main pour saisir son verre de soda, dont il boit une gorgée. Je l'imite, cherchant à tuer le silence gênant qui s'est subitement installé entre nous.

Après ce petit flottement, Lilian reprend finalement le cours de la conversation tandis qu'une jolie serveuse, pas franchement insensible au charme de mon frère, le dévorant ostensiblement du regard, nous apporte nos desserts – un craquant aux fraises pour moi, un tiramisu pour lui.

J'observe, incrédule, la scène qui se joue devant moi en réprimant un fou rire. Lilian est beau et il le sait. En outre, il ne laisse pas la gent féminine indifférente.

— Quoi ? m'interroge-t-il en posant de nouveau les yeux sur moi.

Et là, nous explosons tous les deux de rire, sans pouvoir nous arrêter. À tel point que nous attirons l'attention de quelques clients incommodés.

Lorsqu'enfin mon frère et moi reprenons nos esprits, je ne peux m'empêcher de le taquiner sur ce qu'il vient de se passer sous mes yeux ébahis.

Une fois le calme revenu, Lilian m'interroge sur ma scolarité. J'évoque brièvement Logan ; il me parle de son travail – il dirige une entreprise industrielle rachetée par notre père, ce qui fait la fierté de mes parents. Il mentionne aussi le nom de Sarah, dont il est éperdument amoureux, et ce depuis la fac. Nous ressassons quelques souvenirs heureux. À aucun moment il ne me parle de Jenny, davantage par pudeur que par omission – il sait à quel point je souffre et je lui en sais gré. Nous ne parlons pas non plus des parents, ce qui n'est pas pour me déplaire – bien au contraire.

Au moment de partir, Lilian et moi échangeons un sourire entendu. Nous nous levons de concert. Lilian se rend au comptoir afin de régler la note tandis que je m'en vais faire un saut aux toilettes.

Lorsque je reviens, la serveuse flirte ouvertement avec mon frère, ce qui a le don de m'horripiler – il est avec Sarah, bordel !

Comme pour défendre le territoire de Sarah, et par solidarité féminine, je ralentis le pas, baisse les yeux en réprimant un gloussement. Me vient alors une idée... *Attention, j'arrive !*

— Tu as payé, chéri ? lancé-je avec aplomb en passant mon bras autour de la taille de mon frère.

Je me retiens de rire, même si la situation est risible. Mon frère, quant à lui, écarquille les yeux en me dévisageant – il semble lutter contre le fou rire, lui aussi. M'imitant, il passe son bras autour de ma taille et m'entraîne en direction de la sortie. Je le sens se détendre contre moi.

Jetant un dernier coup d'œil à la serveuse envahissante, je la vois qui nous regarde partir, bouche bée, visiblement choquée et déçue, tandis qu'intérieurement, je jubile.

À peine sommes-nous sortis que, sur le trottoir d'en face, mon frère et moi nous écroulons de rire en nous tenant les côtes.

— Ben dis donc ! Elle était tenace, celle-là ! m'exclamé-je entre deux respirations saccadées.

Lilian acquiesce, son corps encore secoué par les spasmes.

— J'espère que Sarah et toi n'allez pas souvent en boîte ! Je la plains, vraiment.

Et je le pense. Lilian est beau garçon et Sarah est magnifique et adorable. À eux deux, ils doivent faire des ravages – et des jaloux, forcément.

— Tu m'as sauvé la mise sur ce coup-là, p'tite sœur. Merci. Je te revaudrai ça !

— De rien, réponds-je en lui donnant un coup de coude dans les côtes. Et c'est quand tu veux !

Il me donne un tendre baiser sur la joue en riant encore et nous nous mettons à marcher tranquillement, son bras sur mon épaule.

Des badauds se retournent sur notre passage, nous prenant sans doute pour un couple – ce ne serait pas la première fois.

Je rougis bêtement en songeant que si j'avais moi-même pris l'initiative de le libérer des griffes de cette femme, je n'étais pas en reste. Quelques années auparavant, Lilian avait dû lui aussi recourir à la ruse et à l'usurpation, se faisant passer tantôt pour mon cousin, tantôt pour mon petit ami, et ce afin d'éloigner les quelques garçons récalcitrants que mon frère avait jugés un peu trop entreprenants. Et je dois dire que ce petit jeu m'amusait follement. Malgré nos huit ans d'écart, les autres n'y voyaient que du feu. Fusionnels, nous veillions l'un sur l'autre.

J'esquisse un sourire amer, convaincue que seul mon frère a le pouvoir de me distraire de la sorte, de me soustraire aux tracas de la vie avec légèreté, et je l'en remercie silencieusement.

Après avoir flâné dans les rues de la capitale Lilian a tenu à m'acheter une veste en jean ainsi qu'une nouvelle paire de *Converse*, cadeaux tardifs pour mon anniversaire a-t-il dit, puis nous sommes rentrés à la maison, où nous avons retrouvé Maria en plein repassage.

Le reste de la journée s'écoule paisiblement. J'ai (encore) battu Lilian à un combat de pouces. Nous avons écouté de la musique, après quoi mon frère a allumé le téléviseur et s'est mis à zapper sur les différentes chaînes. Soudain, des images horribles, reconnaissables entre toutes et pourtant presque banales, qui avaient déjà été offertes à mes yeux révulsés, ont envahi le grand écran. Des images du crash dans lequel a péri ma meilleure – et unique – amie, passant en boucle sur la chaîne info.

Percevant mon malaise, Lilian a posé une main amicale et fraternelle sur mon épaule et l'a serrée comme pour m'assurer de son soutien indéfectible. Aussitôt, il s'est emparé de la télécommande et a éteint le téléviseur. Mon regard était fuyant et je lui tournais pratiquement le dos. Il respectait mon silence, sans pour autant s'empêcher de me prendre dans ses bras et de me serrer fort contre lui.

— Je suis désolé, ma puce, a-t-il murmuré en m'embrassant les cheveux.

Il a marqué un temps avant d'ajouter, hésitant :

— Tu veux en parler ?

J'ai fait non de la tête, les larmes obstruant ma gorge serrée. *Je vois un psy, tu sais ?* ai-je eu envie d'ajouter.

La main de Lilian me caresse le dos. Il hésite à reprendre la parole, ne sachant visiblement ni quoi dire ni quoi faire. Comment réagir face à sa petite sœur en deuil, et dont le cœur est déjà brisé, à dix-sept ans à peine ?

— Et si tu choisissais un film pendant que je vais te préparer une camomille ? propose-t-il au bout d'un moment en éloignant quelques mèches de mes cheveux collées à mes joues par les larmes.

— D'accord, parviens-je miraculeusement à articuler tandis que mon regard accroche finalement le sien.

Il me dévisage longuement. Soudain, je me sens nue, vulnérable et exposée. Lilian a cette capacité de lire en vous comme dans un livre ouvert – c'est cliché, je sais, mais c'est la vérité. Et en cet instant, le mien est ouvert au chapitre de la souffrance infligée au cœur et à l'âme par la mort d'un être cher – ma meilleure amie, rien de moins que cela. J'aimerais qu'il lise plus vite, que les pages se tournent prestement, et qu'on passe au chapitre suivant.

Comme promis, Lilian m'a préparé une camomille, en vue d'apaiser le tourment qui me ronge telle une tempête tropicale de force 6. Je suis dans l'œil du cyclone – je *suis* le cyclone. Quant à moi, j'ai choisi un film au hasard.

Un œil sur l'écran, Lilian me berce doucement, me faisant oublier, ne serait-ce que pour le temps du film, ma douleur et mon chagrin. Le silence est d'or. C'est tellement agréable de se faire dorloter, d'être prise en charge par une personne aimante – un membre de sa famille, qui plus est – que je me sens flotter.

J'ignore si cela est dû à sa présence ou si c'est la camomille qui commence à faire effet. Quoi qu'il en soit, je bascule à nouveau dans les bras de Morphée, détendue et assoupie comme jamais.

Reste auprès de moi pour toujours, Lilian, imploré-je en silence, même si je sais pertinemment que c'est impossible. Alors, je profite de l'instant présent sans rien demander de plus à la vie – qui m'a pourtant pris ce que j'avais de plus précieux ici-bas.

12

Lilian s'est enfermé dans son ancienne chambre d'adolescent pour appeler Sarah pendant que, pour ma part, je me suis réfugiée dans la mienne pour réviser, bien que je n'aie pas vraiment le cœur à ça.

Plongée dans mon cours d'espagnol – la *jota* : tout un art ! – je sursaute, une main sur le cœur, lorsque j'entends tambouriner à ma fenêtre. Je bondis sur mon siège et m'y précipite. Ouvrant le rideau, puis la fenêtre, je découvre un Logan en piteux état.

Je n'ai pas le temps de réfléchir que celui-ci se hisse déjà sur le rebord de la fenêtre et se matérialise devant moi. Confuse, je reste là, les bras ballants, à quelques centimètres de lui, sans mot dire. Je me contente de le dévisager d'un air ahuri. Je n'en reviens pas.

— Que... Que fais-tu ici ? parviens-je à bredouiller, sans doute trop bas pour que Logan puisse m'entendre.

— Je suis venu te... voir, répond-il en haussant nonchalamment les épaules, comme s'il s'agissait d'une évidence.

Je jette un rapide coup d'œil à ma porte fermée, soudain paniquée à l'idée que mon frère puisse nous entendre. L'a-t-il vu entrer ? Par chance, mes parents ne sont pas censés rentrer avant le lendemain matin.

La pensée qui traverse mon esprit à cet instant me donne presque envie de sourire. J'ai l'impression d'être Juliette, et Logan, mon Roméo. Il a escaladé mon balcon, et le voilà ici. Dans ma chambre. Nous sommes seuls. La lampe de mon bureau éclaire faiblement la pièce, donnant à Logan un air rebelle que je trouve particulièrement sexy. La lune bleutée se reflète, quant à elle, sur sa chevelure dorée. Ce qu'il peut être mignon comme ça.

Je frissonne en m'imaginant un instant dans la peau de Juliette retrouvant son Roméo à la tombée de la nuit pour un rendez-vous galant clandestin.

Lorsque Logan titube jusqu'à moi, je me rends compte que quelque chose cloche. Mon Roméo est… ivre, ce qui compromet sérieusement l'image du personnage – en même temps, il n'est pas vraiment Roméo et je ne suis pas vraiment Juliette. Je suis déçue. Qui voudrait d'un Roméo alcoolisé ? Pas moi, en tout cas.

Mes soupçons se confirment dès lors que Logan s'approche de moi et me demande, en me prenant durement la main :

— Pourquoi n'as-tu pas répondu à mes messages ?

Je rêve ou il me réprimande ? Que répondre à cela ? *Parce que je n'avais plus de batterie ?!* Doucement, j'essaie de dégager ma main, mais Logan la tient fermement serrée dans la sienne. Je suis prisonnière. *Décidément, Roméo n'est pas très romantique, ce soir,* songé-je. Du reste, il a l'alcool mauvais.

Je détourne le visage, incommodée par son haleine empestant le gin associé à un mélange nauséabond d'alcools forts que je ne parviens pas à identifier. À mon avis, il ne s'est pas arrêté à un simple verre. C'est bien là le problème avec lui : c'est tout ou rien. Pas de demi-mesure, que ce soit en amour, en amitié ou autre chose – comme l'alcool, par exemple.

En posant mes yeux sur lui, je remarque que son expression a changé. Il est plus agressif, sur la défensive, même, comme si j'avais mal agi ou que je l'avais déçu.

J'aperçois dans ses yeux une lueur étrange et nouvelle – serait-ce de la tristesse ? – que je ne lui ai jamais vue jusque-là. Souffre-t-il de mon absence ainsi qu'il le dit ? Ou dois-je mettre cela sur le compte de l'alcool ? Connaissant sa tendance à l'autodestruction – le contexte familial dans lequel il s'inscrit est des plus complexes – je m'approche encore et le prends dans mes bras. Je refuse de lutter ou de lui tenir tête. Je veux le réconforter, être là pour lui – comme il s'efforce d'être là pour moi. Il est inutile que je lui fasse remarquer son état d'ébriété. En outre, c'est à cause de moi s'il est dans cet état.

— Pardon, je murmure, la tête enfouie dans son cou. Mon frère est venu me rendre visite à l'improviste et je ne voulais pas être dérangée, c'est tout.

Il frissonne dans mes bras et je passe une main dans son dos pour essayer vainement de le réchauffer.

— Chhh. Je suis là. Tout va bien.

À la vérité, rien ne va depuis que Jenny nous a quittés. Par ailleurs, je ressens le besoin de m'isoler. Loin de moi l'envie d'exclure Logan de ma vie et de le faire souffrir, notamment à cause de cette distanciation involontaire, mais le fait est que je suis devenue une piètre petite amie et que notre couple en souffre par ma faute depuis lors.

Écœurée par l'odeur de l'alcool, je recule à regret. Je le retiens faiblement à bout de bras. Il dit en titubant :

— J'ai la tête qui tourne…

Craignant qu'il vomisse, je l'assois tant bien que mal sur le bord de mon lit, retire son blouson et lui intime l'ordre de ne pas bouger.

Je me précipite jusqu'à la salle de bains adjacente, où j'attrape un gant de toilette que j'asperge d'eau fraîche. Je me dépêche. Ce faisant, je jette un rapide coup d'œil à travers le miroir. Il me fait de la peine. On dirait un enfant qui a perdu ses repères, abandonné et livré à lui-même. Je ne l'ai jamais vu dans un état pareil. Ça me fait mal de le voir souffrir ainsi à cause de moi.

De retour dans la chambre, je m'assois avec précaution à côté de Logan. Je presse le gant sur son front, que je tamponne aussi doucement que possible. Son regard est vide et hagard. Il est si vulnérable, si égaré que cela m'émeut. Toutefois, je m'efforce de ne pas lui montrer ma faiblesse. Je reste forte. Pour lui.

Ses yeux sont tristes. J'entrevois une goutte perler le long de sa joue. Je pense d'abord à de la sueur ou bien à de l'eau, avant de réaliser qu'il s'agit bel et bien d'une larme. *Oh ! Logan ! Je m'en veux, si tu savais.* Tels sont les mots que j'aimerais prononcer en cet instant. Mais, bien entendu, rien ne sort. Encore une fois, je reste muette face à la vulnérabilité de mon petit ami.

Soudain, sans que je m'y attende, Logan m'attire doucement sur ses genoux tandis que j'ai un hoquet de surprise. Il me prend le gant des mains et le pose négligemment derrière lui. Puis il plonge ses yeux dans les miens. Il me dévisage, me scrute, me jauge. Mes narines dilatées commencent peu à peu à se familiariser aux effluves de l'alcool, faisant taire mes haut-le-cœur.

Tout en me dévisageant, Logan passe une main doucereuse dans mes cheveux.

— Tu es belle, ma puce.

Cela, je refuse de l'entendre. Jamais je ne me suis considérée comme « belle ». En outre, cet adjectif ne fait pas partie de mon vocabulaire, si ce n'est pour qualifier Jenny. Quant à moi, je me trouve trop mince, mes seins sont tout petits, presque inexistants. Ma peau est trop claire et ma taille est en deçà de la moyenne nationale. Tout en moi (ou presque) me complexe, et ce depuis toujours.

S'approchant, Logan m'embrasse sur les lèvres, puis dans le cou, pendant que sa main pétrit agréablement mon sein sous mon T-shirt.

Tandis qu'il fait courir ses lèvres le long de ma clavicule, je remarque qu'il halète aussi fort que moi. Prudemment, Logan me fait rouler sur le matelas.

Les yeux fermés, je divague, laissant libre cours à mon imagination. J'imagine une bouche charnue et sensuelle goûter ma peau nue et gracile ; deux mains puissantes quoique légèrement ridées s'emparer de mes petits seins et les malaxer agréablement en me susurrant des mots doux : « Te quiero, cariña » ; des doigts courir et trotter le long de ma gorge ; et enfin, deux yeux bleus me pénétrer du regard avant qu'une autre partie de son anatomie ne prenne le relais. Son corps délicieusement halé épouse parfaitement le mien. Il est tout ce que je désire. C'est si bon... Je halète, je gémis. J'attrape le T-shirt poisseux de Logan et l'attire davantage contre moi, afin qu'il n'y ait plus le moindre espace entre nous.

Soudain, alors que mon corps et mon esprit semblent résolus à s'offrir à lui – je me sens prête à faire l'amour pour la toute première fois – celui-ci cesse brusquement de m'embrasser.

— Je suis désolé, Anaïs, souffle-t-il, haletant. Je ne peux pas faire ça.

Il se relève et je l'imite tout en me rhabillant.

— Je ne comprends pas. Je pensais que tu en avais envie, toi aussi…

— C'est le cas. Je t'assure. J'ai envie de toi, et ce depuis que nous avons échangé notre premier baiser.

— Bah alors, quel est le problème ? Je suis prête…

— Non, tu ne l'es pas. Et moi non plus.

Il pousse un soupir et se désigne.

— Franchement, regarde-moi. Je suis bourré. C'est nul pour notre première fois. Je veux qu'elle soit mémorable. Pour tous les deux. Je veux être sobre lorsque je te ferai l'amour, ma puce.

Un éclat de rire en provenance de la chambre de Lilian parvient jusqu'à nous.

— En plus, il y a ton frère juste à côté. Pas sûr qu'il accepte l'idée qu'un mec fasse l'amour à sa petite sœur en sa présence.

Logan manque de trébucher sur la moquette. Il réussit tant bien que mal à se traîner jusqu'à la fenêtre restée ouverte.

Après avoir déposé un baiser sur mon front ainsi que m'avoir caressé tendrement la joue, Logan s'en va, tandis que je le regarde s'éloigner, un goût amer sur les lèvres – ces mêmes lèvres qu'il vient d'embrasser.

13

Mes parents sont rentrés comme prévu dans la matinée. Après avoir prétexté des révisions en prévision d'un contrôle le lendemain, il m'a fallu rassembler tout le courage et toute la motivation dont je ne disposais pas pour me joindre à eux ainsi qu'à mon frère pour le dîner. Il ne fait aucun doute que mes parents sont heureux de retrouver leur fils bien-aimé. Pour ma part, je me contente de rester invisible, comme toujours. Nous dînons dans un silence pesant tandis que Maria enchaîne les plats avec un timing bien rodé.

Tout à coup, alors que je m'habituais à ce silence familier, mon père m'interroge sur le week-end.

Heureusement, je peux toujours compter sur mon frère pour me venir en aide. Nous échangeons un regard entendu, après quoi, Lilian presse ma main sur la table et, d'un air complice, m'assène un léger coup d'épaule en racontant à nos parents nos dernières aventures. Il sourit franchement, relate ces précieux moments passés en compagnie de sa « petite sœur adorée ». Il décide de ne pas entrer plus dans les détails et je lui en suis reconnaissante.

Mon père nous jauge tour à tour, Lilian et moi. Je vois dans ses yeux l'agacement et le mécontentement face à notre connivence de toujours. J'ignore pour quelle raison, le regard insistant de mon père posé sur ma personne me met soudainement mal à l'aise.

Je me détends un peu dès lors que Lilian change de sujet. Mais mon père, lui, ne me quitte pas des yeux pendant que son fils chéri parle de lui et de Sarah, et de leurs projets futurs – il songe sérieusement à lui faire sa demande.

Je soutiens tant bien que mal le regard de mon père. Nous nous toisons en chiens de faïence. Soudain, j'ai une pensée pour Logan.

Notre pseudo dîner de famille est pathétique. J'ai bien envie de m'y soustraire par quelque prétexte que ce soit, mais ce serait déplacé, surtout vis-à-vis de Lilian – mon sauveur et, accessoirement, l'animateur de cette soirée.

Tandis que Lilian les tient en haleine, je regarde mon assiette à moitié vide, l'air songeur. Peu à peu, je m'efface, je me désagrège. Je disparais de la surface de la Terre – si seulement cela m'était possible... Qui sait ? Un jour, peut-être.

Mon frère me donne un léger coup de coude, me sortant brusquement de ma torpeur. Il m'adresse un sourire et me lance un regard qui semble signifier : « Ne t'en fais pas. Je les gère, p'tite sœur. »

Au terme d'un long et copieux dîner – je me suis davantage nourrie du silence que de ce que contenait mon assiette, au grand dam de Maria – j'obtiens enfin l'autorisation de quitter la table.

Assise à mon bureau, j'essaie tant bien que mal de me concentrer sur mon devoir de maths. Trop de pensées envahissent mon cerveau en ébullition. Si seulement Jenny était là. Elle m'aiderait peut-être à canaliser la peur et le chagrin qui me submergent. Comme toujours, elle m'aiderait à relativiser – je n'étais pas morte, après tout – et parviendrait miraculeusement à me redonner le sourire. Nous ririons alors comme deux andouilles jusqu'à ressentir les premières crampes familières à l'estomac et aux côtes.

Un bip sonore m'annonçant l'arrivée d'un nouveau message sur mon smartphone interrompt mes rêveries. Je me lève, tends la main vers ma table de chevet où repose l'appareil et m'affale sur le lit.

Persuadée qu'il s'agit de Logan, je déverrouille l'écran resté en veille. Et là, stupéfaction. Je reste bouche bée face au message de Jenny :

Pardon.

Je crois d'abord être victime d'une hallucination. Bien qu'il ne soit pas fait mention de ce genre d'effets secondaires dans la notice des antidépresseurs, on ne sait jamais. D'autant que le manque de sommeil doit également me jouer des tours.

Je scrute l'écran de mon smartphone comme s'il détenait la réponse à ma question silencieuse. D'où sort ce message ? S'agit-il d'un ancien SMS reçu tardivement ? Ou Jenny serait-elle en vie, quelque part ?

Interloquée, je regarde la date dudit SMS. 5 avril 2015. Il s'agit donc d'un nouveau message. Mais comment est-ce possible ?

Une boule obstrue ma gorge. La vue brouillée par les larmes, je me roule en boule sur le lit. J'ai mal. Je pleure, je renifle, tandis qu'en bas, je perçois les éclats de rire de mon père mêlés à ceux de mon frère. Le contraste n'en est que plus douloureux. Je suis seule – plus encore que jamais.

Dans le même temps, je reçois un message similaire de Logan :

Pardonne-moi, ma puce.

Je trouve cette coïncidence étrange, voire suspecte. *Pardon.* Qu'ai-je à leur pardonner à l'un et à l'autre ? Je songe à la tournure qu'ont pris les évènements avec Logan la veille, ici même, dans ma chambre – j'ai dû aérer la pièce après son départ précipité, car l'odeur tenace de l'alcool s'y était imprégnée.

Un peu plus tard dans la soirée, alors que je n'ai eu de cesse de cogiter quant à la corrélation de ces deux mystérieux messages, mon frère vient frapper à ma porte. Il me rejoint sur le lit, me demande comment je vais – *comment je vais !*
Incapable de lui mentir, je lui dis la vérité : mal. Aussi, me prend-il dans ses bras en me murmurant ces mots tendres et réconfortants dont il a le secret.
Il y a un silence. Puis je demande à Lilian s'il compte repartir bientôt.
— Demain matin, à la première heure, me dit-il.
Il m'assure qu'il m'appellera très bientôt et je le crois, même si cela fait plusieurs mois que nous ne nous étions pas vus.
Il lit dans mes pensées, semble-t-il, car il répète :
— Nous nous reverrons bientôt, je te le promets, p'tite sœur.
C'est idiot, mais ces quelques mots qui revêtent une promesse me réchauffent le cœur. Je me détends alors nettement dans ses bras. Le silence s'éternise, mais ni Lilian ni moi n'éprouvons le besoin de le briser. Il m'embrasse sur la joue et se blottit contre moi dans mon lit en me berçant doucement, comme lorsque nous étions petits et que je me glissais sous ses draps, tétanisée que j'étais alors par l'orage.
— Je t'aime, ma puce, dit-il. N'oublie jamais ça, d'accord ?
— Moi aussi, je t'aime, réponds-je en fermant les paupières.
Et alors, je sombre vers d'autres bras, tout aussi douillets et apaisants – ceux de Morphée.

14

À mon réveil, je grimace en remarquant l'absence de Lilian. Certes, il m'avait prévenue de son départ. Il n'empêche que je me sens désemparée.

Je souris en découvrant le petit mot qu'il m'a laissé sur ma table de nuit :

Tu dormais si profondément. Je n'ai pas osé te réveiller. Je t'appelle bientôt. PROMIS. *D'ici là, prends soin de toi et, surtout, n'oublie pas de te souvenir que je t'aime. Tu me manques déjà.* L .

Je me sens galvanisée. J'ai aimé ce week-end – trop rare, hélas – passé en sa compagnie. C'est si bon de me laisser aller avec lui qui me connaît mieux que quiconque. Je l'aime et je sais que cet amour est réciproque. C'est bon de savoir que je peux compter sur lui et qu'il ne me laissera pas tomber, et ce quoi qu'il advienne.

Au lycée, j'ai l'étrange sensation que Logan m'évite. En classe, il s'est installé trois rangées derrière moi – sans doute pour ne pas être tenté de me parler ou de me toucher.

Depuis que Jenny a quitté ce monde, je ne me sens plus à l'aise nulle part. Ce n'est vraiment plus pareil sans elle. Ce lycée, cette salle de classe, cette cour, tous ces lieux si familiers et chaleureux autrefois me semblent aussi morts qu'elle, désormais. Ou bien est-ce moi qui ne me sens plus aussi vivante qu'avant. Être en vie et vivre, ce n'est pas exactement la même chose. Pour ma part, je suis en vie, mais vivante, ça, c'est une autre histoire. J'ai perdu mes repères. Je me sens déconnectée de tout : de la vie, de mes études, des autres, de moi-même.

Pendant le cours de musique, je fredonne mentalement la chanson de Maître Gims, *Zombie,* que Jenny et moi écoutions en boucle. Avant l'après. Avant le sans. Sans l'après.

Je suis retournée voir la psy. M. Farès se fait du souci pour moi, lui aussi. Il a d'ailleurs souhaité s'entretenir avec moi à la fin du cours. Il s'est enquis de ma santé, m'a demandé si je me rendais toujours à mes séances chez la psy ; je lui ai répondu par l'affirmative, ai tenté d'imputer – partiellement, du moins – mon déficit d'attention chronique aux médicaments que je prends – médicaments prescrits par la psy elle-même. Pour le reste – mes notes sont en légère baisse ce trimestre, et pas seulement dans sa matière – je ne trouve aucune réponse à lui fournir, ne sachant moi-même comment analyser mon comportement en classe.

Satisfait de mes confessions, M. Farès a clos notre entrevue en m'assurant qu'il était à ma disposition si toutefois je ressentais le besoin de parler. Je l'ai remercié de sa sollicitude – M. Farès est un bon professeur, et le fait que je sois sa meilleure élève n'altérait en rien mon objectivité. Il m'a adressé un sourire amer et je me suis rendue sans plus attendre au cours suivant.

À la cantine, je ne peux me résoudre à avaler mon déjeuner. Rien ne me fait envie. Ou peut-être est-ce moi qui n'ai envie de rien.

Assis au milieu de ses amis à une table voisine, Logan me regarde d'un air sévère. J'écarquille les yeux en rougissant. Moi qui n'ai pas faim, le voilà qui me dévore des yeux. Il semble m'intimer l'ordre de manger, ne serait-ce qu'une bouchée. Je souris en remarquant que lui non plus n'a pas touché à son assiette.

Seule face à mon assiette, je fais mine de porter la fourchette à ma bouche, mais c'est au-dessus de mes forces. De toute façon, j'ai un régime très strict. Je me nourris exclusivement de chagrin, ces temps-ci. De larmes. Voilà tout ce à quoi je suis autorisée – hormis les médicaments prescrits par le Dr Malenfant.

Dans les toilettes, je me rafraîchis longuement le visage. Ressasser le souvenir de Jenny encore et encore m'a lessivée. Quand cesserai-je enfin d'avoir mal ? Des semaines ? Des mois ? Des années ? Toute ma vie ?

Après m'être brièvement inspectée dans le miroir, je jette un coup d'œil sur ma montre et pousse un soupir. Plus qu'une heure de cours avant la délivrance. Je ne sais pas si j'aurai la force et la motivation nécessaires pour tenir jusque-là.

15

Il me faut à peine dix minutes en bus pour arriver chez M. Peña. Je jette un coup d'œil sur ma montre. Il est seize heures trente. J'ai une demi-heure d'avance sur l'horaire que nous avions convenu.

Je n'ai même pas pris le temps de faire un détour par la maison pour me changer ni pour y déposer mon sac. Curieusement, je me sens bien. C'est ici que je veux être. Le reste n'a pas d'importance.

Postée devant la porte, je songe un instant à sonner avant de me rappeler que la clé est cachée sous le paillasson. Je me penche donc en avant et, sans surprise, l'y trouve. Je jette un rapide coup d'œil alentour. Personne.

Lorsque j'insère la clé dans la serrure, ma poitrine se serre. Un sentiment nouveau m'envahit alors. Secrètement, j'espère le voir, même si cela me paraît peu probable.

Je ferme les yeux un court instant et inspire. J'ouvre la porte lentement. Personne. Je suis un peu déçue, même si je m'y attendais. Un avocat de sa renommée est forcément occupé ailleurs, même s'il me paraît évident que le deuil de sa fille adorée ait dû quelque peu modifier son emploi du temps habituel.

Après avoir posé mon sac à dos près de l'entrée, j'avance à pas lents dans le séjour. Les yeux fermés, je me laisse gagner par la nostalgie et laisse les ondes envahir peu à peu mes sens. Cette maison, semblable à une hacienda typique espagnole, est imprégnée de son odeur florale et musquée. Il y règne un silence agréable, bienvenu. Si l'espace est aussi étendu que la maison de mes parents, le mobilier, lui, est plus vivant et plus chaleureux. Plus accueillant. Tout indique qu'une famille y a vécu heureuse. Le souvenir de Jenny s'impose alors. J'entends sa voix, ses rires. Je revois ses grands yeux bleus – héritage de son père – m'observer tandis que je lui parle.

Je m'assois sur le canapé et balaye la pièce du regard – il faudra beaucoup plus qu'un simple regard pour tout balayer, j'en suis parfaitement consciente. À l'évidence, il me faudra plusieurs heures, voire plusieurs jours pour venir à bout de l'immensité de cette demeure. Rien que cette pièce, cela va me prendre des heures pour la nettoyer. Qu'est-ce qu'il m'a pris de proposer mes services à M. Peña, aussi ? Comme si j'étais une fée du logis ! Moi qui n'ai jamais passé le balai de ma vie – c'est Maria qui s'en occupe, et ce depuis que je suis toute petite. Du reste, pourquoi décider de m'immiscer dans la vie de cet homme ? Était-ce pour lui ? Pour moi ? Ou pour Jenny ? Les trois, probablement.

Mon exploration oculaire terminée, je me lève et pars à la recherche du matériel dont j'ai besoin : balai, pelle, chiffon, aspirateur… Il est 16 h 45 passées et je n'ai toujours pas commencé. Chemin faisant, je passe devant la cheminée avant de revenir sur mes pas. Plusieurs photos de famille attirent mon attention. Sur chacune d'entre elles, Jenny pose fièrement aux côtés de ses parents. Elle semble parfaitement heureuse et insouciante. Elle est telle que je l'ai toujours connue : espiègle et joviale. Heureuse de vivre.

Je ressens soudain un violent pincement au cœur. Je bats vigoureusement des cils pour empêcher mes larmes de couler. Car si je commence, je sais que je ne pourrai plus m'arrêter.

Lorsqu'enfin je trouve la buanderie, je m'empare de tout l'arsenal nécessaire à ma tâche. Sans plus attendre, je m'affaire à tout nettoyer. J'y mets tout mon cœur et toute mon énergie, ravie de pouvoir échapper au souvenir de Jenny l'espace de quelques heures.

Il est 18 h 20 à ma montre lorsque j'achève mon nettoyage. Mes mains n'en peuvent plus à force d'astiquer et de récurer, mais cette douleur-là est bienvenue. J'ôte mes gants en caoutchouc et me lave abondamment les mains avec du savon.

Après avoir jeté un dernier coup d'œil derrière moi, je récupère ma veste accrochée au portemanteau et l'enfile. Un instant, je songe que le propriétaire des lieux n'a sans doute pas dîné – tout comme moi. J'ouvre alors le frigidaire et, après réflexion, jette mon dévolu sur une boîte d'œufs ainsi qu'une petite brique de crème fraîche.

Je concocte quelque chose de rapide – mes talents culinaires ne valent guère mieux que mes talents de ménagère, hélas. Ce constat me désespère et me désole.

Je décide de préparer une omelette. J'ignore si cela lui plaira ou même s'il la mangera, mais je me sens coupable de partir comme une voleuse sans laisser une trace de mon passage.

Ne sachant pas quand M. Peña rentrera – ni s'il rentrera – je me dépêche de dresser un couvert sur le comptoir de cuisine et verse l'omelette express dans une assiette. Après quoi, je rince rapidement la poêle ainsi que la spatule en bois dans l'évier.

Avant de partir, je décide de laisser un petit message à M. Peña, dans lequel je le remercie de m'avoir autorisée à faire le ménage chez lui, en espérant le revoir bientôt.

18 h 35. J'attrape mon sac à dos et quitte la maison, à regret. Une fois la clé judicieusement dissimulée sous le paillasson, je me rends à l'arrêt de bus en bâillant, littéralement épuisée.

16

Le bus est bondé, comme chaque matin. Je parviens à me faire une petite place à côté d'une femme ayant la quarantaine, élégante et sophistiquée. Elle porte un parfum que je devine onéreux. Elle sent bon. Je l'observe à la dérobée tandis qu'elle a le nez plongé dans le *20 minutes*. J'admire ses longues jambes croisées, sa poitrine généreuse, le galbe de ses seins dissimulés sous un caraco noir. Elle me fait penser à Anne, la mère de Jenny. *Tout à fait le genre de M. Peña*, songé-je.

Elle a l'air si bien dans sa peau, si sûre d'elle. Tout le contraire de moi. Elle plaît aux hommes et elle le sait. En l'observant plus avant, je remarque qu'elle ne porte pas d'alliance à son annulaire. J'essaie alors d'imaginer sa vie, son histoire. Est-elle célibataire ? Divorcée ? Amante ? Trompée ? Lesbienne ?

Je voudrais être *elle*. Je voudrais avoir son aisance et son assurance. Sa beauté, aussi. J'imagine ce que je ressentirais alors. Au-delà d'une beauté évidente, cette femme doit sans doute avoir quelques fêlures, comme tout le monde.

À part dans les bras de Logan, je ne me suis jamais sentie « désirable », même si celui-ci n'a eu de cesse de me répéter à quel point il me trouvait « belle ».

Le bus s'arrête pour prendre d'autres passagers. Aussitôt, je relève la tête. Habituellement, c'est ici que Logan monte. Or, je ne le vois pas. Est-il en retard ? Ce ne serait pas la première fois, après tout.

Avant de descendre trois arrêts plus loin, ma charmante voisine me tend le journal en m'adressant un sourire – sa beauté n'a d'égal que sa gentillesse, visiblement.

Je la remercie timidement, et la regarde s'éloigner. Une fois partie, j'ouvre le *20 minutes* à la rubrique « Horoscope ». Jenny et moi adorions nous lire nos horoscopes respectifs, et ce jour après jour.

Nous sommes Bélier toutes les deux. Curieuse, je lis les prédictions du jour :

Très belle journée en perspective. La bonne humeur et l'amour seront omniprésents tout au long de cette journée. Vous vous sentirez plus vivant que jamais.

Je blêmis. Si seulement…

N'y tenant plus, je ferme le journal, le plie et le pose à côté de moi, sur le siège vide. *Foutu horoscope !*

17

C'est bien ce que je craignais : Logan n'est pas là. Je l'ai su dès mon entrée en classe, peu après que la première sonnerie ait retenti.

Au moment de faire l'appel, M. Farès croise mon regard perdu.

— Logan ? appelle-t-il en levant les yeux.

Il m'interroge du regard et je secoue doucement la tête en baissant les yeux.

— Absent. Anaïs ?

— Présente, réponds-je faiblement.

M. Farès m'adresse un sourire, puis il continue à faire l'appel.

— Peña Jenny ? dit-il soudain.

Toute la classe se fige. Je sens ma poitrine se serrer douloureusement tel un étau qui me comprimerait dangereusement les entrailles.

Conscient du malaise qu'il vient involontairement de provoquer, M. Farès se racle la gorge, tentant vainement de dissimuler sa gêne.

Après avoir rayé le prénom de ma meilleure amie – je détourne les yeux tant ma douleur est béante – il lève les yeux du registre. Je le foudroie du regard. Comment a-t-il pu commettre une telle erreur ?

Je sens quelques regards se poser sur moi. Je détourne le mien et mes yeux se posent sur la chaise vide de Logan. Où est-il ?

M. Farès demande le silence, faisant aussitôt cesser les bavardages.

— Bien. Prenez votre manuel à la page 132, ordonne-t-il tandis que ses yeux me présentent ses plus plates excuses.

Trop tard. Le mal est fait.

Nous nous exécutons tandis que le prof se tourne vers le tableau, sur lequel il commence à écrire quelque chose.

Je fronce les sourcils en guettant la porte, au cas où Logan arriverait enfin, ce qui, hélas, ne se produit pas.

À l'intercours, je consulte mes messages sur mon smartphone. Rien. Bizarre. Cela ne lui ressemble pas. D'habitude, quand il est en retard ou absent, il me prévient toujours.

Profitant des quelques minutes restantes avant le prochain cours, je tente de joindre Logan sur son portable et, à mon grand dam, tombe directement sur sa messagerie. Je pousse un soupir de mécontentement et décide de lui envoyer un SMS en espérant qu'il y répondra. Dans la précipitation, mon doigt ripe, faisant apparaître une photo de moi et de Jenny. Cette photo, je l'ai prise la veille de son départ pour Barcelone, quarante-huit heures avant la tragédie.

Je fixe encore l'écran quelques secondes, puis éteins mon smartphone.

En cours d'arts plastiques, Mme Gatinel nous demande de former des binômes. Logan n'étant pas là, je me retrouve toute seule.

La prof grimace. Nous sommes en nombre impair, aujourd'hui, d'où sa contrariété. Au bout d'une minute, cependant, elle parvient à trouver une solution. Elle adjoint une personne supplémentaire à un binôme de filles déjà formé et m'impose une partenaire de choix : Morgane – une fille très sympa, aussi timide et discrète que moi.

Mme Gatinel me décoche un sourire chaleureux et bienveillant. Cette fois, l'exercice peut commencer. Nous l'écoutons, tout ouïe tandis qu'elle nous énonce la consigne : nous devons dessiner le portrait de notre binôme, puis ce sera au tour de l'autre de nous dessiner. Pour cela, nous disposons d'une vingtaine de minutes.

Un brouhaha s'installe rapidement dans la salle de classe, éclipsé par quelques chuchotements agréables, puis le silence se fait.

Zach, l'élément perturbateur de la classe, grogne et glousse en émettant quelques commentaires déplacés. J'imagine déjà à quoi ressemblera son dessin – abstrait, à coup sûr.

Assise devant ma feuille blanche, je lève les yeux vers Morgane pour l'étudier. Elle semble mal à l'aise par mon intrusion oculaire. Comme je la comprends ! Moi-même, je me sens rougir dès lors que l'on me regarde d'un peu trop près et avec un peu trop d'insistance. Intimidée, je la dévisage afin de graver son visage dans ma mémoire. J'insiste sur les détails. Morgane est incroyablement jolie. Ses yeux sont d'un noir intense, tout comme sa chevelure légèrement ondulée qui retombe au-dessus de ses épaules. Son visage, quant à lui, est ovale ; son nez fin et droit ; ses dents blanches et parfaitement alignées. Ses traits sont fins et délicats. Son maquillage, sobre et élégant, me rappelle que je n'en porte pas. Elle porte un chemisier blanc immaculé ; un pendentif en forme de cœur est noué autour de son cou d'albâtre. Nul doute que n'importe quel garçon présent dans cette salle tuerait père et mère pour être à ma place et avoir le privilège de dessiner ce joli minois angélique. Toutefois, je crois savoir que Morgane a déjà un petit ami.

Mes premiers coups de crayon sont hésitants sur le papier tandis que je dessine mon modèle.

Au bout d'un quart d'heure, le dessin prend forme sous mes doigts. Je jette un dernier coup d'œil sur Morgane, restée immobile sur sa chaise. Si Jenny n'avait pas été ma meilleure amie, et ce depuis l'enfance, j'aurais pu m'entendre avec Morgane. Seulement, il n'y avait pas de place pour une autre amie dans mon cœur. Même morte, Jenny occupait toutes mes pensées.

Je donne quelques derniers coups de crayon çà et là. Je pousse un soupir en espérant que le résultat satisfera Morgane ainsi que ma prof.

— Bien. C'est terminé, annonce justement cette dernière. Vous pouvez dévoiler votre travail à votre binôme.

Heureuse d'en avoir terminé, je tends mon dessin à Morgane. Je la jauge avec nervosité, dans l'expectative. Quelle sera sa réaction ?

Après avoir jeté un œil au portrait, Morgane m'adresse un regard confus. Elle semble ne pas comprendre et j'avoue que moi non plus. Qu'y a-t-il ? Le dessin est-il si catastrophique que cela ? Pourtant, je me suis appliquée.

Sans dire un mot, Morgane me tend à nouveau le dessin qui, je dois le reconnaître, parle de lui-même. En le voyant et en l'examinant plus attentivement, ce ne sont pas les traits de Morgane que je reconnais, mais ceux de Jenny.

18

Dans le bus qui me conduit au domicile de M. Peña, toutes mes pensées convergent vers cet homme. Où est-il ? Que fait-il ? Comment gère-t-il la perte de sa fille unique ? Vais-je le voir enfin ? A-t-il goûté à mon omelette ?

En pénétrant chez lui, je trouve immédiatement réponse à ma dernière question. Je découvre, avec une déception non dissimulée, que l'assiette est intacte – le contenu est froid, désormais.

Après avoir vidé l'omelette dans la poubelle et rincé l'assiette, je m'empare du petit mot que j'avais laissé à son attention et le fourre dans la poche de ma veste.

D'un soupir las, j'avise la cuisine et décide de m'atteler au ménage – c'est la raison de ma présence ici, après tout.

C'est seulement ma troisième visite en quelques jours et déjà, je me suis approprié les lieux. J'y ai pris mes marques avec une rapidité déconcertante.

Tout en passant l'aspirateur dans le salon, je réprime un bâillement. Je ne m'imaginais pas ressentir à ce point le poids de la solitude en proposant mes services à M. Peña. Du reste, celui-ci n'est même pas là pour les apprécier. Reviendra-t-il bientôt ? Si oui, appréciera-t-il le résultat ? Je l'espère sincèrement. Pas seulement pour qu'il réalise tout le mal que je me donne pour parvenir à un tel résultat, mais parce qu'il manque cruellement à cette maison, encore habitée par le souvenir de Jenny. Et parce que, quelque part, il me manque à moi aussi, je l'avoue.

Arrivée à l'étage, je ralentis devant la porte de la chambre de Jenny. Je dois lutter pour ne pas m'y aventurer et y rester jusqu'à la fin de ma vie.

Une porte plus loin, presque en face de la chambre de Jenny, se trouve la chambre de M. Peña – qu'il partageait autrefois avec Anne.

Partagée entre la curiosité et la peur de découvrir ce qui se cache derrière cette porte, je décide finalement de me raviser. Ce serait malvenu de ma part. Malsain, même. Un instant, je frémis en songeant à ce qui a pu se passer dans cette pièce. Combien de fois et comment le bel hispanique a fait l'amour à son ex-femme ; le nombre de fois où il l'a fait jouir ; le nombre de fois où ils se sont blottis l'un contre l'autre, savourant simplement le contact de l'autre. Je maudis mon esprit tordu d'avoir ce genre de pensées. Stop. Ça suffit !

Longeant le couloir, je m'attaque à la deuxième salle de bains.

Dix-neuf heures. Mon ménage terminé, j'enfile ma veste en scrutant la porte d'entrée. Pauvre Anne. Elle doit tellement souffrir de la perte de sa fille, elle aussi. Peut-être M. Peña saura-t-il la réconforter. Se sont-ils vus, d'ailleurs ?

Je jette un rapide coup d'œil à l'îlot central de la cuisine par-dessus mon épaule. Aucune improvisation culinaire, ce soir. Je n'en ai ni la force ni le courage.

Lorsque j'actionne la poignée de la porte, j'espère secrètement qu'une main hâlée et joliment ridée par le temps se pose sur mon épaule, me dissuadant de partir. Mais non.

Tandis que j'attends le bus, mes écouteurs dans les oreilles, je sors mon smartphone de ma poche et consulte mes derniers messages. Aucun de Logan. Je commence sérieusement à m'inquiéter de son absence, impuissante que je suis de ne pas avoir de ses nouvelles. Et s'il lui était arrivé malheur – depuis le décès de Jenny, je commence sérieusement à douter de la vie et me méfie des intentions cachées de la mort, m'inquiétant pour tout et n'importe quoi.

N'y tenant plus, je décide de le rappeler. À nouveau, je tombe sur son répondeur.

19

Je suis soulagée lorsqu'en arrivant au lycée, deux jours plus tard, j'aperçois Logan qui discute avec un de ses amis sous le préau. Il me tourne le dos. En passant devant lui, je le vois remuer comme s'il sentait mon regard peser sur sa personne.

Dans la classe, alors que je sors déjà mes affaires de cours, je lève les yeux au moment précis où Logan regagne sa nouvelle place – c'est drôle comme le hasard fait mal les choses, parfois. Je lis toute la douleur et le remords dans ses yeux, et cela me fend le cœur.

En dépit de ce constat affligeant, je ne peux m'empêcher de tourner la tête pour l'observer. Il est calme, même si je devine qu'il bout à l'intérieur. Je réprime une grimace en remarquant qu'il porte une paire de lunettes noires sur le nez. Certes, il fait beau dehors. Les températures sont, quant à elles, plutôt douces pour un mois d'avril. Mais ce qui m'inquiète au-delà de ce détail plutôt inhabituel chez Logan, c'est le souvenir de lui dans une situation similaire, un an et demi plus tôt.

C'était un jour d'octobre, le dix-sept, très précisément ; il faisait beau – une journée semblable à celle d'aujourd'hui. Logan était arrivé en retard au cours de français de M. Martin. Il avait la lèvre inférieure coupée et un coquard à l'œil droit, dissimulé derrière de grosses lunettes noires.

À l'époque, Logan et moi ne sortions pas encore ensemble – bien que déjà dans la même classe. J'étais alors une petite fille modèle concentrée sur ses études qu'aucun mâle ne pouvait dévier de sa trajectoire. Logan, quant à lui, était un jeune adolescent rebelle qui avait à cœur de contourner le système – et accessoirement, de rendre fous les professeurs. Nous n'avions absolument rien en commun. Son comportement étant aux antipodes du mien, introverti et discret ; je n'avais aucune envie d'en savoir davantage à son sujet, et je crois que c'était réciproque. Toutefois, Logan semblait perdu, et sa sensibilité me faisait fondre, touchant la cible de mon cœur. Il y avait un je-ne-sais-quoi chez lui qui me bouleversait sans que je ne parvîns à l'identifier.

Logan portait des lunettes de soleil en plein mois d'octobre, ce qui était louche. D'autant que le soleil ne s'était pas montré de la journée. M. Martin, agacé d'avoir été interrompu pendant son cours, avait réprimandé Logan devant toute la classe et lui avait intimé l'ordre d'ôter ses lunettes. Ce dernier avait refusé catégoriquement, prétextant souffrir d'une conjonctivite aiguë. Las, M. Martin avait alors réitéré sa requête, ce à quoi Logan lui avait répondu avec aplomb d'aller « se faire voir ».

Refusant de se laisser humilier publiquement par l'un de ses élèves, M. Martin, qui, visiblement, n'était pas dupe et perdait dangereusement patience, lui avait alors accordé une dernière chance, le menaçant de l'exclure de son cours. À ce moment-là, j'avais bien cru que Logan allait exploser tant il était en colère et sur la défensive. Il avait poussé un soupir en étouffant un juron – que toute la classe, y compris le prof, avait cependant entendu – et avait croisé mon regard en hésitant. Et là, j'ignore ce qu'il s'était passé dans sa tête – sans doute estimait-il avoir fait suffisamment perdre son temps à la classe – il avait finalement ôté ses lunettes, dévoilant un vilain œil au beurre noir. Toute la classe s'était exclamée d'un « Oh ! » moqueur et suffisant – à commencer par cette peste de Louna.

N'y tenant plus, Logan avait adressé un regard noir à M. Martin. Ignorant les paires d'yeux braqués sur lui, il s'était levé et, sans même demander la permission au prof et sans un regard pour personne, avait quitté la classe en claquant la porte derrière lui. Jenny et moi avions alors échangé un regard peiné.

Un peu plus tard dans la journée, après les cours, j'avais profité de l'absence de mes parents pour le ramener avec moi à la maison. J'ignore si c'était parce que je l'avais pris en pitié ou si je voulais simplement en apprendre un peu plus sur lui. Quoi qu'il en soit, Logan avait accepté mon invitation. J'avais soigné son œil ainsi que sa lèvre.

Ce soir-là, après nous être régalés d'une pizza, Logan avait, selon mes espoirs, accepté de m'en dire davantage sur lui. C'est alors que j'avais appris la vérité quant à son visage tuméfié. Contrairement à l'hypothèse émise par Jenny, Logan ne s'était pas battu à cause d'une fille.

Dans ce cas de figure, c'était lui, la victime. Et son bourreau n'était autre que son père. Selon Logan, ce n'était pas la première fois que son ivrogne de père s'en prenait à lui – ni à sa mère. Depuis qu'il avait perdu son boulot, le père de Logan frappait son fils pour un oui ou pour un non. Parfois même, il le battait à coups de ceinture. Après ça, il arrivait que Logan ne se montre pas pendant des jours au lycée.

Si les profs ignoraient tout de sa situation – hors de question pour lui de perdre sa dignité – j'étais en revanche une des rares personnes à connaître la vérité, et cela me touchait au plus haut point. Je n'ai jamais trahi son secret et n'en ai parlé à personne – pas même à Jenny, à qui je confiais tout ou presque. Du reste,

Logan n'a pas souhaité me présenter à ses parents, et ce pour des raisons évidentes – il en avait honte.

À l'issue de cette soirée riche en émotions, Logan m'avait donné mon tout premier baiser. Je m'étais alors délectée du contact de ses lèvres charnues sur les miennes, des effluves de son parfum bon marché et de son souffle chaud contre ma peau, de la douceur de ses mains tremblantes posées sur mes joues rosies afin de donner davantage de profondeur à ce baiser, de son nez frôlant le mien, des poils se hérissant inextricablement sur mes bras, de nos langues se mélangeant à nos salives au rythme lent et sensuel d'une valse, du tourbillon de sensations que j'avais ressenties alors. J'étais en train de tomber amoureuse de lui. En outre, j'en avais tous les symptômes, si inédits fussent-ils.

Dès le lendemain, nous sortions officiellement ensemble, ce qui, pour des raisons qui m'échappent encore aujourd'hui, n'enchantait guère Jenny.

Depuis que ses parents avaient divorcé, ma meilleure amie ne croyait plus du tout en l'amour, sous quelque forme que ce soit. Pas étonnant donc qu'elle n'ait pas eu de petit ami. Bien qu'elle ne me l'ait jamais avoué, je crois qu'elle avait peur de souffrir. En sortant avec Logan, elle craignait que notre amitié ne se détériore et cela l'effrayait. J'avais beau la rassurer, lui dire que je serai toujours là pour elle, et ce quoi qu'il adviendrait, impossible de la rassurer à ce sujet – et dire que c'est elle qui m'a quittée sans préavis. Sans doute craignait-elle que Logan ne finisse par me laisser tomber et que je souffre à mon tour.

Jenny. Jenny m'avait un jour confié vouloir des enfants – trois – ainsi qu'un mari hispanique aussi beau que son père – comme je la comprenais – une belle maison de campagne, un amant au cas où son mari ne parviendrait plus à la satisfaire sexuellement – cette confession m'avait fait mourir de rire – un cheval qu'elle nommerait Ulysse, deux Yorkshire – un mâle et une femelle pour qu'ils puissent s'accoupler.

Oh ! Jenny ! Comme tu me manques ! Ton sourire, ton rire, ta voix, ta gentillesse, ton humour… Puisses-tu reposer en paix auprès de ton mari, de tes enfants (de ton amant) et de tes animaux imaginaires. Puissiez-vous être heureux tous ensemble quelque part là-haut.

J'observe Logan à la dérobée d'abord, puis de façon plus ostentatoire ensuite. Je me repais de ce doux visage. Cet éloignement soudain me fait mal. Aurai-je l'audace d'aller le voir à la fin du cours et de lui demander une explication quant à ce changement d'attitude à mon égard ? Un détail m'aurait-il échappé ? Et s'il ne m'aimait plus ? Et s'il m'avait menti au sujet de sa prétendue attirance pour moi et qu'il n'avait aucunement l'intention de me faire l'amour ce soir-là, dans ma chambre ?

Je soupire lorsqu'il ôte enfin ses lunettes et remarque qu'aucun coquard ni hématome ne tuméfient son visage. *Ouf !* D'après ce que m'avait appris Logan il y a quelques mois, son père avait retrouvé du boulot et sa consommation d'alcool avait nettement diminué, ce qui m'avait aussitôt rassurée.

Soudain, sans me rendre compte de mon intrusion oculaire faite sur sa personne, il détourne les yeux et les pose sur moi.

Tandis que je me concentre sur les paroles de M. Farès, qui a commencé à écrire sur le tableau, j'entends mon portable vibrer au fond de ma poche. *Mince.* J'ai oublié de l'éteindre. Pourvu que le prof n'ait rien entendu – d'autant que je suis assise au premier rang.

Je jette un œil alentour pendant que je sors discrètement mon smartphone de la poche de mon jean. Je découvre avec stupeur un SMS de Logan. Surprise, je tourne la tête dans sa direction. Il m'adresse un regard innocent comme s'il n'était pas au courant.

Mon portable caché sous la table, je lis le SMS en question :
Désolé de ne pas t'avoir répondu plus tôt, ma puce. J'avais plus de batterie...

J'esquisse un sourire. *Tu t'imaginais peut-être que tu avais le monopole du mensonge ?* raille ma conscience – à raison.

Je m'apprête à éteindre mon portable lorsqu'un nouveau message de lui me parvient :
Tu es belle, mon cœur.

Cette fois, j'éteins mon portable sans plus attendre et le fourre dans ma poche. Je tourne discrètement la tête vers Logan, qui m'adresse un sourire taquin. Quant à moi, je suis rouge écarlate.

20

Mon frère me manque, particulièrement lors des interminables et insipides dîners avec mes parents.

Les yeux rivés sur mon assiette – à laquelle je n'ai pas encore touchée, à croire que mes parents ont le don de me couper l'appétit – j'évite soigneusement leur regard. Nous gardons tous les trois le silence, ne sachant quoi nous dire. C'est tellement pathétique et le malaise entre nous est si palpable que c'en est presque risible. Lilian, lui, saurait quoi dire dans ce genre de situations. Il trouverait un mot drôle et engagerait tout de suite la conversation. Du fait de sa grande culture et de son aisance oratoire – il tient cela de notre père, assurément – mon frère a un avis sur à peu près tout : les phénomènes de société, en passant par la littérature, la politique et même la mode. C'est un réel plaisir de l'écouter. D'ailleurs, il suffit de voir les grands yeux écarquillés et l'air intéressé de mes parents lorsque Lilian est présent. Dès lors, je n'existe plus. Remarquez, lorsqu'il n'est pas là, je n'existe pas davantage. Comme ce soir, par exemple.

Depuis la mort de Jenny, pas une seule fois mes géniteurs n'ont daigné s'enquérir de ma santé. Au début, j'ai cru que j'avais un problème, que j'étais paranoïaque, mais en les observant, je réalise combien mes parents et moi avons définitivement un problème de communication. Et si c'était moi, leur problème ? Et si je n'avais pas été désirée, tout simplement ? Ceci expliquerait sans doute cela. Encore que, il me manque un certain nombre de données. Il est bien connu que dans certaines familles, des enfants sont préférés au détriment des autres, mais là, ça me dépasse totalement. Des étrangers, voilà ce que nous sommes les uns pour les autres.

Avec leur permission, je quitte prestement la table – Maria désespère de me voir manger un vrai repas un jour, je le lis dans ses yeux – et m'enferme dans ma chambre.

Lasse, je regagne nonchalamment mon bureau derrière lequel je m'assois. J'ouvre mon agenda. Par chance, il me reste quelques devoirs à faire, ce qui, je l'espère, me distraira.

Deux exercices de maths plus tard, je perçois des murmures en provenance du salon, signe que mes parents ont entamé une conversation. Je tends l'oreille sans parvenir à comprendre les mots qu'ils échangent. Je devine seulement que je suis le sujet de leur échange verbal.

Je lève les yeux au ciel en faisant la moue. Au fond, le vrai problème avec mes parents, c'est qu'ils ne sont jamais autant absents que lorsqu'ils sont présents. Cette conversation, j'aurais aimé qu'elle se fasse avec moi. Ils ont beau savoir que je vis sous le même toit qu'eux, mes parents préfèrent parler de moi sans moi, et ce constat me désole.

Poussant un soupir, je referme mon manuel de maths et passe une main sur mon visage. Mon smartphone dans la main, je consulte ma messagerie. Rien.

Un instant, je songe à appeler mon frère. Je veux lui dire à quel point je l'aime et à quel point il me manque, sans toutefois le culpabiliser. Tel que je le connais, il serait capable de tout laisser en plan – Sarah y compris – pour venir me rejoindre en urgence. Et je ne veux pas de ça. Après tout, il a une vie à mener, lui aussi.

Contrairement à mes parents qui ne me calculent pas la plupart du temps, Lilian, lui, ne cesse de me faire sentir à quel point j'existe et je compte pour lui. Il est tout pour moi : mon frère, bien sûr, mais également mon ami, mon confident, mon alter ego, mon pilier, mon roc. De plus, il est si facile de l'aimer.

Allongée en travers de mon lit, ma peluche sous le bras, je laisse mes pensées vagabonder entre les trois êtres qui me sont les plus chers : Jenny, Lilian et Logan.

Tout en réprimant mes larmes, je relis le dernier SMS de Jenny sans parvenir à comprendre le sens que revêt ce « Pardon ». Aurais-je quelque chose à lui pardonner ? Devrais-je mener l'enquête dans l'espoir de résoudre cette pseudo énigme ?

Les sourcils froncés, je fais défiler les quelques photos de nous deux. Sur l'une d'elles, Logan y apparaît, ses bras enroulant nos frêles épaules. Sur chacune de ces photos, nous y apparaissons vivants et insouciants. Heureux, même.

Reniflant, je jette un coup d'œil à mon réveil. 21 h 35. Trop apathique pour enfiler mon pyjama, je reste étendue sur mon lit. Ce soir encore, je sais que je ne parviendrai pas à trouver le sommeil.

21

Après un week-end exécrable, la semaine passe plus lentement que je ne l'aurais espéré. Au lycée, Logan continue de m'éviter. Il ne m'adresse quasiment pas la parole. Lorsque je suis parvenue à rassembler mon courage et à aller le voir à la fin du cours l'autre jour pour lui demander une explication quant à son attitude à mon égard, il s'est contenté de me répondre qu'il avait besoin de temps, qu'il n'avait absolument rien contre moi, mais qu'il ne souhaitait pas profiter de mon mal-être actuel pour précipiter les choses entre nous – j'ai deviné qu'il faisait allusion à l'acte sexuel.

Bien que j'apprécie sa patience ainsi que sa bienveillance à mon encontre – je le lui ai dit, car il est important qu'il le sache – je soupçonne Logan de me cacher quelque chose. Il a changé, et pas seulement à mon égard. Et si, contrairement à ce qu'il affirme, son père le battait de nouveau et qu'il gardait cela pour lui, préférant se terrer dans son silence, afin de ne rien rajouter à mon mal-être ainsi qu'il le prétend ? Le connaissant, c'est tout à fait plausible.

Durant les intercours, je l'observe à loisir, pas toujours discrètement, je l'admets. Depuis le cours d'arts plastiques, je me surprends à dessiner des portraits de lui. Selon Mme Gatinel, j'aurais un talent certain et non négligeable. Elle m'a même surprise en évoquant – très sérieusement – les Beaux-Arts. Jusque-là, je n'y avais jamais songé, car de mon point de vue – et pas seulement du mien – c'était Jenny qui détenait ce don si particulier. Elle pouvait passer des heures à dessiner inlassablement des héroïnes de mangas.

Une fois, elle avait dessiné mon portrait, puis retranscrit sous forme d'avatar nippon, et je dois dire que le résultat était bluffant. Quant à moi, je me contente de dessiner des portraits de façon plus classique. Il n'en reste pas moins que je me suis découvert une véritable passion pour le dessin. Et si Jenny m'avait transmis son savoir ? Et si elle s'était partiellement réincarnée en moi ? Est-ce possible ?

J'ai dessiné plusieurs portraits de Logan. Une fois, très inspirée, j'ai sorti une feuille de papier de mon carton à dessin et un crayon de bois, et j'ai commencé à le dessiner. Je ne pouvais pas attendre, désireuse que j'étais de saisir l'instant. Le dessin, à l'instar de la photo, se nourrit de l'instantanéité. Pour Jenny, ses dessins avaient davantage attrait à l'imaginaire et à la créativité. Ses dessins racontaient une histoire. Quant à moi, je me contente de capturer l'expression des gens sur le moment et l'émotion qui s'en dégage.

Ce jour-là, Logan avait la tête tournée vers la fenêtre. Il était donc de profil, le regard perdu dans le vide. Son cou était tendu, faisant saillir quelques veines ; le gris du ciel donnait quelques reflets à sa chevelure. L'éclairage était parfait. Je n'avais pu résister à l'envie d'immortaliser ce moment. J'avais réprimé un sourire, car Logan prenait la pose sans même s'en rendre compte, tel un mannequin lors d'un shooting photo. Il était craquant et il ne le savait même pas.

Au moment où j'achevais de le dessiner, pleinement satisfaite du résultat, ses yeux avaient subitement croisé les miens. Il m'avait toisé quelques instants, le regard inquisiteur. Alors, comme pour dissiper tout malentendu, j'avais levé mon dessin vers lui et il avait compris. Le sourire qu'il m'avait décoché m'avait fait fondre. Un sourire franc et chaleureux qui m'avait tant manqué – pas autant que lui, cela dit. À nouveau, j'avais eu envie de figer ce sourire lumineux sur le papier, mais hélas, mon élan de créativité avait été compromis par l'arrivée du prof.

Je suis restée frustrée tout le cours durant, en me demandant si j'aurais bientôt la chance – et le privilège – de revoir ce sourire illuminer de nouveau le visage de Logan. Bien sûr, j'aurais pu enfreindre les règles et dessiner mon petit ami pendant le cours comme cela avait été si souvent le cas de Jenny, mais à cause de ma timidité, j'avais eu peur de me faire prendre. Je n'aurais pas eu l'audace d'affronter mon professeur ainsi que les railleries de mes camarades. C'était au-dessus de mes forces, même si le jeu en valait la chandelle, il est vrai.

Mes séances chez la psy sont toujours aussi douloureuses. Toutefois, je pleure moins qu'au début, ce qui permet au Dr Malenfant de réduire son stock de mouchoirs.

Au cours d'une de mes séances, j'ai pu remarquer qu'elle avait remplacé le ficus par une orchidée rose pâle. Et, j'ignore pour quelle raison, cela m'a fait de la peine.

Le jeudi, après les cours, je reçois un appel téléphonique de mon frère qui souhaite prendre de mes nouvelles. D'emblée, je souris jusqu'aux oreilles de cette délicate attention, songeant que j'ai moi-même failli l'appeler à maintes reprises. Parfois, j'ai l'impression qu'il est mon jumeau et que cette gémellité nous fait lire dans les pensées l'un de l'autre.

Je lui raconte mon quotidien depuis sa visite surprise, sans trop entrer dans les détails. Je lui demande à mon tour comment il va et ce qu'il fait. Il me répond qu'il a pas mal de travail en ce moment. Il s'apprête à demander Sarah en mariage ce soir même, à l'issue d'un dîner romantique en tête-à-tête. J'explose de joie, sincèrement heureuse pour lui, et le félicite pour cette heureuse nouvelle – elles se font rares, ces temps-ci. Je n'ai aucun doute quant à la réponse de Sarah – ma future belle-sœur.

Au bout de quelques minutes, Lilian met fin à la conversation en promettant de me rappeler bientôt. Je raccroche après l'avoir gratifié d'un baiser sonore.

Le cœur léger, je range mon smartphone dans la poche de ma veste. Est-il possible d'être aimée à ce point par quelqu'un ? À l'évidence, oui.

J'allonge le pas, craignant de rater mon bus.

22

En arrivant chez M. Peña, je ne peux m'empêcher d'espérer qu'il soit enfin de retour. J'ai beau savoir que les objets n'ont pas d'âme, c'est comme si chaque pièce, chaque meuble, chaque recoin présents dans cette maison le réclamait. À moi aussi, il me manque. Bien que le ménage accompli dans cette demeure soit moindre dans sa vie, j'aimerais néanmoins l'entendre me dire qu'il apprécie mon travail, qu'il n'est pas vain, même si cela ne ramènera aucunement Jenny. Il faudra bien plus qu'un simple coup de plumeau pour l'aider à surmonter cette épreuve.

Tandis que je passe l'aspirateur dans le salon, une pensée horrible traverse mon esprit. Et s'il était arrivé malheur à M. Peña ?

Mon Dieu, faites qu'il soit encore en vie, quelque part. Je vous en supplie. Je vous en conjure. Laissez-le-moi. Deux deuils consécutifs – et issus d'une même famille – je n'y survivrai pas. Pitié.

Une fois le ménage achevé en bas, je monte à l'étage en essayant de refouler la panique qui m'assaille ainsi que mes idées noires.

Postée devant la porte de la chambre de Jenny, traînant mon arsenal de produits ménagers derrière moi, je reste plantée là, incapable de bouger.

Fermant les paupières, je tends une main tremblante sur la poignée avant de me raviser. C'est trop tôt – ou trop tard. Le souvenir de Jenny est encore trop frais dans ma mémoire. Peut-être ne s'estompera-t-il jamais. Une chose est sûre : pénétrer dans sa chambre signerait à coup sûr mon arrêt de mort.

Tournant les talons, je fais quelques pas et m'arrête devant la porte suivante – la chambre de M. Peña. Je me demande bien comment Francesca pouvait venir à bout de l'immensité cette maison. La pauvre, elle devait y passer des journées entières.

Dans un soupir, je lève la main pour frapper à la porte tandis qu'un frisson parcourt mon échine. J'angoisse à l'idée de ce que je vais y trouver une fois à l'intérieur. J'ai bien essayé de repousser l'idée même de venir faire le ménage dans cette chambre. Toutefois, il faudra bien que je m'y colle un jour ou l'autre. Et j'ai décidé que ce jour était venu.

La chambre est plongée dans le noir. Pas étonnant, vu que les rideaux sont tirés. Je suis un peu étonnée, mais j'imagine que M. Peña a dû oublier de les ouvrir lorsqu'il est parti, une semaine plus tôt.

Après avoir ouvert les rideaux et ouvert les fenêtres pour aérer la pièce – il émane une forte odeur d'alcool ainsi que de parfum musqué – je me retourne et me fige sur place. Je suis comme paralysée. *Il* est là, étendu sur le ventre, sur son grand lit défait, un bras ballant près du sol, les cheveux mouillés et ondulés le long de sa nuque, le torse nu parfaitement hâlé, uniquement vêtu d'un caleçon à rayures. Dieu qu'il est beau.

Un instant, j'ai l'impression de rêver tant le spectacle auquel j'assiste semble irréel. Cela ne peut être vrai. Ou je rêve, ou bien l'un de nous deux n'est pas ici, n'est pas réel.

Je me fais toute petite en le dévorant du regard. Sa respiration m'indique qu'il dort. Toutefois, j'espère ne pas avoir fait trop de bruit. Et s'il remarquait ma présence ?

Je découvre une boîte de somnifères sur sa table de chevet. Je devine qu'il y a eu recours.

Nous nous nourrissons du même poison, semble-t-il.

J'avance à tâtons et trébuche sur une bouteille de whisky vide. Je manque de tomber à la renverse. Est-il ivre ? Soudain, un doute s'insinue en moi. Et si Ángel n'avait pas quitté sa chambre, et ce durant toutes ces fois où je suis venue faire le ménage ?

Je retiens ma respiration lorsque Ángel grogne en remuant sur son lit. N'est-ce pas le moment opportun pour m'éclipser et le laisser en paix ? Quelle sera sa réaction s'il me voit ici, dans sa chambre, à jouer les voyeuses malgré moi ?

Je tente de me soustraire à cette vue imprenable. Sans succès. Il est si beau, si viril – et si torturé.

N'ayant pas de papier ni de crayon à disposition, je le dessine mentalement. Je le grave à tout jamais dans ma mémoire telle une œuvre d'art rare et précieuse. C'est alors qu'un malaise empreint de culpabilité s'empare de moi. Je ne devrais pas être ici. Et pourtant, j'y suis bel et bien.

Alors que je suis sur le point de quitter les lieux, je lève les yeux vers le bellâtre qui, sans que je m'en sois aperçue, s'est retourné, me jaugeant de ses beaux yeux bleus écarquillés. Visiblement, il a l'air aussi gêné que moi par cette intrusion tardive. Le malaise est palpable entre nous.

Je ne sais plus où me mettre. Gênée, je lui adresse un sourire contrit, avant de détourner le regard. Rouge de honte, je me dérobe et disparais en vitesse.

Arrivée en bas, à bout de souffle, l'envie me prend de me gifler – je n'ose pas, cependant. Comment ai-je pu être aussi stupide ? Reluquer le maître des lieux, qui s'avère être aussi le père de ma défunte meilleure amie, et ce dans sa propre chambre.

Je suis tellement en colère contre moi-même que, pour me défouler, je passe l'aspirateur dans le salon pour la seconde fois. Bien sûr, ça ne résoudra pas mon problème, mais en attendant, je n'ai pas de meilleure idée. Que va penser M. Peña de moi, à présent ? À l'heure qu'il est, il doit être aussi gêné et déçu que moi. Moi qui me plaignais de ne pas le voir, ça ne risque plus d'arriver. J'ai tout gâché. En fin de compte, je vais peut-être me la donner, cette gifle. À moins que M. Peña ne s'en charge lui-même – si toutefois il daigne se montrer.

Après avoir rangé le matériel ménager à sa place habituelle, je me dirige en hâte vers l'entrée, où je récupère ma veste. Je jette un dernier coup d'œil derrière moi, comme s'il s'agissait de ma dernière visite en ces lieux. Après mon intrusion oculaire, je doute que M. Peña veuille m'accueillir de nouveau chez lui – comme je le comprends. Du reste, il en a parfaitement le droit. Et puis, ce n'est pas comme si mes talents de ménagère étaient irremplaçables – bien au contraire.

Les paupières closes, je fais mes adieux à cette maison, m'imprégnant de son odeur familière et délicate. Lorsque je rouvre les yeux un instant plus tard, je découvre avec stupeur M. Peña à quelques mètres de moi. Il a enfilé un peignoir, sans doute pour dissiper tout malentendu entre nous. Il paraît nerveux. Il passe une main dans ses cheveux, les ébouriffant légèrement. Ses yeux sont, quant à eux, lourds de sommeil, et les traits de son visage sont tirés. Il me regarde sans me voir, confus. C'est moi qui le reluque ostensiblement et c'est lui qui est gêné ?

Je rougis, intimidée. Je baisse les yeux pour mieux me soustraire à son regard pénétrant.

— Tenez, dit-il au bout d'un moment, en sortant quelques billets de sa poche.

Je lui adresse un regard interrogateur, interdite. Est-ce qu'il me congédie ?

— J'insiste.

Son bras est tendu vers moi. Je le jauge, confuse et incrédule, avant d'accepter timidement les billets qu'il me tend – 500 euros au total.

N'importe quel adolescent serait impressionné face à tant d'argent. Mais pour moi, il s'agit plus ou moins du montant mensuel de mon argent de poche.

— Merci, dis-je en empochant l'argent. Mais, il ne fallait pas. Je… Je n'ai fait que vous proposer mes services de façon bénévole, sans arrière-pensée.

Je me perds dans des explications inutiles.

— Et je vous en remercie, Anaïs.

Waouh ! Dans la bouche de cet homme, mon prénom est comme magnifié, sublimé, son accent hispanique lui conférant une note ensoleillée et pittoresque. Comme si lui seul avait le pouvoir de le prononcer ainsi, pareil à une caresse.

Mr Peña balaye la pièce du regard, visiblement satisfait de mon travail. Lorsqu'il pose de nouveau les yeux sur moi, je crois que je vais m'évanouir.

— Je vous revois mercredi, comme prévu ? lance-t-il sans préambule.

J'en ai le souffle coupé. Non seulement il ne me vire pas, mais en plus, il veut me revoir, et ce dans trois jours ?

— Je… Mercredi. D'accord, bredouillé-je, penaude.

Il se gratte la tête. Il paraît timide, tout à coup. Ou alors, il cherche ses mots.

— Bien. Je m'arrangerai pour que vous puissiez faire un brin de ménage dans ma chambre sans que vous soyez dérangée.

J'esquisse un sourire et baisse les yeux. Je me penche pour attraper mon sac à dos et, dans un dernier regard, disparais.

23

Mon professeur d'anglais étant absent, je décide de filer directement chez M. Peña. Je suis en avance d'une heure sur l'horaire convenu, mais ne dispose, hélas, d'aucun moyen pour le prévenir de ma venue imminente. Si seulement il m'avait laissé un numéro où le joindre en cas d'impondérables comme celui-ci...

La première chose qui me frappe en entrant, hormis le silence immuable et apaisant qui y règne, c'est le bagage à main trônant près de l'entrée. Part-il ? Quand ? Où ? Pour combien de temps ?

Après avoir examiné le bagage d'un peu plus près, en quête du moindre indice susceptible de me mettre sur la voie, je me dirige vers la buanderie, où je récupère la panoplie de ménagère, désormais indissociable de ma personne, et décide de monter directement à l'étage.

Dans le couloir, je ralentis et m'arrête devant la porte de la chambre d'Ángel. Prenant mon courage à deux mains, j'inspire profondément, les paupières closes, et lève la main pour frapper, cette fois. Une première fois, puis une deuxième. Pas de réponse.

Tremblant de tous mes membres, j'actionne la poignée et ouvre lentement la porte. Je réprime une grimace à l'idée que le propriétaire des lieux soit étendu sur son lit, en train de dormir – comme ce fut le cas la fois précédente. Je ne veux pas revivre l'embarras dans lequel cette situation nous avait mis tous les deux.

Les rideaux sont à nouveau tirés, plongeant la chambre dans une semi-obscurité. Je m'avance à petits pas hésitants, en m'efforçant de contenir ma nervosité et ma fébrilité. J'ouvre les rideaux, et pousse un soupir en découvrant le grand lit vide et défait.

Les mains posées sur les hanches, je balaye la pièce du regard, ne sachant par où commencer. Finalement, je décide de faire le lit de M. Peña. Ce faisant, j'avise un billet d'avion posé sur la table de chevet. Curieuse de connaître la destination de son vol, je me penche pour prendre le billet entre mes mains. Mes yeux s'écarquillent. Barcelone ? C'est précisément dans cette ville que Jenny a perdu la vie. Je refuse de croire qu'il s'agit d'une coïncidence, bien que je n'aie pas la preuve du contraire. Soudain, j'ai peur. Et si Ángel subissait le même sort que ma meilleure amie – et dans la même ville, de surcroît : un comble ! La foudre ne tombe jamais deux fois au même endroit, *a priori*. Toutefois, je ne supporte pas l'idée que M. Peña coure le moindre risque. Il doit (sur)vivre.

Je me laisse choir sur le bord du lit, interdite. D'après ce que je peux lire sur le billet, son vol est prévu à 23 heures ce soir, soit dans un peu plus de sept heures. Je ne peux m'empêcher de vérifier la compagnie – la même que Jenny. Je pousse un soupir. Si seulement je pouvais trouver les mots pour le dissuader de partir. Si seulement je disposais de quelque argument pour le garder près de moi.

Une voix masculine à l'accent hispanique prononcé me fait sursauter. Je bondis sur mes pieds.

— Pardon, je… bredouillé-je, confuse, en reposant le billet sur la table de chevet.

Je lisse les draps du bout des doigts en baissant les yeux. Comme la dernière fois, je voudrais disparaître derrière une cape d'invisibilité qu'Harry Potter aurait eu la gentillesse de me prêter.

Lorsqu'enfin je lève les yeux en direction d'Ángel, je remarque qu'il est torse nu, les cheveux humides et une serviette blanche nouée autour de la taille. Visiblement, il sort de la douche. La salle de bains jouxtant sa chambre, comment ai-je pu ne pas entendre l'eau couler ?

Je rougis, me sentant m'embraser sous ses yeux doux et pénétrants.

Les yeux d'Ángel passent de l'objet que je viens de reposer à l'instant à moi. Je baisse piteusement la tête, soudain gênée et honteuse.

— Vous partez ? parviens-je à demander au terme d'un long silence.

Je regarde quelques gouttelettes d'eau tomber de ses cheveux sur ses épaules.

— *Sí*. Ce soir.

Il a l'air aussi triste et aussi navré que moi, ce qui m'étonne. Pourquoi partir s'il n'en a pas envie ? Son voyage a-t-il un rapport avec une de ses affaires en cours ? De nouveau, un silence gêné s'abat sur nous.

— Je ne vous attendais pas si tôt, murmure-t-il en soutenant mon regard avec peine.

— Je suis désolée. Mon prof d'anglais était absent cet après-midi. Comme je n'avais aucun moyen de vous joindre directement, je me suis dit que vous ne verriez pas d'inconvénient à ce que je passe plus tôt.

— Vous avez bien fait, dit-il en esquissant un sourire.

Vraiment ? Il pense ce qu'il dit ?

Nous nous jaugeons un instant. M. Peña se dirige mollement – contraste inédit avec son dynamisme naturel – vers son dressing tandis que je me tourne afin qu'il puisse s'habiller tranquillement. Je rougis de plus belle en l'imaginant ôter sa serviette et enfiler un caleçon. Un instant, je suis tentée de jeter un coup d'œil discret par-dessus mon épaule, mais me garde bien de le faire. Ce serait totalement déplacé et impoli de ma part.

— *Puedo…* demandé-je, le dos résolument tourné à Ángel.
— *Sí, claro.*

Lorsque je me retourne pour lui faire face, tout est en effet « *claro* ». Je découvre avec bonheur que M. Peña a opté pour une chemise bleu ciel qui le met particulièrement en valeur et rend hommage à son torse musclé et parfaitement dessiné – où et quand trouve-t-il le temps de sculpter son corps ? – et un jean simple, mais non moins seyant.

Mes joues sont en feu, à tel point que j'ai envie de me tourner de nouveau pour fuir cette vue magnifique, mais interdite. Je sens le malaise poindre.

Comme s'il lisait dans mes pensées, Ángel dresse un doigt devant moi, m'intimant l'ordre de l'attendre.

Lorsqu'il revient, un verre à la main, il dit :
— *Siéntate.*

J'obéis sans réfléchir et m'assois sur le bord du lit. À force de fréquenter Jenny, l'espagnol n'a, fort heureusement, jamais été une barrière pour moi. Et toutes ces séries visionnées en version originale avaient fortement contribué à mes progrès significatifs dans la pratique de cette langue magnifique et mélodieuse, presque chantante, pour le plus grand bonheur de Maria.

Bien qu'il s'efforce de toujours me parler en français, Ángel est de temps à autre rattrapé par ses origines, et je trouve cela particulièrement charmant.

Il me tend le verre d'eau, que j'accepte poliment.

— Ça va mieux ? s'enquiert-il en me dévisageant avec gravité.

Je hoche la tête pendant que je vide toute l'eau contenue dans le verre.

— Encore ? demande-t-il en récupérant le verre vide.

— Ça ira. Merci.

M. Peña semble soulagé de ma réponse. Il m'offre un sourire avant de se lever et de s'éloigner en direction de la salle de bains. Je l'entends rincer le verre avant de revenir dans la chambre.

Je l'observe tandis qu'il passe une main dans ses cheveux encore mouillés. Il a l'air aussi frustré – nerveux ? – que moi de ne pouvoir trouver les mots nous permettant de mettre un terme à cette situation inédite – pour tous les deux. Finalement, il nous délivre et, de son propre chef, se décide à briser le silence :

— Bien. Je vais vous laisser vaquer à vos occupations. Quant à moi, j'ai quelques coups de fil à passer.

J'acquiesce sans mot dire. Évidemment. De pauvres innocents issus des quatre coins du monde comptent sur lui, sur ses conseils avisés en qualité d'avocat international, alors que moi…

Je me lève tandis qu'il s'éclipse sans un mot ni même un regard, son portable à la main. *Au boulot !* m'ordonné-je à moi-même pour me motiver.

Lorsque j'achève de nettoyer chacune des pièces de la maison, deux heures plus tard, M. Peña est toujours au téléphone.

Je perçois quelques bribes d'une conversation depuis son bureau situé non loin de la salle à manger.

Je jette un coup d'œil à ma montre : 18 h 12. Pendant que je range le matériel ménager, je réprime un bâillement. Je suis exténuée.

Galvanisée par la présence – trop rare – de M. Peña, je décide de faire un dernier petit effort culinaire – aussi étrange que cela puisse paraître, j'en ai envie.

Dans la cuisine, je m'affaire à préparer un sandwich au poulet et au fromage. Entendre sa voix, même lointaine, me rassure. C'est comme si un bout de Jenny subsistait à travers lui – son sourire, ses yeux, sa voix. Comme si elle était encore parmi nous.

Je prépare un premier sandwich, en espérant que cette fois-ci, Ángel y touchera, ne serait-ce qu'un peu. J'en prépare un deuxième en prévision de son voyage – on ne sait jamais. Bien sûr, ce genre de préparations ne requiert aucune expérience culinaire, mais j'y prends du plaisir malgré tout.

Après avoir léché mon pouce recouvert de mayonnaise, je range les différents aliments et condiments dans le réfrigérateur, ainsi que le pain de mie dans le placard du haut.

Ne sachant pas quoi faire, j'envisage de frapper au bureau de M. Peña, afin de prendre congé. Bien sûr, j'aurais adoré partager ce sandwich en sa compagnie, mais cela relevait plus du fantasme qu'autre chose.

Passant devant la porte, je remarque que celle-ci est entrouverte. Inspirant, je la pousse en la faisant quelque peu grincer. Aussitôt, Ángel me remarque et me sourit faiblement. Je lui murmure que je m'en vais et il sort quelques billets de la poche de son jean – apparemment, il avait déjà fait l'appoint, ce qui ne me surprend nullement venant de lui.

Je fais mine de reculer en secouant la tête – il va finir par croire que j'en ai après son argent, alors que c'est tout le contraire – mais je sais d'avance que ma résistance est vaine. Aussi, j'accepte les quelques billets sans broncher et les plonge dans la poche de mon jean. Au départ, il n'était nullement prévu que M. Peña me paye pour mes quelques – piètres – services, mais, au vu de son insistance, je n'ai pas la volonté de refuser. Après tout, c'est lui l'adulte, et donc le chef.

J'attends bêtement un regard ou un sourire de sa part. En vain. Il me tourne le dos.

Dans un dernier regard, je m'éclipse discrètement, les joues rosies par le magnétisme de cet homme.

Voilà l'effet que vous me faites, M. Peña. Et ça ne date pas d'aujourd'hui.

24

Pendant le cours de M. Farès, j'ai l'esprit complètement ailleurs. J'ai la tête dans les nuages – là où doit se trouver Ángel en ce moment même. Un ange dans les nuages. Cette pensée me fait sourire malgré moi.

Je prie pour que ce dernier atterrisse sans encombre. *Jenny, je t'en prie, veille sur ton père. Il est si mal sans toi – et il n'est pas le seul.*

Le regard dans le vague, je n'entends pas la voix douce mais ferme de mon professeur qui, visiblement, vient de m'interroger. Je lève les yeux. Les siens sont inquisiteurs et sondent les miens. Il semble attendre une réponse de ma part qui, de toute évidence, ne vient pas. Qu'a-t-il dit ? Sur quoi porte sa question ? Moi qui, d'ordinaire, suis une élève studieuse et assidue, mon propre comportement me désarçonne.

Je baisse les yeux ; j'ai honte. J'ai beau savoir que M. Farès ne cherche nullement à me mettre mal à l'aise – du moins, devant la classe – les rires moqueurs derrière moi m'indiquent le contraire.

En relevant timidement les yeux en direction du prof, je hausse les épaules sans parvenir à trouver de formule adéquate. La déception et l'inquiétude que je lis dans ses yeux me blessent tout autant qu'elles me peinent. Pour la première fois en deux ans, je n'ai pas su répondre à sa question. M. Farès m'adresse un regard de compassion. Puis, dans un soupir las, il se tourne vers une autre élève, qu'il interroge.

À la fin du cours suivant, juste avant que ne retentisse la sonnerie, le prof de philo nous a rendu nos copies – un devoir sur table de deux heures pour lequel je n'avais pas vraiment révisé.

Lorsqu'il m'a remis ma copie, le prof a posé un regard dur et sévère sur moi ; il a poussé un soupir plus éloquent que des mots et s'est abstenu de tout commentaire – fait assez inhabituel pour être souligné.

En jetant un œil sur ma copie, je tombe des nues. Onze sur vingt ! De toute ma scolarité, jamais je n'ai reçu une telle note. J'ai presque envie de pleurer. Décidément, ma vie ne ressemble plus à grand-chose depuis que Jenny est partie.

À mon arrivée chez M. Peña, je trouve un quelconque réconfort.

Une fois débarrassée de ma veste et de mon sac à dos, j'avance jusqu'au salon et me laisse choir sur le canapé afin de reprendre mes esprits.

Comme je m'y attendais, M. Peña n'est pas là. Je suis à la fois déçue et soulagée. Déçue, car curieusement, et pour une raison que je ne saurais expliquer, sa présence m'apaise. Et soulagée qu'il ne puisse me voir dans un tel état d'anxiété.

En retournant dans la cuisine après avoir repris le contrôle de mes émotions, je ne cache pas ma joie et ma fierté en découvrant l'assiette vide sur le comptoir ainsi que le mot qui l'accompagne : « *Gracias.* » Ce mot, certes tout simple et dénué d'arrière-pensée, revêt en réalité pour moi beaucoup plus qu'un amas de phrases futiles et superflues. « Merci. » Simple. Concis. Sans ambiguïté possible. Un mot lourd de sens, aussi. L'un des mots les plus simples, les plus nus et les plus complexes de la langue française.

« Merci. » Soudain, je m'interroge. Me remercie-t-il de lui avoir préparé un – simple – sandwich ? Ou me remercie-t-il pour venir faire le ménage, à raison de deux fois par semaine ? Me remercie-t-il pour autre chose ?

Au vu de l'écriture tremblante et irrégulière, je devine que M. Peña a dû écrire ce mot dans l'urgence. Je l'imagine mordant dans son sandwich sans prendre le temps de le savourer à cause du taxi déjà arrivé. Je l'imagine aussi hésiter en couchant ce simple mot sur le papier. Peut-être n'a-t-il pas eu le temps d'en coucher d'autres. Peut-être a-t-il hésité, ou peut-être n'a-t-il pas voulu ajouter d'autres mots, tout simplement. Peut-être.

Je cogite, alors qu'en réalité, les raisons tout autant que les circonstances m'importent peu. En revanche, savoir qu'il a pensé à moi d'une manière ou d'une autre avant son départ pour Barcelone me réconforte quelque peu – quand bien même il a seulement cherché à être poli à mon égard.

Un sourire béat sur les lèvres, je débarrasse vivement la table et m'attelle au ménage – mon exutoire. Afin de rompre le silence qui y règne, je décide de mettre un peu de musique. Tout à coup, je me sens moins seule.

25

Un soir dans ma chambre, alors que je n'arrive pas à dormir, je m'approche de ma fenêtre et me mets à contempler le ciel étoilé. Perdue dans mes pensées, je m'interroge. Alors que l'image de Jenny s'impose à moi, je vois une étoile filer haut dans le ciel bleu nuit. Je fais un vœu – qu'elle repose en paix, où qu'elle soit.

Jenny disait que les étoiles n'existaient pas par hasard. Selon ses dires, chacune d'entre elles correspond à un être humain vivant sur cette Terre. Une fois mort, notre esprit et notre âme la rejoignent aussitôt.

En plus d'être ma meilleure amie et mon âme sœur ici-bas, Jenny était aussi très intelligente et passionnée – dans tous les domaines. Elle n'était pas capricieuse, seulement curieuse. Et il est vrai que ses parents ne rechignaient pas à lui offrir le meilleur. Sans être matérialiste, Jenny aimait le confort et la sécurité. Je l'admirais et l'enviais pour ce qu'elle était. Elle représentait pour moi un idéal certain, un modèle à suivre.

J'esquisse tant bien que mal un sourire à l'étoile filante. Et si c'était Jenny ? Bien que sa théorie sur les étoiles vivantes soit infondée, j'ai brusquement envie d'y croire.

J'ai envie de glousser, de railler Dieu – rien que ça. S'il existe bel et bien, comment a-t-il pu « tuer » ma meilleure amie de seize ans, croyante, alors que moi, qui suis athée, je suis encore en vie

– du moins, physiquement. Je suis démunie, désemparée. Je souffre. J'ai mal. Si la souffrance et le chagrin sont invisibles, je les sens, bien présents, logés dans chaque recoin de ma chair, rongeant mes entrailles comme un chien rongerait un os jusqu'à la moelle. Je suis malade, atteinte d'un mal incurable. Je ne m'en relèverai pas. Je le sais. Je le sens. Elle me manque trop.

Postée devant la fenêtre, je scrute le ciel en le maudissant et en frissonnant, malgré la douceur nocturne. Pourquoi ? Pourquoi elle ? Pourquoi maintenant ? *Pourquoi ?*

Mes yeux se posent sur une étoile qui brille plus que les autres. Je ne peux empêcher mes larmes de s'épanouir le long de mes joues fraîches. Je suis épuisée, de sommeil, bien sûr, mais aussi et surtout de lutter contre moi-même. Contre mes larmes et mon chagrin.

J'ai envie de crier. J'ouvre grand la bouche, mais aucun son ne sort, bloqué par le torrent de larmes qui perlent le long de mes cils. Ma vue se trouble tandis que je me remémore ma conversation avec Jenny à propos de la réincarnation. Et si elle s'était réincarnée en étoile ? Est-ce possible ? Elle qui rêvait d'aller à Hollywood et de fouler le sol du célèbre *Hollywood Walk of Fame*. Los Angeles. La cité des anges. Un ange parmi les anges.

Je ferme les yeux, chassant mes larmes d'un revers rageur de la main, et adresse un message silencieux à l'Univers. *Prenez bien soin de ma Jenny, là-haut. Qu'elle soit aussi heureuse dans la mort qu'elle ne l'a été dans la vie.*

Lorsque je rouvre les yeux, l'étoile brille toujours avec autant d'éclat. Je distingue alors un avion s'approchant peu à peu de l'étoile. Il vole haut dans le ciel, une petite lumière clignotante éclairant le ciel par intermittence. D'instinct, je songe à Ángel.

Et si c'était lui ? Dans ma tête, j'imagine que c'est lui rentrant à son domicile.

Le sourire aux lèvres, j'imagine sa rencontre fortuite avec l'étoile – Jenny

26

Pendant le cours de maths, j'ai la tête complètement ailleurs. Je ne pense qu'à *lui*. Son avion a-t-il bien atterri ? Est-il bien arrivé ? Vais-je le revoir bientôt ?

Soudain, une vague de panique m'envahit, impossible à faire taire. Et si je ne le revoyais jamais ? Et si Dieu me l'avait arraché, à l'instar de ma meilleure amie ?

Je ferme les yeux un court instant et déglutis avec peine. Les battements de mon cœur s'accélèrent, mais je les ignore, m'efforçant de faire taire la panique qui monte en moi. Inutile de dramatiser. Mieux vaut relativiser.

Plongeant la main dans la poche de mon jean, je serre le double de la clé que m'a donné M. Peña dans ma main. J'essaie de me concentrer sur le cours – du charabia, selon moi. En vain. Je baisse les yeux sur mon cahier ouvert. Toute une page est noire de son prénom – Ángel. Je ne me suis même pas rendu compte que j'écrivais.

Le cours d'espagnol m'intéresse davantage. Je dirais même qu'il a toute mon attention. Je participe, lève la main à plusieurs reprises, pour le plus grand plaisir de la Señora Bodiguel. Dans cette matière, ainsi qu'en arts plastiques, je reprends peu à peu confiance en moi. Je m'épanouis, même.

Logan semble heureux de me voir ainsi durant ces cours. Je le vois aux sourires francs et chaleureux qu'il m'adresse. Même s'il s'efforce de maintenir une certaine distance entre nous, je perçois une lueur de soulagement dans ses yeux. Il semble étonnamment serein, veillant sur moi, même à distance.

Un peu plus tard, pendant le cours d'arts plastiques, Logan me fait parvenir un petit mot. Jetant un coup d'œil à la prof, je déplie le bout de papier et le lis :

Je te trouve ravissante. Comme toujours. Je suis heureux et soulagé de voir que tu vas mieux. ;)

Je lève les yeux, un petit sourire aux lèvres. Je détourne le regard en direction de Logan, qui croise le mien, un sourire malicieux sur les lèvres. Je le retrouve. Enfin. Il m'a tellement manqué, ce sourire – pas autant que Logan lui-même, cela dit.

Amusée par ces petits mots clandestins, je prends un crayon et rédige quelque chose en vitesse. Après quoi, je remets le petit bout de papier dans la paume délicate de Morgane, assise à côté de moi – nous nous sommes rapprochées depuis quelques jours – et à qui je fais un petit signe de tête en direction de Logan.

Le mot est ballotté discrètement de main en main jusqu'à arriver à son destinataire. Un instant, je crains que Mme Gatinel ne le surprenne, mais fort heureusement, elle ne remarque rien.

Je jette un œil par-dessus mon épaule et entrevois Logan déplier le bout de papier. Je l'observe un instant, jauge sa réaction. Il lève les yeux, puis les pose sur un point fixe devant lui sans même m'adresser un regard, ce qui m'étonne. L'ai-je blessé ? Froissé, peut-être ? Déçu ? Mes pensées les plus folles fusent dans mon cerveau en ébullition.

Alors que je me ronge un ongle, un bout de papier me parvient déjà. Plus rapide que la Poste !

Je le déplie maladroitement de mes doigts tremblotants et lis ce qui y est écrit :

Le cours est chiant à mourir ! J'ai beau essayer de me concentrer, je ne vois que toi. Je t'aime et j'ai envie de toi, bébé. PS : J'adore ton petit top. Il est nouveau ?

Je me fige, les yeux rivés sur le papier. *Il a envie de moi ? Là, maintenant ?*

Je reste sans voix, bouche bée. Je rougis. J'ai chaud, tout à coup. Et si Louna ou un autre de mes camarades de classe était tombé sur ce mot et l'avait lu ?

Lentement, je roule des yeux et les abaisse en direction de mon top – dont je viens effectivement de faire l'acquisition tout récemment. Je n'ose pas tourner la tête en direction de Logan, redoutant ce que je pourrais lire dans ses yeux – et lui dans les miens. Est-il sérieux ?

Morgane, qui a remarqué mon teint écarlate, m'interroge du regard. Pour toute réponse, je lui adresse la moitié d'un sourire.

Je cache discrètement le bout de papier froissé sous mon cahier en espérant qu'elle n'ait pas eu le temps d'en lire le contenu. Je pousse un soupir lorsque la sonnerie me délivre enfin.

Alors que Logan et moi nous rendons jusqu'à notre arrêt de bus habituel, celui-ci me prend doucement la main. Le regard fuyant, je le laisse faire sans mot dire.

Nous gardons le silence. Bien entendu, le bus a du retard, ce qui ajoute à mon malaise.

Soudain, Logan se matérialise devant moi. Sans me lâcher la main, il rive ses yeux sur les miens et, d'une caresse doucereuse sur la joue, m'embrasse tendrement sur les lèvres. Et alors, je retrouve les sensations agréables et salutaires de notre premier baiser.

Rouvrant les yeux, j'aperçois le bus qui arrive enfin.

27

J'ai l'esprit encore embrumé lorsque j'arrive en hâte chez M. Peña.

J'allume mon iPod, déroule les écouteurs et les enfonce dans mes oreilles. J'appuie sur le bouton « *play* » et la musique démarre aussitôt. J'ai besoin de me vider la tête, de penser à autre chose. *I don't want a lover* de Texas se diffuse agréablement dans mes oreilles.

Après avoir nettoyé la salle de bains du bas, je me rends à l'étage sans tarder. J'entre sans frapper dans la chambre de M. Peña. La pièce est plongée dans le noir, mais je ne m'en formalise pas outre mesure.

Traînant l'aspirateur derrière moi, j'avance et me dirige vers la salle de bains sans même poser mes yeux sur la chambre qui la jouxte. J'y vide la poubelle, récure la baignoire, bien qu'elle ne soit pas sale – curieusement, ça me détend – et nettoie le sol avec une serpillière.

De retour dans la chambre, une quinzaine de minutes plus tard, je m'en vais ouvrir les rideaux et, en me retournant, me fige et réprime un sursaut, une main sur le cœur. Je distingue une silhouette familière recroquevillée dans le lit de son propriétaire. M. Peña. Il est ici. Mais comment… Quand est-il rentré ? J'écarquille les yeux en le regardant. Ma stupéfaction est totale. Son souffle est si faible et inaudible que je ne l'ai pas entendu.

J'enlève mes écouteurs et m'avance avec précaution. En tournant la tête, j'ai une vision d'horreur. De nouvelles images du crash défilent sur l'écran du téléviseur, devant lui. Je déglutis avec peine, ravalant la bile qui m'obstrue la gorge.

Incapable de soutenir ces infâmes images plus longtemps, j'éteins la télé sans même demander la permission à M. Peña. Je prends une profonde inspiration, soulagée que les images aient disparu – à coup sûr, je vais encore faire un cauchemar, cette nuit. Génial !

Mes yeux révulsés passent de l'écran noir à Ángel. Ses yeux sont vitreux et rouges – a-t-il pleuré ? Je me demande depuis combien de temps la télé était allumée avant mon arrivée. Pourquoi ne l'ai-je pas entendue ?

Ángel regarde droit devant lui ; il ne semble pas me voir. Je remarque qu'il est plus pâle que d'habitude. Il a l'air prostré. La bouteille de whisky à moitié vide posée sur sa table de chevet m'indique qu'il est peut-être ivre et dans un état second. Ses yeux mi-clos ne cillent pas. Dort-il ? Doucement, je m'approche et l'observe. Le voir ainsi me fait beaucoup de peine et me renvoie à mon propre chagrin. J'ai envie de me glisser sous les draps et de me blottir contre lui, ne serait-ce que pour lui apporter quelque réconfort, un peu de chaleur humaine. Je veux qu'il sache que je suis là, certes, aussi démunie et aussi bancale que lui, mais qu'il peut compter sur ma présence. Je ne l'abandonnerai pas quoi qu'il arrive.

Assise sur le bord du lit, je tends une main pour lui caresser les cheveux. Je le sens tressaillir sous mes doigts, comme si je lui faisais mal. Le silence envahit la pièce. J'hésite à lui donner un somnifère, mais comme je le soupçonne d'avoir bu, je m'en abstiens.

Je me lève après un dernier regard, le borde tant bien que mal, touche son front pour m'assurer qu'il n'a pas de fièvre et m'en vais sur la pointe des pieds en refermant doucement la porte derrière moi. Il doit se reposer. Quant à moi, il me reste quelques pièces à nettoyer.

Adossée à la porte, je réprime un sourire. Il est là. Et il va rester – du moins, je l'espère.

28

Trois jours plus tard, je retrouve M. Peña dans le même état léthargique, ce qui m'inquiète sérieusement.
Allongé dans son lit, il n'a pas bougé d'un iota, les yeux mi-clos. Sa barbe a commencé à pousser et il règne dans sa chambre une odeur de sueur, probablement due à tout l'alcool qu'il a ingurgité.
J'ai refermé les rideaux en espérant que l'obscurité l'aide enfin à trouver le sommeil, mais en vain, je crois. Plusieurs fois, je suis allée m'enquérir de sa santé. Il ne m'a pas dit un mot ni même adressé un regard. Dans ses yeux, j'ai pu voir toute l'immensité de sa souffrance, ainsi que la vacuité de son existence. Il est aussi perdu que je peux l'être ici-bas.
Par ailleurs, il a refusé de manger les quelques sandwiches que je lui ai préparés. Il a perdu l'appétit.
Très inquiète, j'ai longuement hésité avant de faire ce que n'importe quel être humain inquiet pour son prochain ferait dans pareille situation : j'ai appelé un médecin – le médecin traitant de M. Peña, dont j'ai fini par dénicher le numéro de téléphone dans son répertoire.

Je me tiens debout au pied de l'escalier, rongeant nerveusement un ongle, lorsque le médecin me rejoint enfin après avoir longuement examiné Ángel. Soudain, j'ai peur. Que va-t-il m'annoncer ? Est-ce grave ? Je jauge le médecin en craignant le pire. *Quoi qu'il ait, faites qu'il s'en sorte, je vous en supplie !* Voilà que je supplie Dieu, maintenant ! Pff ! N'importe quoi !

Le médecin pose son cartable à ses pieds pendant qu'il prend place sur le canapé, non loin de moi. Je suis trop nerveuse pour le regarder directement dans les yeux. Ai-je trop tardé avant de le contacter ?

Je me ronge à nouveau les ongles – une manie qui ressurgit chaque fois que je suis anxieuse. Le médecin tente de me rassurer d'un regard. Gênée, je pose mes mains sur mes genoux, avant de finalement croiser les bras sur ma poitrine.

Le médecin, un quadragénaire plutôt séduisant, croise mon regard et m'adresse un sourire chaleureux.

— Vous avez bien fait de m'appeler, Mademoiselle, dit-il en sortant un bloc-notes de son cartable ainsi qu'un stylo plume. Vous avez eu le bon réflexe.

J'en suis heureuse et instantanément soulagée.

— Qu'est-ce qu'il a ? m'enquiers-je en m'empêchant de me ronger à nouveau un ongle.

— M. Peña a tous les symptômes d'une dépression, m'annonce-t-il en me regardant d'un air grave et compatissant.

— Oh !

Oh ! Je me mords la lèvre inférieure en songeant qu'il y a peu, ma psy m'a diagnostiqué la même maladie. Je suis sous le choc. En plus de venir faire le ménage ici à raison de deux fois par semaine, je vais devoir m'occuper de M. Peña, lui administrer rigoureusement ses médicaments et l'aider, si possible, à guérir, en vue de son rétablissement. Tant pis pour mes notes. De toute façon, je n'aurai pas l'esprit tranquille le sachant dans cet état. J'ignore si je me sens redevable ou si je le fais par amour pour Jenny, mais je me dois d'aider cet homme.

Hors de question que je le laisse tomber ni sombrer et qu'il dépérisse à cause de ma négligence. Je préfère le savoir ici, sous ma surveillance, plutôt qu'à l'hôpital, loin de chez lui. Jenny ne me le pardonnerait pas et moi non plus.

En voulant me lever, je manque de faire un malaise. Le médecin se précipite alors vers moi et m'aide à me rasseoir. Ma tête s'enfonce dans le cuir froid. Mes membres sont tout engourdis et de minuscules points noirs apparaissent devant mes yeux.

Alors que le médecin prend mon pouls, puis ma tension, je songe qu'il n'est pas venu pour rien. Au lieu d'une consultation, il y en aura deux. Comme si Ángel et moi étions « connectés l'un à l'autre », liés par un fil invisible – celui du deuil, assurément.

Je sens les battements de mon cœur ralentir jusqu'à les sentir à peine. J'observe le médecin à la dérobée. Visiblement, ça n'a pas l'air de l'inquiéter outre mesure.

— Ce n'est qu'une simple chute de tension, me tranquillise-t-il en rangeant son stéthoscope.

Je suis encore dans les vapes lorsque le médecin me tend un petit morceau de sucre.

— Tenez.

Je prends le morceau de sucre sans broncher. Après tout, c'est lui le spécialiste.

— Ça maintiendra votre glycémie. Vous devriez manger un peu, également, ajoute-t-il d'une voix ferme, mais non moins mélodieuse.

Encore faut-il avoir de l'appétit. Je me renfrogne en me demandant à quand remonte le dernier vrai repas que j'ai avalé – il y a trois jours. À l'évidence, je suis anémiée.

Il y a un long silence pendant que je fais tourner le morceau de sucre entre mes doigts, la tête baissée. Puis, du bout des lèvres, je murmure :

— Sa fille…

— Je sais, me coupe le médecin, voyant qu'il m'est pénible de parler. J'ai appris la nouvelle dans les médias.

Il soupire et marque une pause avant d'ajouter en secouant la tête :

— Je n'ose imaginer ce que M. Peña traverse en ce moment. Moi-même, j'ai deux filles, dont une adolescente. C'est terrible. Il n'y a pas de mots pour décrire une telle perte.

Il coule un regard dans ma direction, devinant sans mal ma propre souffrance, identique à celle d'Ángel.

J'acquiesce d'un hochement de tête imperceptible, tout en avalant le morceau de sucre. L'espace d'un instant, je songe à un passé pas si lointain. À une époque où Jenny était encore bien vivante, Logan, mon petit ami dont j'étais follement amoureuse, Lilian, toujours à la maison, et Ángel, marié à la femme qu'il aimait. Chacun de nous était alors heureux et bien vivant, ignorant tout du drame qui allait se jouer à des milliers de kilomètres d'ici et dont la perte et le chagrin incommensurables nous frapperaient de plein fouet, nous brisant à tout jamais. Comment en est-on arrivé là ?

Le médecin interrompt mes rêveries et me tend deux ordonnances, une pour M. Peña et une autre pour moi. Je les prends de bonne grâce tandis que le sucre se liquéfie sur ma langue et coule agréablement dans ma gorge.

— La dépression n'est pas une maladie anodine. Elle ne doit pas être prise à la légère.

Bien sûr. Comment pourrait-il en être autrement ?

— Ça va aller, Mademoiselle, m'assure le médecin en posant sa main sur mon bras. M. Peña s'en remettra, vous verrez. Avec du temps et beaucoup de repos.

Il raffermit sa prise autour de mon bras.

— Et avec votre aide, bien sûr.

Il penche la tête jusqu'à ce que nos regards se croisent. Le sien est confiant et bienveillant. Je renifle, sentant poindre des larmes d'épuisement face à cette situation chaotique. Si seulement Jenny était là pour réconforter son père. C'est son rôle, non le mien. Moi, je ne suis qu'une intruse, une ombre. Or, c'est précisément à cause de son absence qu'il est dans cet état d'inertie quasi catatonique. La régression de son état coïncidant étrangement avec son retour soudain, je me demande si cela a un quelconque rapport avec son voyage à Barcelone ? Qu'y a-t-il découvert ? Qu'y a-t-il vu et/ou entendu ?

Alors que j'emboîte le pas au médecin jusqu'à la porte d'entrée, celui-ci me tend sa carte de visite en m'offrant de l'appeler en cas de besoin. Si l'état de santé de M. Peña ne s'améliore pas ou s'il empire, ou si quoi que ce soit le concernant m'interpelle, je lui promets de ne pas hésiter.

— Je compte sur vous pour me tenir au courant, Mademoiselle.

— Je n'y manquerai pas, docteur, promets-je tandis que j'ouvre la porte.

Le médecin prend congé en me serrant la main, puis s'en va.

Après avoir refermé la porte derrière lui, j'examine longuement sa carte de visite. *Pourvu que je n'aie pas à solliciter votre venue une seconde fois,* songé-je amèrement, une moue sur les lèvres.

29

Les regards de Logan sont insistants, même pendant les cours. Malheureusement pour lui, je suis davantage préoccupée par la santé mentale de M. Peña que par mon avenir sentimental avec Logan. Je ne pense qu'à *lui*. Je ne vois que *lui*.

À la fin de la journée, je ne m'attarde pas. Les vacances approchent. Plus que quelques jours. En attendant, j'ai besoin de temps et d'espace.

Après avoir fait un saut à la pharmacie où je récupère les médicaments d'Ángel ainsi que les miens, je ralentis à l'approche d'un cimetière. J'entre d'un pas hésitant, arpente les allées en jetant quelques coups d'œil curieux sur certaines tombes. Certaines sont joliment fleuries et parfaitement entretenues, d'autres sont nues et négligées.

Je me souviens de l'enterrement de ma grand-mère maternelle, trois ans plus tôt. Je n'avais alors que quatorze ans ; ma mère était en larmes, dévastée. Elle était moralement et physiquement anéantie, soutenue par mon père qui craignait qu'elle ne s'effondre au beau milieu de la cérémonie. Je me souviens du choc que j'avais ressenti alors en les voyant ainsi vulnérables. La mort était invisible et pourtant tangible. Je m'étais efforcée de faire bonne figure devant les autres membres de la famille, jouissant du soutien indéfectible de mon frère. Puis, une fois dans mon lit, j'avais pleuré toutes les larmes de mon petit corps en me rappelant combien j'avais été proche de ma grand-mère. Combien je l'aimais, avec ce sentiment d'impuissance, persuadée que j'étais de ne pas l'avoir aimée comme je l'aurais dû. Elle était si gentille et si généreuse avec moi. Je me souviens du chagrin qui m'avait submergée – pas aussi dévastateur que mon chagrin actuel, toutefois – me maintenant difficilement à flot. J'en étais alors venue à m'interroger sur la nature de la relation de ma mère avec la sienne. Pourquoi cette dernière était-elle si distante avec moi, et ce depuis mon enfance ? Avait-elle connu quelque traumatisme par le passé ? Était-elle aussi proche de sa mère qu'elle le prétendait ? Était-elle aimée de sa mère et de son père, ou au contraire dépréciée ? Autant de questions qui restaient, encore aujourd'hui, sans réponse.

Il est curieux d'observer les gens entretenir les tombes de leurs défunts. Je dois avouer que les cimetières ont toujours constitué une énigme pour moi. Ils m'effraient autant qu'ils me fascinent. On a beau nous répéter que la Terre est faite pour les vivants, qu'il faut aller de l'avant, on s'évertue quand même à garder nos morts en vie, dans *ce* monde. Nous les conservons précieusement tel un trésor, des reliques enfouies sous la terre. Il y en a même qui éprouvent le besoin de leur parler, tout en sachant pertinemment qu'ils ne peuvent (plus) leur répondre. On a peur de les oublier. On veut se souvenir d'eux.

J'observe une femme d'une quarantaine d'années depuis quelques minutes. Elle est agenouillée devant ce que j'imagine être la tombe de son défunt mari – une veuve, donc. Elle a les mains jointes devant elle. Elle prie sûrement. Elle a les yeux fermés. Je l'imagine pleurer l'homme qu'elle a aimé, l'amour de sa vie, l'élu de son cœur. Je devine aux larmes qui perlent sur ses joues qu'il lui manque. C'est étrange, même pour moi, mais je l'envie. Certes, sa souffrance est aussi tangible que la mienne, mais au moins, elle a un lieu où se recueillir. Le corps de son mari est là, quelque part, enseveli sous la terre. Sa mort existe. Cette pensée me fait pâlir. Que me reste-t-il de Jenny, sinon son souvenir, son visage altérés par le temps ? Cela me réconforterait quelque part de voir ma meilleure amie allongée dans un cercueil – là où elle n'a pas sa place – et ce pour l'éternité. Au moins, pourrais-je faire mon deuil comme il se doit.

J'imagine déjà l'épitaphe sur sa tombe : « À Jenny, ma meilleure amie et âme sœur. Ce fut pour moi un privilège et un honneur de te connaître ici-bas. Puisses-tu reposer en paix. »

Dans les méandres de ma mémoire, je sélectionne une photo d'elle. Une de celles où elle apparaît naturellement souriante et sereine. D'où je suis, je peux l'entendre persifler : « Il faut toujours sourire, même à la mort. » Elle est belle sur cette photo illustrant sa mort.

Depuis le crash, nous ignorons où son petit corps a atterri ni même s'il est entier. Cette pensée m'horrifie. Si un jour on m'avait dit que la vie et la mort agiraient de concert pour mener Jenny à sa perte…

Je lève les yeux au ciel, le maudis du regard. Pourquoi nous infliger cela ? Mes pensées vont à ces familles, ces parents, ces frères, ces sœurs qui, comme Ángel et moi, ont perdu un bout d'eux-mêmes.

Après quelques derniers mots murmurés à son mari, la femme se lève en faisant un signe de croix. Elle croise mon regard triste en passant devant moi. Ses yeux sont rouges et bouffis. Malgré ses larmes et son chagrin, elle me sourit timidement. C'est comme si elle avait perçu mon propre chagrin. *Entre personnes endeuillées, on se comprend.*

J'ai envie de lui prendre la main, de lui dire qu'avec le temps, tout finira par s'arranger, mais n'en étant pas convaincue moi-même, je m'abstiens de tout commentaire.

Sur le chemin du retour, je ralentis, tête baissée, à l'approche de ce qui semble être une chapelle. Jusqu'ici, je ne me rappelle pas l'avoir déjà vue, sans doute parce que j'ai fait un détour.
Dans un soupir d'appréhension – je n'ai jamais mis les pieds dans un lieu sacré – je décide de pénétrer à l'intérieur.
L'air frais ainsi que le silence religieux y sont étrangement bienvenus et agréables.
M'approchant de Jésus cloué sur sa croix – un mythe pour moi qui n'ai jamais lu la Bible – je décide d'allumer un cierge à la mémoire de ma défunte amie.
M'asseyant sur un banc, je reste là comme une idiote, à contempler cette flamme vacillante qui, un jour prochain, s'éteindra à son tour.
Une flamme. Voilà ce que représentait Jenny pour moi. Ma lumière. Mon guide.
Je me lève au bout d'une minute ou deux, puis m'en vais poser le cierge sur son socle. Soudain, alors que je me dirige tranquillement vers la sortie, je ressens comme une présence. Un air frais inhabituel me fouette le visage et me glace les os. Un ange passe – Jenny ?
Adressant un dernier regard à la Vierge Marie – que Jenny affectionnait tant – je m'éclipse, un rictus aux lèvres, certaine que ma présence ici n'est pas le fruit du hasard – Jenny m'y attendait-elle ?

30

Entre deux révisions, je descends à la cuisine. Mes parents brillent par leur absence – pour ne pas changer. À plusieurs reprises, j'ai eu envie de téléphoner à mon frère, mais me suis ravisée, de peur de le déranger. *C'est ton frère, pas ta babysitter !*
Mon ventre gargouille tandis que j'ouvre le frigo. J'en avise le contenu avant de jeter mon dévolu sur un yaourt. Je cherche une cuillère dans un tiroir et remonte dans ma chambre.
Je savoure mon yaourt en repensant aux paroles du médecin. Je dois manger plus et plus souvent. *J'essaie, Docteur. J'essaie.* Toutefois, l'appétit revient peu à peu sans que je m'en rende compte.
Je consulte mes derniers messages sur mon smartphone. Un SMS de Morgane me demandant de mes nouvelles et cinq de Logan. Je réponds succinctement à la première sans entrer dans les détails.

Aux alentours de dix-huit heures vingt, je descends à nouveau dans la cuisine, où Maria s'affaire déjà à préparer le dîner. Elle tend la joue et j'y dépose un baiser. Elle me sourit chaleureusement – un simple sourire de cette femme me procure plus de bien que la présence de mes deux parents réunis – et m'annonce fièrement le menu. Risotto au chorizo – mon plat préféré. Du moins, avant.
Des effluves familiers et subtilement épicés m'effleurent délicatement les narines, embaumant la pièce de ses arômes.

Assise sur un haut tabouret derrière le comptoir, je l'observe à l'œuvre. Comme à son habitude, Maria met beaucoup de cœur et d'amour à l'ouvrage. Elle adore cuisiner. Plus qu'un passe-temps, c'est pour elle une véritable passion.

Je l'admire en silence. L'espace d'un instant, j'imagine que c'est ma mère qui est aux fourneaux. Maria est la mère que j'aimerais avoir. Ses enfants ont beaucoup de chance. En outre, c'est un réel plaisir de la regarder cuisiner.

Poussée par un élan de gratitude, je me lève et m'en vais l'enlacer par-derrière. Surprise par ce geste inattendu, quoique pas très inhabituel, Maria rit doucement en posant une main sur mon avant-bras enserrant ses épaules. Elle murmure quelque chose en espagnol tandis que je hume le parfum délicat de ses cheveux mélangé à celui, plus salé, du riz en train de cuire dans la poêle. Ma tête reposant sur une de ses épaules, je me laisse aller et ferme les yeux. Je suis bien. *Maman.*

Au bout de quelques secondes, je recule, craignant d'entraver ses bras – nécessaires pour cuisiner. Heureusement pour moi, les effusions ne sont pas un problème pour Maria, contrairement à ma mère. Je me souviens de la seule et unique fois où j'ai eu envie de la prendre dans mes bras. Je m'étais alors précipitée vers elle et celle-ci m'avait brusquement repoussée pour une raison qui m'échappe encore aujourd'hui. Après ça, je n'ai jamais retenté quoi que ce soit de ce genre avec elle. Fort heureusement, Maria était aussi là pour pallier ce manque. J'aime les câlins, et alors ? Cela fait-il de moi un monstre pour autant ?

— *Cariña*, souffle affectueusement Maria en m'offrant son plus beau sourire – auquel je ne résiste pas.

« Maman » baisse le feu et offre de me faire goûter à sa sauce au chorizo. *Hum. Un vrai délice !*

J'avise la pendule accrochée au mur et regarde l'heure. D'ici une vingtaine de minutes, mes parents devraient (déjà) être de retour. Aussi, je me lève et m'affaire à dresser la table. Ce faisant, j'interroge Maria sur quelques recettes dont elle a le secret.

31

M. Peña étant en arrêt maladie pour une durée encore indéterminée, je m'arrange pour multiplier mes visites, le matin très tôt avant les cours, et l'après-midi une fois ceux-ci achevés. Je fais aussi quelques provisions et remplis le frigidaire ainsi que les placards. Tout mon argent de poche y passe, mais je m'en fiche. Je veux qu'Ángel se rétablisse au plus vite. Mes provisions se constituent essentiellement de fruits et légumes, de laitages et de viande. Je n'ai pas jugé opportun de lui prendre de l'alcool. De toute façon, étant mineure, on ne m'aurait sans doute pas autorisée à en acheter.

J'ai beau savoir qu'il va mal, alité dans sa chambre sans l'ombre d'une amélioration, sa présence me rassure. Je me sens ici chez moi, davantage que là où je vis. Je m'y sens étonnamment en sécurité.

Une fois les courses rangées et le ménage achevé, je m'affaire en cuisine. Je suis quelques recettes de Maria à la lettre. Mes talents culinaires étant limités – il n'en demeure pas moins que Maria m'a transmis le goût de la cuisine – je m'efforce de faire simple. Ce n'est certes pas de la grande gastronomie, mais étant donné l'état catatonique de M. Peña, je pense que cela ne le dérangera pas.

Je dispose le tout sur un plateau que je monte dans sa chambre, sans oublier ses médicaments. Je frappe à sa porte, mais n'obtiens aucune réponse – comme c'est le cas depuis plusieurs jours. J'entre et referme la porte derrière moi. Je me concentre pour ne pas trembler et renverser le plateau. Empotée comme je suis, cette menace est omniprésente.

Sans surprise, la chambre est plongée dans le noir, signe qu'il ne s'est pas relevé pour aller les ouvrir. De mon côté, je choisis de ne pas y toucher. De toute façon, ce n'est pas l'obscurité qui influencera ses humeurs ni ne le ramènera vers la lumière – ni Jenny, hélas.

En déposant le plateau sur le guéridon, non loin d'Ángel, je remarque qu'il a changé de position. Il est recroquevillé sur lui-même, en position fœtale, les paupières closes. Je devine ses traits tirés, ses joues creusées et son teint anormalement blafard, lui donnant un air plus vieux et affaibli. En revanche, impossible de savoir s'il a cessé de pleurer ni s'il a pu dormir un peu. Malgré tout, il reste beau dans sa vulnérabilité, même s'il est quelque peu amaigri. Voilà plusieurs jours qu'il n'a pas mangé, refusant mes petits plats les uns après les autres, et cela m'inquiète. Peut-être devrais-je rappeler son médecin. Je vais y réfléchir sérieusement – du moins, s'il refuse toujours obstinément de s'alimenter.

Ça me fait mal de le voir ainsi, meurtri, baignant dans sa souffrance tel un poisson nageant dans un océan, immergé sous l'eau.

Je l'observe longuement sans trop savoir quoi faire. Que faire sinon attendre – espérer – qu'il se rétablisse un jour ?

32

Les jours passent et aucune amélioration en vue. Ángel et moi vivons pour ainsi dire sous le même toit – je passe plus de temps chez lui que chez moi – sans que nous n'échangions le moindre mot. Cette situation me désole et m'inquiète. Je suis aussi impuissante et dévastée que lui. Je ne sais pas quoi faire. Certains soirs, je reste jusqu'à vingt-et-une heures, afin de m'assurer qu'Ángel n'a besoin de rien – si ce n'est de sa fille.

En classe, j'ai de plus en plus de mal à suivre les cours. Lorsque je ne suis pas occupée à veiller sur Ángel jusque tard dans la soirée, je suis exténuée sans parvenir à trouver le sommeil malgré les médicaments. Et lorsque je ne dors pas, je pense à Ángel et me fais du souci pour lui. Du coup, il m'arrive parfois de piquer du nez pendant certains cours, comme c'est le cas en anglais.

En espagnol – le dernier cours avant le début des vacances – je prends quelques notes de vocabulaire et participe à la moindre occasion, ce qui ravit ma prof. Logan, quant à lui, semble à nouveau distant avec moi. Je me demande vaguement pourquoi sans m'en inquiéter toutefois – j'ai déjà bien assez de tracas comme cela sans m'en rajouter.

Après être repassé à la maison pour me changer en vitesse, je me rends chez M. Peña. À présent que je suis en vacances, la perspective de le voir tous les jours me réjouit.

Je me déleste rapidement de ma veste – les cours étant terminés, je n'ai plus besoin de trimballer mon sac à dos – et me précipite à l'étage, direction la chambre de M. Peña. J'ai peur qu'il fasse une bêtise, auquel cas je ne me le pardonnerais pas.

En ouvrant doucement la porte de sa chambre, je suis soulagée de le voir. Il est là. D'un coup, je me sens mieux, même si son état, lui, ne s'améliore pas vraiment. Un petit coup d'œil sur le guéridon m'indique qu'une fois de plus, il n'a pas touché à sa nourriture. Cela me fend le cœur. Il doit manger, ne serait-ce qu'un peu, sans quoi il continuera de s'affaiblir. Et avec les médicaments qu'il prend, cela ne fera qu'empirer son état. Et si je le faisais manger ? Pas sûr qu'il apprécie ni qu'il obtempère. *La prochaine fois, peut-être.*

Je l'observe, une moue sur les lèvres, tandis que je récupère le plateau intact – quel gâchis ! Il est extatique ; ses yeux sont clos, mais je sais qu'il ne dort pas, malgré le souffle régulier qui soulève sa poitrine avec grâce – seule preuve qu'il est en vie. Peut-être cherche-t-il à m'éviter ? Si seulement je connaissais un remède miracle pour le guérir instantanément, comme dans ces films fantastiques que Jenny et moi affectionnions tant. Si seulement… Si seulement Jenny était là, auprès de lui. Si seulement elle n'était pas morte dans ce stupide accident d'avion. Si seulement Anne était là pour réconforter son ex-mari. Où est-elle, d'ailleurs ? L'a-t-elle appelé ? Se sont-ils vus ?

Impuissante, je me repais du profil de cet homme. Sa barbe a beaucoup poussé. J'ignore combien de temps je reste plantée là, à le regarder, et à vrai dire, je m'en fiche. Il est certes (très) mal en point, mais il est là. Vivant, quelque part entre l'ombre et la lumière, entre le Paradis et les ténèbres.

Au bout d'un moment, je me décide enfin à m'éclipser. *Du repos*, a préconisé le médecin. *Du repos et du temps.* Soit !

En claquant doucement la porte derrière moi, je me fige devant la porte de la chambre de Jenny et pousse un soupir.

Dans la cuisine, je transvase le plat d'Ángel dans un *Tupperware* en vue de le réchauffer plus tard au micro-ondes et ouvre le frigo pour l'y ranger. Ce soir encore, j'envisage de rester tard, afin de veiller sur Ángel.

Je me dirige d'un pas déterminé vers la buanderie quand une sonnerie de téléphone retentit. Interloquée, je me fige et file en direction du bureau d'Ángel, d'où je crois qu'elle émane.

Poussant la porte en bois capitonnée, j'allume le plafonnier et avise un iPhone qui sonne et qui vibre sur le set, et dont je m'empare. Je m'étonne que M. Peña ne l'ait pas sur lui. Peut-être en a-t-il un autre ?

Je fixe l'écran sans savoir quoi faire. Évidemment, je ne connais pas l'identité de l'émetteur. Devrais-je répondre ? Ma timidité quasi maladive m'empêche d'agir. Je rougis – même face à un écran muet de téléphone. Quand bien même je répondrais, qu'aurais-je à dire ? À la place, je décide d'envoyer un SMS groupé au répertoire professionnel de Maître – *Maître !* – Peña, dans lequel j'écris que celui-ci est en congé pour une durée indéterminée. Aussi, doivent-ils prendre leurs dispositions concernant les affaires courantes. *Qui suis-je ? Son assistante ?*

Je m'étonne de cette initiative personnelle et prie pour qu'Ángel ne m'en veuille pas de cette audace improvisée.

Satisfaite, je me pince légèrement les lèvres et éteins ledit iPhone par mesure de précaution. Ángel a besoin de repos. Par conséquent, les conversations téléphoniques sont proscrites, surtout si celles-ci concernent le travail, auquel cas cela causerait du tracas inutile.

Il est dix-huit heures passées quand j'achève le ménage. Après avoir rangé le matériel ménager et m'être rigoureusement lavé les mains dans la salle de bains, je retourne dans le salon et me laisse choir sur le canapé.

Je passe une main sur mon visage et réprime un bâillement. La tête enfoncée dans le canapé moelleux, je me demande si Ángel dort à présent ou s'il a faim – même si je crois déjà connaître la réponse. Quant à moi, je n'ai pas faim non plus. Toutefois, j'envisage de réchauffer le plat au micro-ondes avant de l'apporter à M. Peña. S'il le faut, je le ferai manger moi-même, comme une mère nourrit son enfant. C'est certes infantile, mais je n'ai plus vraiment le choix. S'il continue à refuser la nourriture, je devrai appeler le médecin pour qu'il l'examine de nouveau et lui prescrive autre chose.

Je décide d'attendre encore une dizaine de minutes avant de servir le dîner. La perspective d'une petite sieste improvisée me séduit, mais je m'efforce de la refouler, de peur de ne pas me réveiller à temps pour le dîner. Depuis que le médecin a prescrit ces médicaments à M. Peña, je m'efforce de les lui administrer à heures fixes.

Tendant le bras vers la table basse, j'attrape la télécommande et allume le téléviseur. J'ai envie de me divertir.

Craignant de tomber sur quelque image du crash, je coupe immédiatement le son et zappe. À cette heure-ci de la journée, les programmes sont de piètre qualité. Beaucoup de rediffusions – des séries policières pour la plupart, avec une surenchère d'hémoglobine et de testostérone.

Sans cesser de zapper, je pousse un soupir de lassitude. Sur le point d'éteindre, résignée à passer à table plus tôt que prévu, je tombe sur le *Starmix*, cette émission divertissante consistant à trouver les cheveux, les yeux, la bouche, ainsi que le corps de personnalités.

Jenny était très forte à ce jeu. Elle devinait l'identité des célébrités quasiment à tous les coups.

Aucun candidat n'ayant appelé, l'animatrice du jeu annonce le dernier clip de Kendji Girac – l'idole de Jenny. Fan du jeune gitan, et ce depuis sa nomination au télé-crochet *The Voice* – elle avait bien sûr voté pour lui à chacune des émissions, ne cessant jamais de chanter ses louanges – ma meilleure amie possédait plusieurs posters à son effigie, dont un dédicacé – je me demande d'ailleurs s'ils sont toujours fixés aux murs de sa chambre – et lui avait même écrit une lettre – en espagnol – à laquelle il n'avait, jusqu'à ce jour, pas donné suite.

Le beau ténébreux aux yeux de biche – dixit Jenny – échange quelques mots en espagnol avec son comparse en guise d'introduction. Cela me rappelle les quelques fois où j'avais surpris Jenny et son père rire et échanger quelques paroles en espagnol. Ils paraissaient alors si proches l'un de l'autre, physiquement et émotionnellement, si fiers de leurs origines latines. Je revois la façon bien à eux qu'ils avaient de se chamailler, de taquiner Anne. Une famille parfaite, en somme.

La musique démarre. Alors que je me laisse doucement gagner par l'ambiance, je regarde les différents messages d'anonymes défiler sur le bandeau, en bas de l'écran.

Pour nous amuser, Jenny et moi nous en envoyions régulièrement. Presque chaque mercredi après les cours. Parfois, nous nous faisions passer pour des stars, en signant « Rihanna » ou

« Beyoncé ». C'était certes puéril, mais ô combien drôle et divertissant. Ces petits messages-là me manquent.

Sans que je m'en rende compte, mes yeux se font de plus en plus lourds et se ferment sans qu'ils aient besoin de me demander la permission – comme Ángel, je n'ai pas beaucoup dormi ces derniers temps, à croire que le sommeil ne veut plus de moi.

Je me laisse bercer par la musique, à moitié lucide. Devant l'écran noir de ma tête défile une tout autre version du clip. Je visualise Kendji et Jenny – sa belle Andalouse – dansant ensemble, se trémoussant sensuellement l'un contre l'autre. Je laisse peu à peu mon esprit vagabonder et lâcher prise, un sourire béat sur les lèvres, quand un bruit assourdissant m'arrache un sursaut, effaçant instantanément mon sourire.

Je rouvre brusquement les yeux, récupère en hâte la télécommande et éteins le téléviseur. Sans réfléchir, je me rue vers les escaliers. *Ángel.*

33

Je pénètre dans la chambre d'Ángel, hors d'haleine. La panique m'envahit quand je ne le vois pas dans son lit. Où est-il ? Je passe la chambre aux rayons X en tentant de contrôler ma respiration. *Respire, Anaïs. Respire.* Le rai de lumière nimbant la pièce par la porte laissée entrouverte facilite quelque peu mes investigations.

Soudain, je distingue une touffe de cheveux noirs qui dépasse du lit. Je m'avance avec précaution en retenant mon souffle. Il est affalé de l'autre côté du lit. Dieu merci, il est vivant.

Je réprime un cri d'horreur lorsque je vois des morceaux de verre dispersés devant lui, répandant un liquide ambré sur la moquette. Un instant, je me pince le nez à cause de la forte odeur de whisky qui s'en dégage et ne tarde pas à se diffuser partout la chambre. *Beurk !* Comment les hommes peuvent-ils apprécier ce genre de breuvage ?

Je rejoins prudemment Ángel en évitant les morceaux de verre – je ne suis pas pieds nus, heureusement. Le pauvre, il a l'air mal en point. Je remarque qu'il tremble.

Adossé au lit, il replie ses genoux contre sa poitrine, seulement vêtu d'un caleçon – il semblerait que nous ayons dépassé cette gêne, désormais – la tête entre les genoux et une main pressant l'autre.

Je m'accroupis devant lui en réprimant une moue de dégoût. En le regardant, je me demande vaguement si son verre lui a échappé des mains ou s'il l'a jeté violemment contre le mur tapissé, d'où le bruit assourdissant. Je présume qu'il n'en est sûrement pas à son premier verre de la journée, qu'il est probablement ivre et que, sans doute, devrais-je me renseigner sur l'endroit où il planque son stock de bouteilles et faire le nécessaire pour que ce genre d'incidents ne se reproduise plus.

Dans un élan d'empathie et de solidarité, je prends une profonde inspiration et pose une main sur son bras nu. Il tressaille légèrement à ce contact qui, je l'admets, me surprend tout autant que lui. Je ne peux décemment le laisser ainsi. Soudain, il me vient une idée.

Prenant appui sur son épaule, je passe une main autour de lui et le soulève. Par miracle, je parviens à l'asseoir sur le bord du lit. Je suis essoufflée comme un bœuf. Ma foi – simple expression ! – je ne l'imaginais pas si lourd. Je reste debout à le jauger.

Comme il chancelle encore et qu'il menace à tout moment de s'écrouler sur le sol la tête la première, je plaque mes deux mains sur son torse massif et incroyablement robuste. *Waouh !* J'examine le visage devenu livide d'Ángel, tête baissée, à la recherche d'éventuelles traces de coupures. Mes yeux descendent ensuite lentement jusqu'à sa main enserrant l'autre. Nos regards se croisent, muets de stupeur. Ses yeux me parlent, mais ses lèvres, elles, restent fermement scellées l'une à l'autre. Parler lui fait mal, semble-t-il.

— *Tranquila*, murmuré-je avec un accent espagnol parfait. *Está bien. Estoy aquí.*

— Jenny ? appelle-t-il, les yeux hagards.

Aïe. Pourquoi lui ai-je parlé en espagnol, aussi ? Quelle idiote je suis ! Le médecin m'avait pourtant mise en garde contre ce genre de comportements momentanés. « Perte de repères et désorientation », avait-il dit.

Entendre le prénom de ma meilleure amie disparue me fait l'effet d'une gifle. Je ressens soudain un pincement au cœur. Je suffoque face à cet homme meurtri. J'ai mal, mais ne dois pas sombrer. Pour lui. Pour nous. Pour elle.

À nouveau, je m'accroupis devant Ángel. Son front est perlé de sueur lorsqu'il relève la tête et je distingue une larme sur sa joue luisante. Je soutiens son regard avec peine. Ses yeux sont vitreux, éteints. Me voit-il comme je le vois ?

— *Soy Anaïs, señor,* réponds-je en reniflant – mes larmes ne vont pas tarder à affluer, je le sens.

Pourquoi est-ce que je continue à communiquer avec lui dans sa langue natale ? Ma bêtise et ma gêne sont tangibles.

Je pose une main sur la sienne et la presse doucement. Je veux le rassurer. Lui montrer que je suis là, avec lui. Je n'ai pas l'intention d'aller où que ce soit. C'est important qu'il le sache – ça l'est pour moi, en tout cas.

Je rive mes yeux sur les siens. J'y lis un mélange de peur, de chagrin et de démission. Lui qui m'était apparu si fort, si sûr de lui jusqu'à il n'y a encore pas si longtemps, me voilà face à un homme vulnérable et brisé, meurtri dans sa chair et dans son âme.

Que nous en soyons conscients ou pas, Ángel et moi avons besoin l'un de l'autre. En outre, le chagrin qui nous frappe nous rend indissociables l'un de l'autre. Ce constat, cette vérité – cette réalité – m'effraie tout autant qu'elle me rassure.

Sans se détacher les uns des autres, nos yeux communiquent en silence. Les siens sont inexpressifs en dehors du chagrin et de la détresse qu'ils renferment ; les miens, quant à eux, promettent solennellement à cet homme de rester auprès de lui, et ce aussi longtemps qu'il le souhaitera et aura besoin de moi.

Depuis que je lui ai proposé mes services il y a quelques semaines, je me sens responsable de lui sans que je parvienne à me l'expliquer. Certes, la perte brutale de Jenny y est pour quelque chose, mais c'est bien plus que cela, en vérité. Quoi qu'il en soit – et peu importent le temps et l'énergie que ça prendra – je ferai en sorte que M. Peña se rétablisse. Je suis déterminée. Qui sait ? En le guérissant, je me guérirai peut-être moi-même.

En reculant, je vois ses beaux yeux se plisser brusquement ; il les pose sur ma main désormais libre, une grimace déformant sa bouche. Je suis touchée de croire que la rupture de notre contact l'incommode autant que moi. Mais, lorsque je baisse les yeux vers ma main ensanglantée, je blêmis. *Du sang.* Il y avait donc bel et bien une entaille quelque part. Pourquoi n'ai-je pas immédiatement songé à vérifier la main d'Ángel, qu'il pressait fermement avec son autre main ?

Au bord de l'évanouissement, je plaque une main – celle qui est encore immaculée – sur ma bouche nauséeuse en ravalant ma bile. Je bondis sur mes pieds tel un ressort et, sans un regard pour Ángel, me précipite jusqu'à la salle de bains jouxtant la chambre.

34

Agenouillée devant la cuvette, je vomis, secouée de spasmes et de haut-le-cœur.

Le souffle court, je me lève prudemment et tire la chasse d'eau. J'inspire, par à-coups d'abord, puis plus profondément. Une main sur le cœur, je me concentre sur ses battements. Ma main. Recouverte de sang. Le sang d'Ángel.

Je me traîne jusqu'au lavabo. Je croise fugacement mon profil blafard, livide dans le miroir, tandis que je me frotte vigoureusement les mains avec du savon.

Une fois le sang parti, je me sens déjà mieux. Soulagée. Depuis que je suis petite, la vue du sang me retourne les sens. À l'évidence, je n'aurais pas pu exercer un métier dans le milieu médical. Impossible. Trop de sang. Trop de patients à soigner.

Je me dépêche, me rappelant soudain qu'Ángel est toujours dans sa chambre et qu'il attend d'être soigné.

Après m'être rafraîchi le visage avec de l'eau froide, je m'essuie avec une serviette moelleuse et me hisse sur la pointe des pieds pour ouvrir le placard au-dessus de moi. J'y trouve une trousse à pharmacie, dont je ne prends pas la peine de vérifier le contenu.

Je prends une profonde inspiration. La perspective de soigner la blessure d'Ángel – que j'espère superficielle, car je serai bien incapable de la recoudre – ne m'enchante guère. Mais, je n'ai pas vraiment le choix. Le laisser ainsi baigner dans son sang n'est pas une option.

De retour dans la chambre, la trousse à pharmacie calée sous le bras, je rejoins Ángel, lequel m'attend sagement, assis sur le bord de son lit. Je devine qu'il est soulagé de me voir réapparaître. Ses yeux inquisiteurs sondent les miens. Ils semblent me présenter ses excuses. Je perçois une once d'inquiétude, également. Il est inquiet pour moi ? J'esquisse un faible sourire comme pour répondre à sa question silencieuse. *Je vais bien. Du moins, physiquement. Lui, en revanche...*

Assise à côté d'Ángel, j'ouvre la trousse de premiers secours et en sors un rouleau de bandage, des pansements, ainsi qu'une paire de ciseaux que je stérilise.

D'une main tremblante, j'ouvre les siennes en retenant mon souffle, pour empêcher l'odeur métallique d'envahir mes narines dilatées. *Allez, Anaïs. Tu peux le faire !*

J'évalue l'étendue de la plaie en tentant de me convaincre que ce n'est pas si terrible – Dieu merci, l'entaille est superficielle, et donc peu profonde.

De nouveau au bord de la nausée, j'inspire tout l'air contenu dans cette pièce et tente de me raisonner. *Du calme, Anaïs. Du ketchup. C'est du ketchup. De la sauce tomate... qui aurait le goût du sang... Stop !*

Ángel semble percevoir mon trouble, car il pose un regard appuyé sur moi.

Concentrée sur sa blessure, je commence par désinfecter sa main avec de l'alcool à 90 degrés.

Ángel a un mouvement de recul en gémissant.

— Désolée, m'excusé-je platement sans toutefois lui lâcher la main.

Autant en finir, et vite.

Une fois la plaie propre, je découpe un morceau de bande tandis qu'Ángel m'observe, aussi surpris et impressionné que moi. Jouer les infirmières est une première pour moi – et, je l'espère, la dernière. Plus qu'un défi, c'est une véritable mission.

J'enroule la bande autour de sa main blessée, que je fais tenir par un morceau de sparadrap. Je contemple sa main bandée, fière et satisfaite. Mon premier pansement.

Je réprime une moue en songeant que les plaies de l'âme, elles, ne cicatrisent pas aussi vite – quand elles cicatrisent. Pour y parvenir, il faudrait beaucoup plus qu'une simple bande et du désinfectant. L'idée qu'Ángel ait cherché à se faire du mal m'est insupportable. Je souffre pour lui en plus de ma propre souffrance.

Je passe un doigt sur son bandage et lève les yeux vers lui pour jauger sa réaction. Je le sens brusquement se raidir, sa paume se laissant caresser par mon doigt nu et curieux.

Nous échangeons un regard. Nous sommes tous deux rescapés, prisonniers d'une vie routinière et monotone depuis le départ de celle que nous pleurons. Sans saveur. Comme ces mets que nous boudons depuis lors, Ángel et moi.

Je me lève lorsque sa main saisit faiblement mon poignet, me demandant silencieusement de rester. Mes yeux passent de sa main tenant mon poignet à lui. D'une voix doucereuse et réconfortante, je lui dis que je reviens dans un instant et il me lâche à regret.

Je presse le pas jusqu'à la salle de bains, la trousse à pharmacie dans la main, que je range dans le placard.

Une poignée de secondes plus tard, je reviens dans la chambre, un verre d'eau dans une main et un gant de toilette humidifié dans l'autre.

M'asseyant de nouveau près de Ángel, je lui tends le verre d'eau ainsi que son médicament, qu'il accepte de bonne grâce – sa confiance aveugle me bouleverse.

Tandis qu'il boit quelques gorgées d'eau, je tamponne son front luisant de sueur avec le gant de toilette. L'image de Logan, ivre sur mon lit, et moi accomplissant le même geste sur lui, s'impose inévitablement à moi. Je la chasse d'un battement de cils.

Ángel soupire d'aise et je devine qu'un peu d'eau sur son front chaud est la bienvenue. Il ferme les yeux tandis que j'abaisse ma main pour récupérer le verre vide et le poser sur sa table de chevet.

Lorsque je le vois somnoler – un des effets secondaires du médicament – contre moi, je me lève et, avec sa coopération, parviens à l'allonger dans son lit. Je le borde comme une mère le ferait avec son petit garçon. Je tiens à lui, c'est vrai. Et lui, tient-il à moi ?

Il ne tarde pas à sombrer et je me réjouis que le sommeil veuille enfin de lui – pas trop tôt !

Avant de partir, je vais chercher une pelle ainsi qu'une balayette pour ramasser les morceaux de verre éparpillés sur le sol. Je ne voudrais pas qu'Ángel se blesse au cas où il déciderait de se lever.

Je suis sur le point de quitter la chambre lorsque je l'entends murmurer, d'une voix si faible qu'elle paraît inaudible – mais que je parviens malgré tout à entendre :

— Anaïs.

Surprise, je me retourne, ignorant s'il rêve ou s'il m'appelle réellement, s'il attend quelque chose de moi. Je m'avance et le dévisage sans un bruit. Ses yeux sont parfaitement clos – il rêve donc.

— *Hasta mañana*, réponds-je dans un murmure.

Remettez-vous vite, ai-je envie d'ajouter. *Je tiens à vous. J'aime prendre soin de vous, et je continuerai jusqu'à ce que vous n'ayez plus besoin de moi.*

C'est une promesse. Un souhait. Une prière.

35

Je dessine, confortablement installée sur le canapé, lorsqu'un cri strident me fait sursauter. Je me fige et jette un coup d'œil à ma montre. Il est tard – je perds la notion du temps dès lors que je suis ici.

Arrivée en trombe dans la chambre de M. Peña, je reste pétrifiée sur le seuil, légèrement essoufflée. J'hésite à entrer, redoutant ce que je pourrais y découvrir, cette fois. Ángel s'est-il encore blessé ? Auquel cas, je devrais une fois de plus jouer les infirmières, et je dois avouer que cette perspective ne m'enchante guère.

Je suis presque soulagée en ne le trouvant pas affalé sur le sol. Il est dans son lit, sens dessus dessous, et se débat avec ce qui semble être un cauchemar.

Stoïque, je songe aux cauchemars qui m'ont happée ces dernières semaines, peuplant mes nuits de ténèbres et de cris. J'en frissonne encore.

Je regarde Ángel se tourner et se retourner, gesticulant dans tous les sens, le corps entortillé dans les draps ; son souffle court, son visage en nage. Il lutte contre les forces du mal. Des mots inintelligibles sortent de sa bouche, tordue par une grimace. Il alterne entre le français et l'espagnol. Il lui parle. Jenny. Je suis persuadée que c'est à elle qu'il s'adresse.

— *No... Por favor... Espera... Reviens... Jenny, por favor. Arrêtez cet avion. Te quiero, cariña... JENNY !*

Sa voix est désincarnée, distante, lointaine, désespérée. Torturée – autant qu'il peut l'être. Sa détresse me glace le sang. Un sanglot douloureux coule le long de ma joue fraîche sans que je m'en rende compte. Je l'essuie d'un revers de la main et renifle en détournant les yeux. Si je commence à pleurer maintenant, j'ignore quand je cesserai ni même si j'y parviendrai.

Je m'avance prudemment, ordonnant à mes jambes de me guider jusqu'à lui. Je manque de m'effondrer au pied du lit tant la douleur est vive et tenace.

Agenouillée devant Ángel, une main agrippée au matelas, je le secoue doucement, puis plus fermement en l'apostrophant plusieurs fois. Je reste prudente, au cas où il aurait un mouvement brusque ou me blesserait par mégarde.

Mes doigts écartés enroulés autour de son épaule nue, je la presse de toutes mes forces, sachant que je ne fais pas le poids face à lui. Le froid de mes doigts sur sa peau tiède le fait tressaillir. Ça y est. Il se réveille, battant des cils avec vigueur.

Les yeux écarquillés, il reprend doucement connaissance, l'air perdu. Il n'a aucune idée de la noirceur du cauchemar qui le happait ni de l'endroit où il se trouve. Ni même de mon identité. Comme s'il se réveillait après plusieurs mois de coma.

Je connais, hélas, ces symptômes. J'imagine que c'est dans un état similaire que mon frère ou Maria devaient me trouver au réveil : le regard hagard et perdu, les mèches de cheveux collées sur mon front en sueur, le souffle saccadé, erratique, les yeux exorbités et baignés de larmes, et les traits du visage tirés, faisant davantage ressortir les cernes qu'à l'accoutumée.

Je rabats l'édredon et tire sur le bras d'Ángel, tout tremblant sous ma paume.

Au terme d'un gros effort, je parviens à le faire asseoir sur le lit. Je pourrais lui apporter un verre d'eau et lui tamponner le front avec un gant d'eau froide comme la dernière fois, mais je sens que cette fois, il lui faut quelque chose de plus fort. De plus radical.

S'appuyant sur moi, il se lève en chancelant légèrement. J'ignore ce que je fais et où je vais, mais, profitant de sa confiance, je m'efforce de ne pas flancher et vais de l'avant. J'improvise.

Voilà plusieurs jours que M. Peña n'a pas pris de douche. Aussi, c'est tout naturellement que je le dirige vers la salle de bains. Sa terreur nocturne me donne un prétexte pour le laver.

Il est lourd sur moi, et pourtant, je sens qu'il résiste pour ne pas m'écraser de tout son poids. Sa main repose sur mon épaule tandis que la mienne est posée sur sa poitrine ; une autre le maintient sous l'aisselle.

Poussée par un élan d'audace aussi inattendu qu'inhabituel, j'ouvre la cabine de douche et pousse tranquillement Ángel à l'intérieur. Il n'a pas l'air surpris de mon initiative, ou alors il dissimule ses émotions.

Ne rencontrant aucune résistance de sa part, je décide d'aller jusqu'au bout de mon idée. Je ressens une vague d'adrénaline ; mon cœur s'emballe, comme après avoir couru un marathon. *Et maintenant, je fais quoi ?*

J'avise le banc en bois au fond de la cabine et aide Ángel à s'y asseoir. Je veux qu'il se sente à l'aise. La gêne et la pudeur n'ont pas leur place ici, même si je *suis* gênée et pudique face à cet homme, cet adonis vulnérable et torturé – mon fantasme depuis que j'ai quatorze ans.

Assis, les mains agrippant le banc, les chevilles croisées et la tête baissée, je le regarde un instant. Je suis presque soulagée de ne pas rencontrer ses yeux tristes, dépourvus de vie, lorsque j'ouvre les robinets.

Je passe la main sous l'eau pour vérifier qu'elle est à bonne température. Je filtre mes émotions de même que mes pensées. Une réflexion m'échappe malgré moi : je vais laver le corps de quelqu'un – d'un homme, plus exactement. Et pas n'importe qui – le père de ma meilleure amie, excusez du peu !

Cette perspective – cette mission – m'exalte autant qu'elle m'effraie. C'est une grosse responsabilité et je veux faire ça bien. Je le dois. J'en ai envie. *Jenny, si tu me vois ou si tu m'entends, assiste-moi dans cette tâche délicate* – le ménage, à côté de ça, c'est une promenade de santé !

Je prends le pommeau dans ma main. D'un rapide coup d'œil par-dessus mon épaule, j'évalue la distance entre Ángel et moi. Je pousse un léger soupir, recouvert par le bruit apaisant de l'eau. J'approche le jet d'Ángel. J'ai peur d'être maladroite. Et si je ne parvenais pas à aller au bout de ma tâche ?

Je me calme en me répétant mentalement que cela ne peut pas être pire que de jouer les infirmières.

Je passe le jet sur le corps du bel Hispanique, puis sur ses cheveux, tandis que l'eau se déverse généreusement sur lui. Chaque parcelle de son corps magnifique, quoique légèrement amaigri, dégouline et luit à présent.

Les sourcils froncés par la concentration, je repose le pommeau sur son socle mural et verse du shampooing dans ma paume, que je fais mousser dans mes mains.

Postée derrière Ángel, lequel a les yeux résolument fixés sur le sol, je commence par lui masser le cuir chevelu.

D'où je suis, je peux voir sa barbe qui, je crois, a encore poussé. Je devrais peut-être songer à le raser. Quoique. Je chasse cette idée de mon esprit. J'aurais trop peur de trembler et de le couper. Le pauvre, il souffre suffisamment comme cela.

Le contact de mes doigts dans ses cheveux humides m'électrise. J'ai chaud. Même assis, Ángel est plus grand que moi. Je regarde les gouttes d'eau courir sur sa peau nue tandis que je continue à le shampouiner. Je les envie de leur liberté et de leur audace. La buée ne tarde pas à rendre les parois opaques, de même que les vapeurs d'eau s'épaississent dans la cabine.

Cette proximité soudaine, quasi intime, me grise et m'enivre. Je rougis, heureuse qu'Ángel ne puisse pas me voir moi ni la réaction chimique opérer sur moi et en moi.

Je crois deviner que mes massages capillaires apaisent Ángel. Je le sens se détendre nettement contre moi, son dos collé à ma poitrine. À tel point que j'en viens à me demander s'il ne s'est pas endormi. Seule sa respiration haletante m'indique le contraire. Si je peux l'aider à se sentir mieux l'espace de quelques minutes, c'est déjà beaucoup.

Je fais durer son plaisir – et le mien par la même occasion – je m'applique, étiolant le temps comme pour repousser les limites de notre chagrin à tous les deux. Il est là et je suis là. Nous sommes ensemble, emprisonnés dans un corps rempli de larmes et de douleur, mais *ensemble* – physiquement et émotionnellement. On ne croirait pas à le voir comme ça, autrefois si sûr de lui, si bien dans sa peau, toute l'étendue de sa vulnérabilité et de sa souffrance. Moi, je le sais – je souffre du même mal.

Quelques semaines plus tôt, tout allait pour le mieux. Certes, c'était un homme divorcé et meurtri, mais son ex était quelque part, en vie. Elle vivait. Il vivait. Séparément, mais réunis par quelqu'un dont ils étaient fiers, un être humain fait de chair et d'os et doté d'une âme pure et noble. Alors, ils pensaient qu'elle leur survivrait, qu'un jour ou l'autre, ils mourraient, et que leur fille unique, heureuse et épanouie, s'accomplirait auprès d'un mari à qui elle donnerait de beaux enfants. C'était dans l'ordre des choses. Seulement, Ángel était loin de s'imaginer que la vie lui jouerait un tel drame. Plus qu'une épreuve, c'était un véritable sacerdoce. Comment se relever après ça ? Comment continuer à vivre ? Pourquoi ? Pourquoi la mort avait-elle surgi inopinément dans sa vie comme dans la mienne ? Pour un parent, j'imagine – je ne peux faire que ça, imaginer – que faire le deuil de son enfant est tout simplement inacceptable. Impossible. J'imagine sans mal la culpabilité que M. Peña doit ressentir. En tant que meilleure amie, la souffrance causée par une telle perte est insupportable, innommable, mais pour un père...

Alors que je rince abondamment ses cheveux, je me demande vaguement quand Ángel et moi cesserons d'avoir mal. Dans une semaine ? Un mois ? Un an ? Un demi-siècle ? La douleur s'atténuera-t-elle au fil du temps ainsi que le prétendent les survivants ? Peut-être serons-nous délivrés de ce mal une fois que nous aurons rejoint celle que nous pleurons tous les deux.

J'aimerais que mon frère soit là, près de moi, et qu'il me prenne dans ses bras ; qu'il me console et qu'il me berce en me murmurant quelque parole réconfortante à l'oreille, comme il le fait si bien.

Après avoir lavé le corps nu d'Ángel avec du gel douche – je me suis empourprée comme jamais, jusqu'à devenir écarlate – j'ouvre la cabine désormais embuée, tends la main et tâtonne jusqu'à trouver un drap de bain propre et moelleux.

J'aide Ángel à se lever et le guide jusqu'au lavabo. Il manque trébucher sur le tapis, mais je le soutiens aussi fermement que possible.

Debout devant lui, j'essuie ses cheveux, puis frotte son corps avec vigueur pour le réchauffer, avant de lui ceinturer la taille avec une autre serviette.

J'avise ensuite un tabouret sur lequel il s'assoit docilement. Je jette un coup d'œil à son bandage – humide après cette longue douche – que je décide de changer. L'entaille sur sa paume est presque entièrement résorbée. Heureusement, il n'y a plus aucune trace de sang.

Alors que je m'applique à lui faire un nouveau bandage, je prie pour que mon pseudo patient ne réitère pas son geste. Je prie pour que cette soif de souffrance physique ne devienne pas une habitude et que le whisky ne soit pas une réponse systématique à tous ces maux qui le rongent et le consument peu à peu. Cette pensée m'angoisse.

C'est alors que nos regards se croisent à nouveau, comme si Ángel avait deviné mon malaise. Je lui offre un timide sourire en guise de réconfort, tandis que ses yeux sont déjà hors d'atteinte. Il grelotte – de froid ou de fatigue, je ne saurais dire. Aussi, je l'aide à regagner promptement sa chambre et l'installe dans son lit. Il demeure assis, comme s'il attendait sagement mes instructions, à moins qu'il n'ait ni la force ni le courage de changer de position. Les cernes noircissent ses beaux yeux bleus – ils tirent sur le vert à cause de la tempête qui tourmente son cœur et son âme. Je le jauge, hésite. Je ne veux pas qu'il attrape froid.

Je fais quelques enjambées en direction de sa commode, dont j'ouvre un premier tiroir au hasard. Je tombe sur une série de boxers et autres caleçons. Je me sens rougir, mais j'ignore ma gêne avec une facilité presque déconcertante. Je prends un caleçon au hasard et referme le tiroir d'un coup sec. J'en ouvre un deuxième et fais de même avec un T-shirt.

Je rejoins Ángel d'un pas hésitant. J'en viens maintenant à la partie délicate de ma mission : le convaincre d'enfiler le T-shirt ainsi que le caleçon et l'aider au besoin – en vérité, c'est cette partie-là qui me pose problème, vous aurez compris pourquoi.

Je réprime un frisson ainsi qu'un bâillement. Ángel lève les yeux vers moi. Il avise le T-shirt ainsi que le caleçon, que je tiens toujours entre mes mains. Soudain, sans que je m'y attende, il lève mollement les bras au-dessus de sa tête. Surprise de sa coopération, je déglutis et écarquille les yeux. Il accepte donc mon aide. Cette pensée me ravit et réchauffe mon petit cœur meurtri d'adolescente. Je fais un pas vers lui, m'assois sur le bord du lit et brandis le T-shirt. En le passant, je savoure les effluves de gel douche mélangés à ceux, tout aussi enivrants, du shampooing.

Une fois son T-shirt enfilé, Ángel abaisse ses mains en un mouvement souple et gracieux. Ses yeux lointains sondent les miens. Comme moi, il redoute la suite. Arriverons-nous à dépasser l'obstacle du caleçon ? Devrais-je me retourner et le laisser l'enfiler tout seul ? Aura-t-il besoin de mon aide pour ça aussi ? Dans un cas comme dans l'autre, je me tiens prête à coopérer. S'il veut que je sorte, je sortirai. S'il veut que je reste – ce que, au fond, je préférerais – je resterai. Son choix sera le mien. Sa volonté, mienne.

Je le dévisage, les lèvres pincées. J'attends, dans l'expectative. Finalement, au bout d'une minute ou deux, Ángel prend une décision. Je vois ses beaux yeux bleus assombris par la tristesse briller dans l'obscurité. Je prends alors une décision à mon tour. Je tire la couverture et l'enjoins silencieusement et tacitement à s'allonger dans le lit. Il s'exécute sans broncher. Je rabats la couverture sur lui et lui tends le caleçon propre, afin qu'il l'enfile. J'attends, les bras croisés, la tête tournée à demi. J'essaie de ne pas paraître troublée, même si ça m'est terriblement difficile. Je l'entends ôter son caleçon humide, un élastique qui claque – sur ses hanches, j'imagine – et, seulement à ce moment-là, je me tourne vers lui et récupère le caleçon mouillé qui pend au bout de ses doigts graciles et légèrement tremblants. Est-il mal à l'aise, lui aussi ? Pourquoi ? Il n'y a pas de raison, au fond. *Je* ne suis pas une raison.

Sans un regard pour Mr Peña – je dois être écarlate, à présent – je quitte sa chambre, son caleçon trempé dans une main et le peu de courage qu'il me reste dans l'autre. La soirée aura été intense et riche en émotions.

Dans la buanderie, j'ouvre le hublot du sèche-linge et y jette le caleçon d'Ángel, auquel vient s'ajouter mon chemisier à carreaux noir et blanc, ainsi que mon jean, trempés, eux aussi. J'hésite à enlever mon soutien-gorge ainsi que ma culotte ; je jette un rapide coup d'œil par-dessus mon épaule, comme si Ángel pouvait me surprendre, ce qui, après coup, me paraît ridicule, et les ôte l'un après l'autre.

Désormais nue, je me sèche avec la serviette encore humide avec laquelle j'ai séché Ángel, puis fouille le panier de linge sale et déniche un vieux T-shirt de fortune lui appartenant, dont je hume l'odeur en fermant les paupières. Il sent *lui*. Le tissu colle à ma peau encore humide ; il m'arrive en dessous des genoux. Sur moi, on dirait presque une nuisette tant je nage dedans. Malgré le taux élevé d'humidité suintant de tous mes pores, je n'ai pas froid. Je suis bien. Je suis là. Vivante.

Je n'ai jamais eu à utiliser un appareil électroménager de ma – jeune – vie. D'habitude, c'est Maria qui s'en charge, comme Francesca ici avant. À ce propos, je me demande comment Ángel a-t-il bien pu survivre tout ce temps sans une domestique à ses côtés. Utilisait-il un pressing ? Certes, il était souvent absent, mais tout de même. Difficile de passer à côté de toute cette poussière et de toute cette pile de linge sale accumulé.

Si je n'ai pas eu beaucoup de peine à lancer le sèche-linge, pour la machine à laver, en revanche, c'est une autre histoire.

Accroupie devant la machine – dans laquelle j'ai jeté une première pile de vêtements sales – je bataille contre les boutons de réglage en regrettant amèrement que Maria ne soit pas là pour me donner un petit coup de main.

Cinq bonnes minutes passent avant que je ne parvienne enfin à lancer une machine.

En me relevant, les jambes encore ankylosées par toute cette eau, je pousse un soupir. Les bras croisés sur ma poitrine, je jette un œil aux deux machines qui effectuent efficacement leur travail. Je dispose d'une vingtaine de minutes avant de pouvoir récupérer mes affaires propres et sèches. Durant ce laps de temps relativement court, je décide de me rendre à l'étage, les jambes et les pieds nus, pour vérifier qu'Ángel va bien. Avec un peu de chance, il dort peut-être.

Adossée dans l'encadrement de la porte laissée ouverte, en prenant soin de ne pas dévoiler ma semi-nudité, je remarque qu'Ángel est allongé sur le flanc, en position fœtale. Il ronfle. Espérons que cette fois, il ne fasse pas de cauchemar. Je frémis d'horreur à cette idée et songe à passer la nuit ici – sur le canapé, bien sûr, ou dans la chambre d'amis – par mesure de précaution.

Je le contemple encore quelques secondes avant d'attraper la poignée et de fermer la porte dans un bruit sourd.

Lorsque je me retourne, je me retrouve face à une autre porte close : la chambre de Jenny. Pour la première fois depuis qu'elle est morte, je décide d'y entrer.

36

Je laisse la porte entrouverte derrière moi, au cas où Ángel serait de nouveau happé par un mauvais rêve et aurait besoin de moi – j'espère que ce ne sera pas le cas, même si j'aime être là, près de lui, pour lui.

Fébrile, j'allume la lampe de chevet. Levant la tête, je vois Kendji qui me sourit de toutes ses dents ; de petites photos sont superposées les unes aux autres, éparpillées tout autour d'un poster grandeur nature. J'esquisse un sourire amer – j'étais présente lorsque Jenny a reçu ce poster après avoir participé à un jeu à la radio. Elle était alors tout excitée.

Je me traîne nonchalamment vers la grande baie vitrée donnant sur un balcon ; je l'ouvre et y découvre le fameux télescope parfaitement orienté vers le ciel. Nostalgique, je m'approche et y jette un coup d'œil. Malheureusement, le ciel est noir ; aucune étoile à l'horizon. La fraîcheur nocturne m'arrache un frisson. Je décide donc de rentrer à l'intérieur.

Étrange de revenir ici après tout ce temps ; j'ai l'impression de violer l'intimité de ma meilleure amie. Pénétrer dans ce lieu devenu sacré seule me fait plus de mal que je ne l'aurais jamais imaginé. Le souvenir de Jenny y est omniprésent, dans chaque recoin – pas étonnant, me direz-vous, puisque c'est sa chambre – des posters d'ado groupie aux dessins de mangas esquissés par Jenny – dont certains, nouveaux, que je découvre – en passant par les quelques photos de famille et de nous deux accrochées aux murs. Mentalement, je revis quelques scènes de Jenny et moi ensemble. Jenny et moi assises l'une à côté de l'autre sur son lit, elle pleurant le divorce de ses parents, et moi la réconfortant comme je le peux ; Jenny et moi assises en tailleur au milieu du lit, euphoriques, commentant les derniers évènements de notre journée au collège ; Jenny et moi allongées par terre sur le ventre, envoyant des SMS coquins à un garçon qui flashait sur elle ; Jenny, mélancolique et passionnée, assise sur un rocking-chair, me dessinant tandis que je prends la pose ; Jenny se confiant à moi comme jamais. Jenny et moi. Jenny. Au passé. Et moi, ici, seule et désemparée, au présent.

Je déambule dans la chambre sans savoir quoi faire de moi, de mon corps. Tout ici me ramène à un passé heureux et insouciant. Je m'approche de la coiffeuse et détaille le moindre objet. Une brosse à cheveux, des produits cosmétiques ; je suis incapable de les toucher, mais c'est comme s'ils étaient tristes, eux aussi, comme s'ils attendaient le retour de leur propriétaire avec une certaine impatience. Comme moi, ils ont été abandonnés, comme livrés à eux-mêmes. La brosse à cheveux n'a plus de cheveux sur lesquels planter ses dents ; le gloss n'a plus de lèvres à faire briller ; le fond de teint n'a plus de visage à unifier ; le mascara n'a plus de cils à étoffer ; le fard à joues n'a plus de pommettes à rosir.

Jenny ne rougissait certes pas beaucoup, mais lorsque cela arrivait, je la trouvais adorable. Quant à moi, je n'ai jamais eu un quelconque problème avec le maquillage, et ce dans la mesure où je n'y ai jamais eu recours pour camoufler mes imperfections. Non pas que je sois opposée à ce genre d'artifices, mais je n'ai tout simplement pas l'œil pour ce genre de choses.

La seule fois où Jenny avait insisté pour me maquiller, à mon anniversaire, l'année dernière, cela s'était avéré catastrophique. J'avais transpiré, puis pleuré, et alors mon mascara avait coulé, mon fond de teint, bavé. Bref, j'avais fini par enlever moi-même mon maquillage avec de l'essuie-tout, ce qui avait choqué et désolé ma meilleure amie, naturellement sexy et au fait de ces choses-là.

Je fixe la porte un long instant. J'ai cru entendre un bruit, mais j'imagine que c'est là le fruit de mon imagination. Je ferme les yeux et imagine que Jenny débarque sans frapper. À nouveau, je ressens une présence quasi paranormale. Elle apparaît sur le seuil, et alors je la prends dans mes bras. Sans réfléchir, je la serre de plus en plus fort sans parvenir à la libérer, de peur qu'elle m'échappe de nouveau. Lorsque je rouvre les yeux, je sens une larme clandestine couler le long de ma joue. Elle est partie. Elle a quitté ce monde et ne reviendra jamais. Ce n'est pas un rêve, c'est la réalité, aussi pénible et douloureuse soit-elle.

Pour être honnête, ce qui me sidère, c'est de voir que cette chambre a survécu à sa locataire. Cette chambre est vivante, contrairement à Jenny. Ce constat me donne envie de crier, de hurler, de jeter quelque chose contre un mur. Quelque chose de dur comme ma tête, mais je m'en abstiens. Je ne veux pas que M. Peña s'inquiète pour moi. C'est moi qui suis ici pour veiller sur lui, non l'inverse.

En passant devant le bureau de Jenny, je remarque qu'un cahier de mathématiques y est ouvert ; des équations attendent d'être résolues. Et comme je suis nulle en maths, je ne peux même pas espérer me pencher sur le problème. Un autre cahier, plus petit, est ouvert ; des mots attendent d'y être couchés. Je songe à toutes ces choses inachevées, à tous ces projets avortés, morts eux aussi avant même d'avoir vu le jour. À tous ces lieux, ces endroits où elle n'ira jamais. À toutes les premières fois auxquelles elle n'aura droit ; au futur qui, déjà, fait partie du passé ; au mari auquel elle rêvait tant et que la vie ne lui permettra jamais de rencontrer. À ces enfants qu'elle ne mettra jamais au monde. *Stop.* C'est trop douloureux. Si je continue, je vais finir par sombrer pour de bon. Et alors, ni Ángel ni moi ne pourrons nous relever.

Je laisse mes larmes, à présent nombreuses – à quoi bon les retenir ? – s'épanouir le long de mes joues froides et j'éternue. Je renifle et me dirige vers l'armoire, dans laquelle sont rangées les fringues de Jenny. En l'ouvrant, je réalise à quel point nos styles vestimentaires sont à l'opposé l'un de l'autre. Si je préfère de loin le confort et la sobriété, Jenny, elle, aimait les tenues sexy et féminines, à la limite du provocant – ce qui lui avait d'ailleurs valu quelques réprimandes de la part de certains professeurs désapprouvant ce genre de look.

Je passe mes doigts tremblants sur chaque tenue. J'en hume l'odeur. Un mélange de violette et d'adoucissant m'effleure délicatement les narines.

Si je ferme les yeux, je peux la voir, la visualiser. Au bout de quelques minutes, je finis par jeter mon dévolu sur l'un des rares habits simples et confortables de sa garde-robe : une salopette en jean – je n'ai pas souvenir de l'avoir vue la porter un jour.

Tandis que je l'enfile par-dessus le vieux T-shirt appartenant à Ángel – le vivant et la morte réunis – il me semble ressentir une présence. Un courant d'air frais traverse la pièce jusqu'à moi. Je frissonne à nouveau. Je crois distinguer une silhouette dans le couloir, mais je n'en suis pas sûre. Je devrais peut-être essayer de dormir un peu, moi aussi, sinon, je risque d'avoir d'autres hallucinations de ce genre. Et si ce n'était pas une hallucination ?

Après avoir *vu* Ángel toujours endormi dans son lit – il n'a pas changé de position et ses ronflements sont plus étouffés, désormais – je me détends un peu, soulagée que mes allégations soient fausses. Je pousse un soupir de contentement. Il est temps pour moi d'aller récupérer mes vêtements secs en bas. À moins que je ne décide de garder la salopette – seyante et confortable – encore un peu.

37

Ángel passe la majeure partie de ses journées – et de ses nuits – prostré au fond de son lit. Je ne le vois pour ainsi dire jamais. Je me demande même si les médicaments lui sont d'un quelconque réconfort, s'il remarque ma présence et s'il l'apprécie.

Je suis retournée dans la chambre de Jenny. Revenir ici m'a fait du mal. Moins que la première fois, cependant. Peut-être parce que je savais à quoi m'attendre, cette fois.

J'ai fermé les yeux, simplement pour m'imprégner de son odeur. Puis, d'un pas hésitant, je me suis approchée du lit, dans lequel je me suis glissée. J'ai retenu mon souffle et ai humé l'odeur familière sur l'oreiller. Une partie de ma Jenny vivait encore, flottant dans l'air et le tissu soyeux. J'ai serré Diego, la peluche que je lui avais offerte, contre ma poitrine.

Les yeux rivés sur la table de chevet, je me suis redressée et ai tendu une main pour ouvrir le tiroir en réprimant ma culpabilité. J'y ai découvert un iPod, ainsi qu'un roman à l'eau de rose écrit en espagnol dont le titre m'évoquait vaguement quelque chose – une histoire d'amour impossible, un mélodrame sentimental ou quelque chose d'approchant. J'ai eu une moue. J'ignorais que Jenny était aussi fleur bleue.

Après avoir parcouru quelques pages – la vision du marque-page signifiant qu'elle n'avait pas terminé sa lecture m'a donné un pincement au cœur – j'ai enfoncé les écouteurs du lecteur dans mes oreilles et ai fait défiler la playlist – beaucoup d'artistes ou groupes espagnols dont je ne connaissais même pas l'existence, Kendji mis à part. Je me suis renfoncée dans l'oreiller moelleux et odorant et j'ai fermé les yeux, Daniel Balavoine dans les oreilles.

Empoignant l'oreiller d'une main, je me suis assoupie. *Il n'y a pas de mal à aller mal*, m'a exhorté ma conscience.

À mon réveil, Balavoine criait *Tous les cris, les SOS*. J'ai arrêté la playlist et ai ôté les écouteurs. Soudain, j'ai senti quelque chose de rigide enserré au bout de mes doigts.

Soulevant l'oreiller, j'ai découvert, sourcils froncés, un journal intime – celui de Jenny. Je m'étonne qu'elle ne l'ait pas emporté avec elle, dans l'avion. Était-ce un oubli de sa part ?

Mes doigts ont caressé soigneusement la couverture. Je l'ai observée longuement, comme on observe une relique, une énigme à résoudre. Cet objet sacré et intime renfermant autant de mystères m'en apprendrait-il davantage sur ma meilleure amie ? Oserais-je l'ouvrir ?

J'ai pris une profonde inspiration, ai ouvert le cadenas et ai commencé à lire, le cœur battant, comme si j'allais prendre la parole devant une centaine de personnes. Certains passages m'ont fait sourire, comme celui-là :

« *Anaïs me fait rire. Elle n'a pas l'air de s'en rendre compte, mais elle est drôle, parfois malgré elle. J'adore son sens de l'humour. Avec elle, on peut parler de tout, avec légèreté ou gravité selon nos sujets de conversation. Elle me fait mourir de rire.* »

Je lève les yeux du journal et blêmis en relisant le mot « mourir ».

Certains passages sont joyeux, heureux, d'autres plus mélancoliques, voire tristes. La sensibilité de Jenny transparaît au fil des pages.

Je poursuis ma lecture, curieuse et avide, comme s'il s'agissait du dernier bestseller :

« La première fois qu'Anaïs a vu mon père, j'ai cru qu'elle allait tomber dans les pommes. Mon père est canon, c'est vrai. Je crois même que certaines de ses collègues féminines craquent pour lui. Dolorès, en particulier. Cette pétasse – j'emploie ce terme grossier parce que, visiblement, ça ne la gêne pas que mon père aime ma mère et lui soit fidèle et dévoué. Cette "pétasse", donc, a clairement des vues sur mon père. J'ai pu le constater les quelques fois où je suis passée à l'improviste voir mon père au cabinet après les cours ou lorsque je finissais plus tôt. Cette femme est mielleuse à vomir. Je me suis d'ailleurs empressée de raconter cette petite anecdote à Anaïs... »

J'esquisse un sourire. C'est vrai, je m'en souviens. Je me remémore surtout le fou rire qui avait suivi jusqu'à nous donner des crampes, ce soir-là, dans ma chambre. Ses rires résonnent encore dans ma tête. Jenny n'avait pas son pareil pour raconter des histoires drôles.

Plongée dans mes rêveries, j'émerge doucement et continue à lire :

« Après le divorce de mes parents, la garce en a profité pour se rapprocher de lui, le consoler, le soutenir de toutes les façons possibles et imaginables. À un moment, je crois même qu'elle a tenté un rapprochement plus... charnel, mais mon père n'était de toute évidence pas (plus) intéressé.

Un soir, alors qu'elle était passée à l'improviste à la maison, j'ai surpris leur conversation. Il était tard. Dolorès sanglotait. Elle est devenue hystérique et mon père a tenté de la calmer, l'empoignant, puis l'enlaçant. Ils ont eu des mots forts, violents. C'était comme s'il lui annonçait qu'il la quittait ou quelque chose comme ça. Puis, ils se sont embrassés. Alors, j'ai compris.

J'ai compris qu'ils étaient amants. J'ignore depuis quand. Mais ce que j'ai vu ce soir-là ne fait aucun doute. Je me suis alors réfugiée dans ma chambre sans faire de bruit et j'ai pleuré toutes les larmes de mon corps. J'étais incapable de penser ni même de me confier à qui que ce soit à ce sujet. Pas même à Anaïs. Pas même à toi, cher journal. J'étais en colère contre mon père, contre ma mère, contre moi-même, aussi. Et terriblement déçue. J'ignore si ma mère était au courant, ni même si c'était la raison pour laquelle ils ont divorcé au bout de tant d'années (elle a probablement découvert les activités extraconjugales de papa), et à vrai dire, je ne voulais pas le savoir. J'avais peur, en découvrant la vérité, de lui en vouloir à elle aussi, comme j'en voulais à mon père de m'avoir trahi. De nous avoir trahies.

Après ça, je me suis tue, rompant toute communication avec mon père. Je ne lui ai jamais dit ce que j'avais vu, ce soir-là. Mais dans ses yeux, je savais qu'il savait que je savais. Toutefois, il respectait mon silence, même si cette soudaine distance entre nous (nous qui étions si proches, si fusionnels avant cet "écart de conduite") le faisait souffrir atrocement.

Après cet épisode douloureux, je n'ai jamais revu Dolorès, pas même par hasard. Mon père avait donc bel et bien rompu avec elle. Malgré mon soulagement de ne plus les voir ensemble, le mal était fait. J'avais mal. Quelque chose s'était brisé entre mon père et moi. Je ne lui fais plus confiance. »

J'écarquille les yeux, estomaquée, horrifiée. Je relis le passage pour m'assurer que je n'affabule pas. Le suivant me concerne directement :

« *Anaïs n'est même plus discrète quand elle reluque mon père. La façon dont elle rougit lorsqu'elle croise son regard ou lorsqu'il lui adresse la parole est adorable, presque touchante. Quitte à avoir une belle-mère, je la choisis elle, sans hésitation aucune. On fait déjà partie de la même famille, de toute façon, puisque nous sommes pour ainsi dire deux sœurs. Pour moi, c'est acquis, en tout cas.* »

Je me fige, bouche bée d'incrédulité. Elle me donne sa... bénédiction ?! Émue, je continue :

« *Je suppute. C'est peut-être juste un béguin d'adolescente. Après tout, elle ne serait pas la première à fantasmer sur mon père. Le côté méditerranéen, ibérique, cultivé, tout ça. Ça fait toujours son petit effet. Mais chez Anaïs, je perçois autre chose. De la sincérité, de la loyauté, de la sollicitude, aussi, peut-être. C'est comme si je ressentais (pressentais ?) qu'elle sera toujours là pour nous au cas où quelque chose arriverait à mon père ou à moi. C'est rassurant de savoir que je peux compter sur elle, et ce en toute circonstance.* »

Oh ! Jenny ! J'essuie une larme clandestine du bout de mon doigt et reviens quelques pages en arrière :

« *Ça y est ! C'est officiel. Mes parents viennent de divorcer. Ils ne s'aiment plus, du moins sur le papier. Car, quand je les vois ensemble, je sais que ce n'est pas vrai. Jusqu'au bout, j'ai voulu y croire. Croire qu'ils seraient heureux et resteraient ensemble, au moins jusqu'à ma majorité. Mais non. Dans cette histoire – notre histoire – l'Amour n'a pas triomphé. Je suis déçue, triste... et seule. Désespérément. Leur amour est mort et enterré, et moi avec. Heureusement, je peux compter sur le soutien indéfectible de ma meilleure amie. Elle et les cours m'aident à ne pas sombrer.*

Désormais, maman vit loin de nous – de lui. Plus tard, j'apprendrai qu'elle a rencontré un homme prénommé Ricardo – mon beau-père, donc ; ça me fait bizarre de le considérer ainsi – et qu'ils vivent heureux à Barcelone, où Ricardo, mon "beau-père", aurait, selon les dire de maman – nous nous téléphonons deux à trois fois par semaine selon son emploi du temps, plus ou moins chargé – une somptueuse propriété. »

Je lève les yeux et fixe un point imaginaire devant moi. Jenny prévoyait-elle de se rendre chez sa mère et son beau-père, sous couvert d'un séjour linguistique ?

« *J'y passerai les vacances et un week-end sur quatre. Pour des raisons pratiques, il a été décidé que je resterai ici, chez Ángel, toute la semaine, ainsi que les trois week-ends restants. Cette perspective, ce tiraillement entre deux foyers, deux vies totalement opposées, me désole. J'ai envie de disparaître. Pour toujours.* »

Je ne peux réprimer un sanglot à l'idée que Jenny ait pensé à l'éventualité du suicide. Elle souffrait tellement. Elle intériorisait tout, elle appelait au secours et moi, je n'ai rien vu. Bien sûr, je savais à quel point le divorce de ses parents l'avait affectée, mais je n'avais rien fait d'autre que la regarder et l'écouter. J'aurais dû faire mieux. Plus. Beaucoup plus.

Je m'arrête sur un passage qui m'émeut beaucoup :

« *Elle l'ignore sûrement, mais, parfois, j'envie Anaïs. J'envie sa beauté, simple et pure, sa douceur, son humour, son intelligence, sa loyauté...*

J'ai beau lui répéter qu'elle est jolie, qu'elle mérite d'être aimée, elle ne cesse d'affirmer qu'elle est fade et banale. Elle ne s'imagine pas à quel point ça me fait mal de l'entendre se dénigrer de la sorte. Ce qu'elle peut être entêtée, parfois ! Elle a une telle présence, une telle personnalité, une telle aura, et elle ne s'en rend même pas compte. Des fois, j'ai envie de la secouer, publiquement, et de lui crier jusqu'à ce qu'elle y croie : "Anaïs, tu es beeeeeeelle !" Peine perdue. Tant pis, moi, je le sais (et je ne suis pas la seule) et c'est tout ce qui compte. »

Je glousse à travers mes larmes. C'est vrai qu'elle me l'a souvent dit. Jamais je ne l'ai crue – pas même aujourd'hui. Elle, en revanche, était d'une beauté qu'aucun garçon ni même aucune fille ne pouvait nier ni occulter. Elle était sexy et bien faite. Son corps tout entier exaltait la beauté, la passion. Rien à voir avec ma soi-disant « beauté » à moi, plus classique, intérieure, enfouie, cachée, timide.

Je suis surprise en découvrant le ressenti de ma meilleure amie à propos de Logan et moi en tant que couple – Jenny était plutôt taiseuse à ce sujet :

« *Voilà deux semaines qu'Anaïs et Logan sortent ensemble. Je suis jalouse. Je les envie. Non pas qu'aucun mec ne m'ait jamais proposé de sortir avec lui (je reçois des propositions en moyenne une à deux fois par jour), mais leur complicité me rend quelque peu jalouse, il est vrai. Toutefois, je n'ai aucun doute quant au fait qu'ils soient faits l'un pour l'autre. Anaïs a beaucoup de chance. Je vois comment Logan la dévore du regard en cours ; la façon dont il la touche, la caresse ; la façon dont il lui prend la main, entremêle ses doigts aux siens naturellement, comme si chaque fibre de son corps la reconnaissait instantanément ; la façon dont il l'embrasse, pose sa main sur sa taille pour l'attirer vers lui ; la façon innocente, presque candide, avec laquelle il lui sourit ; la façon dont il se perd en elle, dans ses yeux, comme si elle n'était pas réelle, comme s'il n'était pas certain de la mériter quoi qu'il fasse ou dise ; la façon dont il la tient sur ses genoux, pareille à un précieux et inestimable trésor (là-dessus, nous sommes d'accord) ; la façon dont il approche sa bouche de son oreille pour lui susurrer quelques mots doux, à l'abri des regards ; la façon qu'il a de la surnommer "ma puce", aussi. Rien de ce qu'ils font (au lycée, du moins) ne m'échappe. Je n'ai jamais vu Anaïs aussi heureuse et épanouie. Logan la rend presque sûre d'elle. Ça me fait presque mal de le reconnaître, mais il a une bonne influence sur elle ; il est bon pour elle. Ils sont bons l'un pour l'autre. Les voir aussi heureux ensemble m'émeut et me fait souffrir à la fois. Bien sûr, je suis heureuse pour elle (pour eux), mais cela me chagrine de moins la voir. J'ai peur qu'elle se lasse de moi et finisse par me quitter, elle aussi. J'ai besoin d'elle. J'aurai toujours besoin d'elle, de son amitié, de son affection, de sa patience, de sa bienveillance, de sa compréhension, de sa confiance, de sa sagesse troublante et précoce, de son honnêteté, de son em-*

pathie, de sa chaleur. J'ai besoin d'elle, tout simplement. De savoir qu'elle ne m'abandonnera jamais, et ce quoi qu'il advienne. »

Je passe une main sur mon nez qui coule pendant que je renifle. Mes yeux, quant à eux, ont cessé (provisoirement) de pleurer.

J'ignorais tout cela, même si je soupçonnais ma meilleure amie de ne plus être la même dès lors que je me trouvais en présence de Logan. Elle semblait alors distante, lointaine, anormalement silencieuse et mélancolique.

« *Avec moi, les mecs sont cash. En général, ils matent ouvertement la "marchandise", c'est-à-dire mon cul et ma poitrine généreuse, et puis c'est tout. Ça s'arrête là. Ils n'osent pas m'aborder, sans doute par peur de se prendre une veste ou parce que je les intimide. Du moins, en ce qui concerne les garçons (ces puceaux boutonneux) du lycée. En dehors, il m'arrive de me faire aborder par des mecs, plutôt beaux et généralement plus vieux que moi. Et alors, ils me déshabillent de la tête aux pieds et finissent par me faire des propositions indécentes – même pour moi. Lorsque je me retourne en les ignorant, humiliée et en larmes, ils me sifflent et me traitent de "chaudasse" ou d'"allumeuse". Jamais l'un d'eux n'essaie ni n'a envie d'apprendre à me connaître, de découvrir qui je suis, ce qui fait que je suis moi. Pour eux – ceux que je viens de décrire en tout cas – je suis juste "bandante". Un morceau de viande juste bon à se faire bouffer par des fauves en rut et affamés, avides de chair fraîche.*

Pour ces gars-là, je suis "bonne", juste un cul et une paire de seins sur pattes. J'aimerais tellement être plus que cela, ou au contraire, beaucoup moins. Une beauté moins évidente, effacée, gommée.

Logan, lui, n'est pas comme eux. Il respecte Anaïs. Ça a d'ailleurs toujours été le cas. C'est ce qui émane d'elle : du respect. À l'école primaire déjà, on la respectait. J'ignore si c'est dû à sa timidité quasi maladive ou bien si c'est inné chez elle.

Je tuerais père et mère pour qu'un garçon me regarde comme Logan le fait avec Anaïs, avec une infinie tendresse. Je finis par croire que je ne suis que ça. Une "chaudasse". Une "allumeuse", comme ils disent. Même si, au fond de moi, je rêve d'être aimée à mon tour. J'en rêve, j'en crève. Je n'attends que ça. »

Au fur et à mesure de ma lecture, je prends conscience de sa tristesse, de sa détresse. De la mauvaise image qu'elle avait d'elle-même, aussi. Les mots qu'elle emploie sont plus graves, plus durs. Je découvre un aspect de sa personnalité dont je ne connaissais que partiellement et superficiellement l'existence. C'est comme si je la rencontrais pour la première fois, et c'est douloureux. La lire me bouleverse, bien plus que je ne l'aurais imaginé.

« *C'est horrible ! Je suis horrible. Je ne peux plus me regarder dans un miroir tant ce que j'ai fait me répugne. J'ai trahi sa confiance. J'ai trahi la confiance de ma meilleure amie. Jamais elle ne me pardonnera un tel acte. Jamais plus je ne pourrai la regarder en face. Elle ne doit pas savoir. Ce sera mon premier mensonge en dix ans d'amitié, mais je refuse de la faire souffrir…* »

Quoi ? Qu'a-t-elle pu commettre de si horrible ?

Je continue, jusqu'à trouver un début de réponse :

« *L'autre jour, alors qu'Anaïs était malade, terrassée par la grippe…* »

Je tourne la page à la vitesse de l'éclair et déglutis, attendant impatiemment la suite comme un roman de Stephen King, dont le suspense est chaque fois insoutenable. J'ellipse quelques passages, jusqu'à tomber sur un, intéressant :

« *Je me suis assise à côté de Logan en cours. Il a eu l'air troublé, mais n'a rien dit. Sans doute voulait-il simplement se montrer poli envers la meilleure amie de sa petite amie.*

Après s'être mis d'accord, il était convenu que je prenne en notes les cours de langues et de français, et Logan, ceux de maths, sciences et philo. Je l'ai longuement observé pendant les cours. Mes regards étaient si appuyés que Logan gesticulait de façon ostentatoire, me signifiant sa gêne. J'arrêtais aussitôt, mais ne pouvais m'empêcher de recommencer jusqu'à ce que la sonnerie nous délivre enfin. Pas une seule fois Logan ne m'a regardée, parfaitement concentré sur ses notes. »

Je souffle. Rien de bien méchant jusque-là. Je continue en ignorant la panique qui m'empêche de respirer normalement :

« Logan m'a gentiment raccompagnée chez moi, aujourd'hui. C'est bizarre sans Anaïs. Elle me manque. D'ici quelques minutes, je vais l'appeler pour prendre de ses nouvelles, m'assurer qu'elle va mieux. À moins que je passe directement chez elle. Entendre sa voix, lui raconter ma journée. Être près d'elle me rassure et m'apaise.

En tournant la tête, je m'aperçois que Logan est songeur. Il pense à elle, lui aussi, j'en suis sûre. Pas la peine de lui demander. Je le vois, je le sens.

Tandis qu'il détourne les yeux, visiblement mal à l'aise, je l'observe. Il est beau, à sa façon. Certes, il n'est pas vraiment mon genre, mais sa personnalité, tendre et avenante, supplante sa beauté, parfaitement assortie à celle d'Anaïs – ils sont complémentaires à tous les niveaux.

Logan et moi nous regardons, inextricablement gênés par la présence de l'autre. Il fait froid. Les trottoirs sont recouverts d'un épais manteau neigeux. Je regarde mon souffle givré se dissoudre dans l'air. Logan a le regard fuyant. Lorsqu'enfin, il daigne poser ses beaux yeux verts sur moi – je suis frigorifiée et ne vais tarder à me transformer en glaçon pour l'apéritif – il s'approche de moi à petits pas hésitants. Un instant, je crois qu'il va détaler comme un voleur. Mais non.

Arrivé à ma hauteur, Logan me donne un baiser sur la joue et me souhaite une bonne soirée. Mon idée première est de lui rendre son baiser, chastement et sans ambiguïté, mais ce n'est pas ce que je fais. À la place, je lève les yeux vers lui, le fixe du regard et, agrippant son avant-bras, lui donne un baiser sur les lèvres – sans la langue, bien sûr, mais quand même. Je goûte sa bouche, douce et délicieuse – Anaïs ne mentait pas à ce sujet.

L'espace d'un très court instant – une nanoseconde – je crois qu'il me rend mon baiser. Mais ce n'est qu'une impression, car déjà, il s'écarte en respirant bruyamment, me repoussant brusquement. "Désolé, Jenny", souffle-t-il. "J'aime Anaïs. C'est comme ça."

Sur le moment, je me sens nulle, affreuse, pathétique. J'ai quémandé un baiser au mec de ma meilleure amie malade. Un baiser interdit, dont la bouche ne m'est absolument pas réservée. J'ai posé mes lèvres là où Anaïs a posé maintes fois les siennes et où, je l'espère sincèrement, elle les posera encore longtemps.

Je baisse la tête pour dissimuler mes larmes en prononçant des mots incohérents, trahis par les trémolos dans ma voix basse, presque éteinte. Sous le choc, Logan garde le silence. Un silence si long que je crois qu'il a fini par partir, me laissant seule avec mon chagrin et ma culpabilité. C'est alors que je sens deux bras se poser mollement autour de moi. Une de ses mains maintient ma taille tandis que l'autre soutient mon épaule. J'éclate en sanglots en lui demandant pardon un nombre incalculable de fois – jusqu'à ce que je n'aie plus de souffle. Je me dégoûte ; je me sens sale, alors que c'est moi la coupable. C'est idiot. Je suis idiote. Logan est incroyablement gentil et patient. J'ignore s'il agit ainsi par pur altruisme ou s'il veut se donner bonne conscience par égard pour Anaïs. Quoi qu'il en soit, il m'offre son silence, ses bras, sa chaleur, et rien que pour ça, je l'aime. Pas du même amour que celui qu'éprouve Anaïs, mais d'un amour purement platonique, passif, sain. Je n'effacerai jamais ce qu'il s'est passé, quand bien même je le voudrais, mais je sais aujourd'hui que Logan est à Anaïs, qu'il la mérite, tout comme elle le mérite. Et pas moi. Je ne les mérite pas. Ni l'un ni l'autre. »

La peluche de Jenny serrée contre ma poitrine, je sens une autre larme couler de ma joue sur son ventre dodu. Je me souviens de cette journée passée au fond de mon lit, fébrile et fiévreuse, le nez rouge à force d'éternuer et de me moucher.

Le soir venu, Jenny m'avait appelée pour prendre de mes nouvelles, m'apportant instantanément le réconfort dont j'avais besoin. Ignorant mes maux de tête, nous avions parlé longuement, elle et moi – une heure, peut-être. Elle s'était gentiment moquée de ma voix éraillée et de mon nez bouché.

— Alors ? Comment va, ma belle ?

— *Bas* très bien.

Je toussais comme un pot et ma gorge était irritée, me provoquant une brûlure chaque fois que je prenais la parole.

— Logan et moi, on a pris des notes pour que tu ne sois pas trop à la masse. On s'est réparti le travail pour gagner du temps.

— *Berci*, c'est gentil à vous.

Je m'étais mouchée, irritant davantage mon nez coulant, puis avais reniflé avant de reprendre le fil de la conversation :

— Au fait, *gobbent* ça s'est passé avec Logan ?

J'avoue que j'étais curieuse de savoir comment ces deux-là étaient parvenus à s'entendre l'espace d'une journée. J'avais réprimé un gloussement en les imaginant s'entretuer et s'insulter mutuellement. J'aurais payé cher pour voir deux forts tempéraments tels que les leurs parvenir à un consensus. D'autant qu'ils ne pouvaient pas se supporter – ma présence aidait sans doute à apaiser les conflits.

— Euh... Super.

J'avais entendu Jenny hésiter – fait assez exceptionnel pour être souligné ; elle dont le franc-parler n'offrait que peu de silences – puis éluder subtilement la question pour ensuite changer de sujet, détournant ainsi mon attention sans même que je m'en rende compte.

À l'époque, je ne m'étais pas inquiétée de cette diversion, pensant simplement que Logan lui tapait sur les nerfs – ni plus ni moins qu'à l'accoutumée. J'ignorais alors la scène qui s'était jouée dans mon dos. L'appel de Logan peu de temps après que j'ai raccroché avec Jenny, en revanche, aurait dû me mettre la puce à l'oreille. Jamais Jenny et Logan ne m'appelaient en même temps, Logan préférant m'envoyer des SMS ou passer directement à la maison.

Ce que j'avais pris pour de la bienveillance et de la sollicitude s'était révélé n'être qu'une coïncidence trompeuse, un leurre. J'avais pensé que l'un et l'autre ne faisaient rien d'autre que prendre de mes nouvelles, que je leur manquais, d'où la raison de leurs appels téléphoniques. Or, je me trompais – lourdement. Jenny et Logan étaient tous deux rongés par la culpabilité. Ce soir-là, Logan avait tardé à raccrocher, s'éternisant sur des banalités, gagnant du temps, comme s'il craignait que je le quitte, comme ça, sans raison. Comme s'il méritait mon courroux. Il m'avait gentiment proposé de venir m'apporter mes cours, afin que je les recopie, mais j'avais poliment refusé, de peur de le contaminer inutilement – j'avais besoin de lui en bonne santé.

Avec du recul, mes deux meilleurs amis cherchaient une forme de rédemption à travers ces deux appels. Ils cherchaient à obtenir mon pardon. À présent que je connaissais la vérité – me l'auraient-ils avoué un jour ou l'autre ? – je me sentais trahie par les deux seules personnes au monde (hormis mon frère) en qui j'avais le plus confiance. Et cela me faisait mal. Atrocement.

Je me souviens qu'à mon retour au lycée, une semaine plus tard, je les avais trouvés bizarres, voire suspects. Ils s'évitaient, avaient le regard fuyant – plus que d'habitude. Je croyais qu'il s'agissait là de mon imagination, m'efforçant de chasser ma paranoïa. Maintenant, je comprends mieux.

« *Que les choses soient claires, Logan ne m'attire pas. Il ne m'a jamais attirée. Certes, il a une belle personnalité, mais il n'est clairement pas mon genre. Ce baiser était une erreur. Une monumentale et regrettable erreur. J'aurais du mal à passer à autre chose (à quelqu'un d'autre) si j'éprouvais quelque chose pour lui. Or, ce n'est absolument pas le cas. Bien sûr, c'est dur de vivre avec ça (j'ai trahi Anaïs) sur la conscience, mais ce qui est fait est fait. Je voulais juste savoir quel effet ça faisait de se sentir désirée, aimée.* »

Je tique sur le mot « désirée ». Soudain, je crains le pire. Y aurait-il eu davantage qu'un simple baiser entre eux deux ?

Fébrile, je poursuis ma lecture. Je remarque que les pages suivantes sont vierges. Bizarre.

Un instant, je redoute ce qui va suivre. Pitié ! Faites que ma meilleure amie n'ait pas perdu son pucelage dans les bras de Logan. Ce serait trop horrible. Trop insupportable. Échanger un baiser, mélanger leurs salives c'est une chose, mais les imaginer ensemble, faisant l'a... Beurk !

« *J'ai eu Anaïs au téléphone, ce soir. La grippe l'a beaucoup affaiblie. Elle me manque, même si l'entendre m'a fait du bien. Je l'aime tellement. Vivement qu'elle se remette sur pieds.*

Mon père s'étant rendu à un dîner d'affaires – quand bien même il m'aurait proposé de l'accompagner, j'aurais décliné son invitation – je me retrouve toute seule à la maison. Je m'ennuie. J'ai envie de l'appeler. J'ignore pour quelle raison, je ne cesse de penser à ce fameux baiser échangé avec Logan. C'est idiot – et malsain.

Lorsque Zach m'a appelée et proposé de le rejoindre, lui et sa bande, pour une soirée improvisée chez lui, j'ai accepté sans réfléchir. J'avais besoin de me changer les idées, de me vider la tête.

À mon arrivée chez Zach, je tombe nez à nez sur quelques mecs vautrés sur le canapé, jouant à la console tout en fumant des joints ; une nana et celui qui semble être son mec (du moins, je l'espère) se bécotent ouvertement et publiquement dans la cuisine. En passant devant les toilettes, j'entends le bruit reconnaissable de quelqu'un qui vomit copieusement. Soudain, alors que je me dirige vers le balcon, je le vois. Il est là. Logan. »

Je reste interdite devant la page. Logan m'avait pourtant dit qu'il n'était pas sorti, ce soir-là. Ainsi, il m'a menti. Sur quel(s) autre(s) sujet(s) encore m'a-t-il caché la vérité ?

Je fulmine intérieurement, déçue.

L'espace d'un instant, je songe à fermer le journal avant de me résigner. Je dois savoir ce qu'il s'est passé durant cette soirée, pour ma tranquillité d'esprit.

« *Tout en m'avançant vers lui, je le salue d'un signe de tête. Je me demande ce qu'il fait ici. Sa place ne devrait-elle pas être plutôt aux côtés de sa petite amie malade ?*

Afin d'en avoir le cœur net, je décide de lui poser directement la question :

— Tu n'es pas auprès d'Anaïs, ce soir ?

— Je suis passé la voir. Elle était KO. Elle a besoin de repos.

J'acquiesce sans rien ajouter. Après tout, je n'ai aucune raison de ne pas le croire.

Impossible de compter les bières, les shots de vodka et les joints avec exactitude. Je me réveille dans un gémissement sourd. J'ai une gueule de bois terrible. Aïe. Le cerveau embrumé, j'entrevois une masse sommeillant à côté de moi. Merde. Je ne suis pas seule.

Tandis que je m'étire en remuant légèrement dans le lit défait, ledit corps bouge à son tour et se tourne vers moi. Nous nous faisons face. Et soudain, c'est l'horreur. La stupeur. La panique. Logan. Nu. Dans le lit. Avec moi. »

J'étouffe un cri ainsi qu'un juron. *Non. Pas ça.* La phrase suivante laisse, hélas, peu de place à l'imagination :

« *Tandis que je me redresse dans le lit, je remarque quelques taches de sang séché – le mien.* »

J'ai le souffle coupé. Je suffoque. Une flèche invisible vient transpercer mon cœur, le faisant saigner abondamment.

Réfutant toute hypothèse d'hémorragie imaginaire, je pose malgré tout une main sur mon cœur endolori. Jamais je n'ai ressenti une douleur si vive dans la poitrine. Pas même à l'annonce de la mort de Jenny.

Logan. Dépucelant ma meilleure amie. Avant moi. Déjà, je ressens les symptômes de la nausée, prémices d'un profond malaise. Rapidement, j'avise une corbeille, dans laquelle je vomis.

L'image indigeste de mon meilleur ami faisant l'amour à ma meilleure amie me révulse pendant qu'elle s'insinue dans mon cerveau. J'ai envie de m'entailler la chair, qu'elle suinte et qu'elle saigne jusqu'à ce que la mort m'emporte. J'ai mal. Tellement mal. J'ai envie de hurler, mais je suis comme paralysée.

J'ai été lâchement trahie. Par mes deux meilleurs amis. Comment une telle horreur a-t-elle pu se produire ? Comptaient-ils m'avouer leur faute un jour ou l'autre ?

Soudain, tout devient limpide. Je comprends mieux le sens de ce « pardon ». L'énigme se résout instantanément dans ma tête. En revanche, je ne comprends pas les motivations qui poussent Logan à sortir avec moi. Me désire-t-il ainsi qu'il le prétend ? Ou était-ce à elle qu'il avait souhaité (re)faire l'amour, ce soir-là, dans ma chambre ? Était-elle la raison de son « blocage » ? Nourrissait-il quelque sentiment à l'égard de Jenny, ou s'agissait-il seulement d'assouvir un besoin purement physique ? Et Jenny ? Était-elle amoureuse de Logan ? Agissait-il ainsi à mon égard par pitié, ou par culpabilité, peut-être ?

Autant de questions restées sans réponses.

Et dire que j'ai attendu tout ce temps avant de m'offrir à lui. Était-ce précisément pour cette raison qu'il avait été tenté d'aller voir ailleurs ? Et si je l'avais moi-même poussé dans les bras de ma meilleure amie sans même m'en rendre compte ?

J'imagine que la mort de Jenny l'avait passablement affecté, lui aussi. Ce que je prenais pour de la patience et de la bienveillance à mon égard n'était rien d'autre qu'un mensonge, un leurre, une imposture.

À présent que je suis complice de ce secret inavouable, que dois-je faire ? Jenny étant morte, je n'obtiendrai pas ses aveux. Logan, en revanche, était bel et bien vivant. Devrais-je l'appeler maintenant ? Ou devrais-je lui rendre visite à son domicile malgré sa mise en garde – il ne souhaite pas me mêler à sa situation familiale chaotique et désastreuse, et je respecte son choix.

Peu importe la manière dont je m'y prendrai. J'ai besoin d'obtenir une explication, à défaut d'obtenir des réponses à toutes mes questions. En outre, je mérite de savoir – j'en ai le droit. D'entendre sa version des faits, sa faute avouée de sa bouche. J'en ai besoin. Et le plus tôt sera le mieux.

Dans un geste rageur, je tords le journal dans tous les sens et déchire les quelques feuilles infâmes, comme pour effacer toute preuve de cet outrage. Quelqu'un d'autre que moi est-il au courant ? Ángel a-t-il eu connaissance de ce journal ? Et s'il était tombé dessus avant moi ? Quelle aurait été alors sa réaction ?

Tandis que je passe mes nerfs sur l'objet en question, je remarque que les pages suivantes sont vierges. Je sanglote en refermant le journal. Le lire n'était pas une si bonne idée que cela, en fin de compte.

En me tournant sur le côté, je perçois le bruissement sec du journal tombant par terre. Lasse, je me retourne et distingue une photo en noir et blanc qui s'en est échappée.

Tendant le bras vers la moquette, je la saisis et, après examen, ce que je prenais pour une photo s'avère être une échographie.

Sous le choc, je porte une main à ma bouche. Jenny. Enceinte. Probablement de Logan. *Non.* Ce qu'ils ont fait est inqualifiable et impardonnable.

J'observe le petit point blanc sur le cliché. Un petit pois conçu par mes meilleurs amis. Quelle horreur ! Je me demande si Logan est au courant de sa pseudo-paternité. Probablement pas. De toute façon, j'imagine que Jenny ne prévoyait pas de le garder. Cela aurait sérieusement compromis nos rapports – à tous les trois. Toutefois, je me demande quel père aurait été Logan. Et quel rôle aurais-je joué, moi, dans ce triangle amoureux.

Qu'ils aient échangé un baiser passe encore. Qu'ils aient couché ensemble me paraît difficilement pardonnable. Mais ça ? Un bébé ? C'est au-dessus de mes forces. Toutefois, une énigme subsiste. Je ne comprends pas le lien entre ce secret et le départ de Jenny pour Barcelone. *Oh ! Mon Dieu !* Elle prévoyait de s'y faire avorter. *Oh ! Jenny ! Non.*

Toutes ces informations – ces trahisons – m'ont épuisée. Je veux m'oublier, m'anesthésier. Aussi, vais-je me gaver de somnifères en attendant que le sommeil daigne vouloir de moi. Je ne veux plus penser ni réfléchir. Seulement dormir. La réalité est trop laide et trop douloureuse.

38

Il est un peu plus de huit heures du matin lorsque je m'éveille. Après m'être étirée en bâillant, j'ai une moue boudeuse en réalisant que ce secret est encore frais et vivant dans ma tête. La réalité me rattrape. Peut-être devrais-je me rendormir, et qui sait ? Peut-être qu'à mon réveil, elle aura disparu. Peut-être me faudra-t-il plusieurs réveils avant que ma mémoire n'occulte définitivement cette réalité-là. À moins que je ne sois frappée d'un Alzheimer précoce – ce qui ne serait pas pour me déplaire, bien au contraire- effaçant peu à peu ma mémoire, jusqu'à oublier mon identité.

Je remarque qu'Ángel m'observe, torse nu, depuis le seuil de la porte laissée ouverte. Ses yeux sont tristes et vitreux, choqués. Je n'ose pas bouger, de peur de l'effrayer, tel un chasseur traquant sa proie s'avançant prudemment, à pas de loup, vers une biche farouche.

Timidement, je bascule sur le flan et l'observe, les deux mains jointes sous mon oreille obstruée. Depuis combien de temps est-il levé ? Depuis quand se tient-il ici, aux portes de la Mort, à m'observer ? Me pardonnera-t-il d'avoir osé « profaner » la chambre de sa défunte fille ?

Ángel grimace à son tour, probablement incommodé par l'odeur nauséabonde qui y règne. Il avise la corbeille pleine de mon vomi, ainsi que la boîte de somnifères posée sur la table de chevet et m'interroge silencieusement du regard.

Honteuse, je baisse les yeux. Lorsque je les pose à nouveau sur lui, le bel Hispanique ouvre la bouche et je crois qu'il va me dire ou me demander quelque chose, mais aucun son n'en sort, évanouissant d'un seul coup tous mes espoirs.

Un battement de cils plus tard, il n'est plus là. J'aurais voulu lui proposer de se joindre à moi pour partager le petit-déjeuner à la cuisine, mais je n'en ai pas eu le courage – ni le temps, visiblement. Je devine qu'il est retourné se coucher, enfermé dans sa chambre.

La route vers la guérison était encore loin. Pour tous les deux. Toutefois, je ne désespère pas d'y parvenir un jour. Pour *lui*.

Je me lève, des confettis de papier éparpillés çà et là sur le lit. J'aimerais me rendormir pour ne plus me réveiller. Mais aussi tentante que soit cette pensée, je décide de faire un effort.

Dans la salle de bains, je plonge l'échographie déchirée en petits morceaux dans la cuvette des WC et tire la chasse d'eau, effaçant toute trace de cette vie morte en même temps que sa porteuse. Je vide également la corbeille, que je nettoie ensuite.

De retour dans la chambre, j'ouvre la fenêtre afin d'aérer la pièce. Je range un peu, nettoie.

Ne sachant que faire du journal intime de celle qui fut ma meilleure amie – c'est du moins ainsi que je la considérais avant cette affreuse découverte – je le range prestement dans le tiroir de la table de chevet, après quoi je quitte promptement la chambre – dans laquelle je ne mettrai plus les pieds – et m'en vais prendre une douche en bas.

Dans la cuisine, je prépare le petit-déjeuner en me promettant de parvenir à faire manger M. Peña, ne serait-ce qu'un peu. Je ne quitterai pas sa chambre avant de l'avoir vu engloutir une tartine et un verre de jus d'orange *a minima*. S'il le faut, j'emploierai la manière forte, portant moi-même la nourriture jusqu'à sa bouche.

Je m'apprête à monter lorsque mon smartphone sonne dans une des poches de la salopette de Jenny que je porte encore – et dans laquelle j'ai dormi. Agacée, je le saisis et jette un œil sur l'écran. Il s'agit de Maria. Je découvre qu'elle m'a laissé plusieurs messages depuis deux jours, auxquels je n'ai pas répondu.

Je décide de lui envoyer rapidement un SMS avant de me rappeler qu'elle ne possède pas de smartphone – la technologie et Maria, ça fait deux ! Je devine qu'elle a passé ses appels depuis le téléphone fixe, ce qui, en général, est de mauvais augure. Mes parents seraient-ils rentrés à l'improviste ? Ont-ils remarqué mon absence ?

Nerveuse, j'écoute ma messagerie. Je pousse un soupir de soulagement. Maria me prévient simplement que mes parents seront là trois jours plus tard, et qu'ils exigent que je sois présente au dîner. Je grimace à cette perspective. À quoi bon s'infliger encore une telle corvée ?

Dans un autre message, elle ajoute qu'elle se fait du souci pour moi, manifestement inquiétée par mon absence prolongée et inhabituelle, et me demande de la rappeler ou, mieux, de passer à la maison pour lui assurer que je suis en vie (je souris à cette ironie). Rien de grave, donc. Je décide de rentrer à la maison un peu plus tard. Pour l'heure, l'urgence, c'est de faire manger Ángel.

En déposant le plateau garni sur le guéridon, je remarque que M. Peña est encore affaibli. Il est pâle et semble encore s'être délesté d'un bon kilo au moins. Il dépérit à vue d'œil. Cette fois, je décide qu'il est grand temps de faire quelque chose. Je vais agir et remédier à cela.

Ángel est allongé sur le ventre, un bras sous l'oreiller. Il me tourne le dos.

D'un pas hésitant, je traverse la pièce et me matérialise devant lui, le plateau à la main, que je finis par poser sur la table de chevet. Les yeux mi-clos, Ángel lutte pour les ouvrir plus largement. Lentement, ses yeux se posent sur le plateau, puis il les détourne, comme si me voir ainsi revêtue de la salopette de sa fille – il l'a reconnue au premier coup d'œil – lui faisait mal, ou comme si ressusciter Jenny à travers les fibres de ce tissu le plongeait dans une obscure confusion.

Doucement, je m'assois sur le lit et pose une main sur son avant-bras. J'hésite longuement avant de prendre la parole, comme si mes capacités motrices se trouvaient altérées, interdites, face à cet homme.

— Ángel...

Je me fige. C'est la première fois que je l'appelle par son prénom. Faisant fi de mon appréhension, je continue :

— Je sais que vous n'avez probablement pas faim...

Encore, ai-je envie d'ajouter.

— ... mais vous devez impérativement manger. Je... Je vais vous aider.

J'ignore si mon offre – une mise en garde à peine voilée – a eu l'effet escompté. Quoi qu'il en soit, je me risque à approcher le verre de jus d'orange à ses lèvres desséchées – depuis combien de temps ne s'est-il pas hydraté avec un breuvage autre que l'alcool ?

Il ne bronche pas, coopère, même. Il se laisse faire, accepte volontiers la tartine beurrée que j'approche jusqu'à sa bouche et dans laquelle il mord faiblement. C'est comme s'occuper d'un enfant.

Tandis que je répète mes gestes, presque mécaniquement, j'observe cet homme reprendre doucement goût aux aliments que je lui propose. Je me délecte de cette vue délicieuse et appréciable. C'est si bon de le voir mordre la vie à pleines dents – il s'agit d'une image bien sûr.

Lorsque ses yeux se posent sur moi, délicats comme une caresse, je perçois toute la gratitude contenue dans son regard. Il me remercie de prendre soin de lui, de m'occuper de lui. Au fond, peut-être n'attendait-il que cela : que je m'occupe de lui. Pour une fois, le son mélodieux de la mastication me plaît et m'émeut tout à la fois. C'est un silence bienvenu, presque bavard.

Je me réjouis tandis qu'il avale une deuxième tartine, ainsi que quelques gorgées de café noir – plus que ce que j'avais espéré.

Je continue à le contempler. J'ai réussi. C'est une victoire, certes, petite, mais une victoire malgré tout.

Tout en l'observant, j'esquisse l'ombre d'un sourire, heureuse de constater que la solitude et le chagrin aiment, eux aussi, la compagnie.

39

Revoir Maria me fait du bien. L'espace de quelques heures, j'oublie mon chagrin, ainsi que celui d'Ángel. Naturellement, Maria me prend dans ses bras. Je crois qu'elle est heureuse de me voir, elle aussi. C'est bizarre de revenir ici, comme si je n'y avais plus mes repères. Où que j'aille, ici ou ailleurs, je ne peux m'empêcher de penser à *lui*, encore et toujours.

Maria m'observe longuement. Elle ne dit rien, ne pose pas de questions, hormis une, essentielle :

— Où étais-tu passée ?

J'esquisse un sourire. Elle s'inquiète comme une mère (ce qu'elle est). Si seulement ma propre mère s'inquiétait autant à mon sujet.

Je la rassure, prétexte des après-midis shopping ou des soirées cinéma improvisées avec une camarade de classe. Aussitôt, je pense à Morgane. Pourrait-elle couvrir mes absences prolongées ? Lui fais-je assez confiance pour cela ? Je réprime une grimace à l'idée de me servir d'elle ainsi que de sa gentillesse. Ce serait malhonnête de ma part.

Maria écoute mes mensonges éhontés sans rien dire. Elle n'est pas dupe. Toutefois, elle ne me juge pas et je l'en remercie silencieusement. Si elle a des soupçons quant à mes absences mystérieuses et injustifiées (pour moi, elles le sont), ma mère de substitution se garde bien de tout commentaire. Tant mieux. Je ne peux décemment pas lui dire où je vais ni ce que j'y fais – et encore moins avec qui.

Elle me demande si j'ai faim – j'adore quand elle s'adresse à moi en espagnol – je lui réponds par la négative en tentant d'éviter sa moue contrite. Je lui donne un baiser sur la joue pour excuser mon manque d'appétit et en profite pour lui demander de nouvelles recettes.

Dans ma chambre – ma chambre ? – je décide d'aller prendre une douche en vitesse.

Je m'efforce de ne pas penser à Ángel, au chagrin qui le submerge et le hante comme une seconde peau. J'essaie aussi de ne pas penser à ce qu'il fait en ce moment même – j'imagine qu'il dort. En vain. Soudain, une vague de panique manque de m'engloutir. Et s'il se mettait involontairement en danger ? Et s'il avait besoin de moi, là, tout de suite ?

Je m'active, soulagée de savoir que je serai très bientôt de nouveau auprès de lui. Mais avant de le rejoindre, je dois me calmer. *Respire, Anaïs. Inspire, expire. Inspire, expire.*

À mon retour dans ma chambre, une serviette nouée autour de mon corps chétif et amaigri, une autre autour de mes cheveux mouillés, j'esquisse un sourire en découvrant un plateau garni posé sur ma table de chevet. *Maria, je t'aime.*

Assise sur le bord du lit, je tends la main vers l'assiette de frites faites maison et en saisis une que je savoure, puis une autre. *Hum. C'est bon.*

Après la mort de Jenny, j'ai brusquement perdu l'appétit, perdant mes sens olfactif et gustatif. J'avais oublié ce que manger signifiait, procurait à mon organisme anémié, frustré et souffrant de carences – plus affectives qu'alimentaires selon mon diagnostic. Humer le fumet, goûter, mastiquer, avaler. Aujourd'hui, je retrouve peu à peu ces sensations perdues, ces mécanismes auxquels on ne prête pas assez attention lorsque l'on est « vivant ».

Alors que je fourre une autre frite dans ma bouche – manger devient addictif – je reçois un message de Logan – je m'étonne qu'il n'ait pas cherché à me joindre plus tôt.

Haussant un sourcil, j'hésite à le lire. Je tergiverse avant de finir par me résigner :

Tu me manques. J'ai envie de toi.

Ben voyons ! Il a envie de moi. À présent que je connais son secret, il est hors de question qu'il me touche ou me parle ou s'approche de moi. Je ne veux plus rien savoir le concernant – ni de près ni de loin. À mes yeux, il est aussi mort que Jenny. Il me faut les enterrer tous les deux dans un coin de mon cœur suintant et saignant telle une plaie béante, à vif. Si je veux éviter de sombrer dans la folie, sans retour possible, je dois faire le deuil de lui aussi – de nous. Désormais, seule la guérison d'Ángel compte. Et rien ni personne ne pourra me détourner de ma mission.

Je n'ai plus faim, tout à coup. Je regarde l'écran qui me nargue et décide de ne pas répondre au SMS de Logan, snobant celui-ci effrontément. Je suis tellement en colère contre lui que je ne lui souhaite pas son anniversaire – il a dix-sept ans aujourd'hui. Il ne le mérite pas.

Je me lève et me dirige vers ma commode, dont j'extirpe une culotte en coton, un soutien-gorge assorti, un chemisier et un jean.

Avec un soupir, je ferme le tiroir de ma commode d'un coup de hanche. Dix minutes. Voilà le temps que j'aurai tenu sans penser *du tout* à Ángel. *Y a du progrès*, persifle ma conscience. *Ferme-la*, pesté-je contre moi-même.

Une fois habillée et coiffée, je fourre quelques tenues de rechange, mon cahier à dessin, quelques crayons, une brosse à dents, un tube de dentifrice et quelques babioles, sans oublier la salopette en jean de Jenny – qui, désormais, est imprégnée de mon odeur – dans un sac et descends rejoindre Maria à la cuisine.

J'embrasse ses cheveux tandis qu'elle referme un Tupperware qu'elle me tend, en plus d'une demi-dizaine d'autres. Elle me dit que peu importe où je vais, j'en aurai sûrement besoin. Je ris intérieurement. Au moins, je n'aurai pas à faire la cuisine pour deux pendant quelques jours, ce qui me soulage.

Le visage déconfit de Maria me fait de la peine. Elle s'imagine peut-être que je rends visite à un prisonnier, que je soigne un fugitif, que je suis retenue en otage par un homme sans scrupules qui aurait menacé de s'en prendre à moi ou à ma famille si je décidais de ne pas lui revenir au plus vite. Ou bien allais-je fuguer avec un inconnu le soir venu. J'ai entrevu tous les scénarii possibles et imaginables, tous aussi horribles et catastrophiques les uns que les autres, à travers les yeux de Maria, et cela m'a fendu le cœur. Selon elle, j'étais en danger, quel que soit le scénario dans lequel je m'engageais. Or, j'étais tout sauf en danger. Il y avait bel et bien un homme, que je connaissais plus ou moins, mais dans ce cas de figure – et aussi improbable que cela puisse paraître – c'était lui qui avait besoin de moi. Nous avions besoin l'un de l'autre. Mais cela, Maria n'en savait rien et ne devait pas le savoir. Non pas qu'elle n'aurait pas compris ou que je ne lui faisais pas confiance, mais je ne voulais pas prendre le risque de la mêler à mon secret, de peur qu'elle ne soit amenée à divulguer quelque information à mes parents, même par inadvertance. Car, après tout, je suis mineure. Et mon père, quelqu'un de très influent qui n'aurait aucun mal à poursuivre M. Peña en justice – bien que ce dernier disposerait de toutes les armes juridiques pour se défendre. Et cela serait pire que tout.

J'ai ressenti un pincement au cœur au moment de quitter Maria. Elle a avisé mon sac à dos d'un air interrogateur, presque douloureux, et m'a enlacée une dernière fois.

Avant de partir, je lui ai promis – en espagnol – de la contacter bientôt et l'ai assurée de ma présence au prochain dîner qui aurait lieu trois jours plus tard avec mes parents. Elle m'a souri. Je crois qu'elle était quelque peu rassurée. Je lui ai dit de ne pas s'en faire pour moi. Là où j'allais, j'étais pleinement en sécurité. Elle devait me croire, à défaut d'en avoir la preuve. En retour, Maria m'a promis de garder le secret – dont elle ne savait rien – ainsi que le silence.

En reculant, nous avions toutes deux les larmes aux yeux.

Incapable de soutenir son regard plus longtemps, je suis partie, mon cœur rongé par le remords et la culpabilité.

40

Attablée à la cuisine, j'ouvre mon ordinateur – que j'ai pris soin d'emporter – et entreprends quelques recherches sur Internet. J'esquisse un sourire en entendant l'eau s'écouler depuis l'étage. Désormais, Ángel prend ses douches seul, sans mon aide. J'ai paniqué la première fois que je ne l'ai pas vu étendu dans son lit. Ça m'a fait bizarre de le voir se prendre en main tout seul. Il fallait que je m'habitue – ou plutôt que je me déshabitue – à lui proposer certains de mes services. Heureusement, Ángel avait besoin d'autres de mes services, comme le ménage ou la cuisine, par exemple.

Je sens parfois son regard posé sur moi lorsque j'ai le dos tourné. Ses yeux scrutateurs me sondent, me supplient. Il a *besoin* de moi, besoin de savoir que je suis toujours là, à ses côtés. En outre, j'espère que ma présence le rassure aussi – comme la sienne me rassure.

Je m'efforce de ne pas songer au jour où il n'aura plus *du tout* besoin de moi, car cette pensée me fait trop mal. Bien sûr, je veux qu'il se rétablisse. Mais, aussi égoïste soit mon souhait, je ne veux pas que ce jour arrive tout de suite. Je le veux pour moi toute seule encore quelques jours, voire quelques semaines – aussi longtemps qu'il supportera ma présence près de lui.

Je consulte quelques forums, quelques blogs de personnes ayant personnellement côtoyé la mort. Des enfants, des frères, des sœurs, des parents, des époux, etc.

Je lis quelques témoignages, dont certains sont si poignants que j'en ai les larmes aux yeux. Mon regard se heurte à des images, aussi. Des coupures de presse, et même des vidéos amateurs.

Un jeune homme de dix-neuf ans, victime d'un accident de la route, me sourit sur l'écran. Il est devenu tétraplégique après avoir été percuté par un chauffard. Ses parents racontent l'enfer de leur quotidien, leur fils ayant perdu l'usage de ses jambes et de la parole, dépossédé de toutes ses facultés motrices.

Je fixe son visage angélique sur l'écran. Ses yeux éteints semblent me dire : « Ne me regarde pas comme ça. Je suis vivant. La vie est belle malgré tout. »

Je sanglote, impuissante face à la cruauté de la vie. Je pleure en imaginant Jenny à sa place. Comment ses parents auraient-ils réagi en voyant leur fille unique clouée sur un fauteuil, et ce jusqu'à la fin de sa misérable vie ? Aurais-je eu la force de la pousser jusqu'au lycée chaque jour ? Aurais-je eu la force de croiser son regard éteint, ma meilleure amie, si belle, et désormais rabougrie par la vie ? Je me demande alors ce qui serait le pire : morte (et enterrée) ou clouée à vie sur un fauteuil, à végéter comme un légume ? La vie avait décidé pour nous : Jenny était morte, quelque part à Barcelone.

Soudain, je pense à ce chagrin qui me relie inexorablement à Ángel. Et si ce n'était pas juste un mauvais moment à passer ? Et si notre souffrance ne s'effaçait pas ? Et si notre aptitude à nous fondre parmi les vivants ne revenait pas ? Et si nous ne parvenions pas à faire notre deuil ?

Je tape « groupes de parole » sur Google. Je tombe sur plusieurs sites, leur fonctionnement, ainsi que plusieurs adresses et horaires. L'un d'eux ne se trouvant qu'à deux kilomètres d'ici, je note l'adresse sur un bout de papier et garde cette éventualité dans un coin de ma tête. Au cas où. Ángel accepterait-il de m'y accompagner ? Certes, je ne vois pas vraiment – tout du moins, pas dans l'immédiat – l'utilité d'exposer notre malheur à des inconnus – qui avaient eux aussi perdu un ou plusieurs proches dans des circonstances similaires – ni en quoi cela nous aiderait à aller mieux, à « faire le deuil ». Toutefois, j'étais prête à essayer, ainsi que me l'avait vivement conseillé la psychologue du lycée.

Une fois le clapet de mon ordinateur abaissé, je tends l'oreille. Je ne perçois plus le bruit sourd et apaisant de l'eau, signe que M. Peña est probablement sorti de la douche. Curieuse, je décide de me rendre à l'étage pour vérifier qu'il n'a besoin de rien.

Je suis surprise en ne le trouvant pas dans sa chambre. Je ne le trouve pas non plus dans la salle de bains – où il aurait pu s'attarder. Les battements de mon cœur s'accélèrent brusquement, la panique s'empare de moi et je commence à accélérer le pas tandis que je le cherche dans la maison.

Je ralentis dans le couloir. Mes yeux se froncent en voyant la porte ouverte de la chambre de Jenny. M'avançant prudemment, je me fige sur le seuil. Il est là, assis sur le lit de sa défunte fille, un album photo ouvert sur ses genoux. J'ignore s'il me voit ou s'il m'entend m'approcher de lui.

Assise à son côté, je le regarde sans mot dire. Il est revêtu d'un peignoir bleu – assorti à la couleur de ses yeux azurés – ses cheveux sont encore humides. Il ne semble pas me voir tant il est absorbé par ses souvenirs – son passé.

J'ai envie de lui demander quand il est venu ici pour la dernière fois – pas depuis la mort de Jenny, je suppose – mais je n'en fais rien. À la place, je le laisse s'immerger dans sa bulle introspective et nostalgique, en m'efforçant de ne pas empiéter sur son espace vital. Je suis là, simplement. Je serai l'épaule sur laquelle il voudra pleurer, la main qu'il voudra saisir, la joue qu'il voudra caresser, le cou dans lequel il voudra se réchauffer, les yeux bienveillants et compatissants dans lesquels il voudra se perdre et trouver un quelconque réconfort, les oreilles pour écouter les mots qu'il acceptera ou non de prononcer. Je serai tout et rien à la fois, le vide qu'il voudra ou non remplir, le comblement et le néant. Un corps, un cœur, une âme. Je serai – je suis – à sa disposition, de nuit et de jour.

J'imagine aisément le courage dont Ángel a dû faire preuve en mettant les pieds ici, une chambre devenue un sanctuaire, un lieu de pèlerinage – où seuls les démons diurnes et nocturnes apparaîtront désormais.

Je jette un coup d'œil par-dessus son épaule et vois une photo de famille prise à Noël dernier, à en juger par la date qui est inscrite en dessous.

Je le regarde tourner les pages en silence. Selon ma psy et le médecin de M. Peña, l'immersion dans les affres du passé fait partie du processus d'acceptation de la perte d'un être cher, nécessaire au deuil.

Bien que je sois toujours aussi en colère contre elle, croiser Jenny sur ces photos me serre le cœur. Elle a l'air si vivante. Et pourtant, c'est comme si elle n'avait jamais vécu ni existé. Au fil du temps, son visage est devenu flou, altéré par ma mémoire, perdant en précision et en qualité, comme si mon imagination l'avait créée de toutes pièces. Cette piqûre de rappel m'aide à me souvenir, ou plutôt à ne pas oublier.

Sur certaines photos, Ángel paraît plus jeune, plus insouciant. Il est beau – aussi beau qu'aujourd'hui, mais moins vulnérable – heureux ; il irradie de bonheur et cela me réchauffe le cœur. J'ai l'impression de ne pas avoir affaire au même homme tant ils sont différents. Cet homme-là, sur la photo, est léger, drôle. Je remarque les ridules sur les mains d'Ángel.

Soudain, je suis pressée de vieillir. Je voudrais avoir vingt ans de plus.

Au bout d'une dizaine de minutes peut-être, j'entends un sanglot s'échapper de la bouche d'Ángel. Le son étouffé, si singulier et ô combien familier, d'une larme roulant le long d'une joue. Sa tête est baissée, mais je devine qu'il pleure – j'en reconnais les symptômes, prémices d'un chagrin latent.

Dans un élan d'empathie et de compassion, je pose une main sur son épaule. Par ce geste, je lui atteste de mon soutien. Il n'est pas seul. Soudain, je réalise que cet homme n'a jusqu'alors pas manifesté son chagrin – pas en ma présence, tout du moins – pour sa défunte fille. Ce bel homme, si discret et torturé, a tout gardé en lui, les larmes et la colère enfouies dans les méandres de son cœur meurtri depuis tout ce temps. C'est la première fois qu'il s'abandonne devant moi et je me sens comme privilégiée. Impuissante, je me contente d'être là.

— Elle me manque, souffle-t-il dans un murmure – les trémolos dans sa voix trahissant son humeur triste et mélancolique.

Il répète ces mêmes mots en espagnol.

— À moi aussi, elle me manque.

Et j'ignore par quel exploit, j'arrive à ne pas pleurer. Soudain, sans que je m'y attende, Ángel se tourne vers moi et m'enlace. Je tends une main prudente vers l'album photo et le ferme, avant de le repousser sur le lit. Je l'imite et l'étreins chaleureusement. Voilà que mes bras et mon épaule sont finalement sollicités. Je souris intérieurement de cette petite victoire – encore une.

J'ignore combien de temps nous restons ainsi, dans cette position, et malgré mes crampes, je m'en fiche. S'il me demandait de rester une nuit ainsi, je le ferais sans hésiter. Je ferais tout pour l'aider dans sa guérison – et la mienne, par la même occasion. Absolument *tout*. Même si je devais y laisser ma peau.

41

Un après-midi, alors que je repasse quelques chemises appartenant à Ángel, on sonne à la porte. Intriguée et anxieuse, je repose le fer à repasser sur son socle et m'en vais ouvrir. Le visiteur, un homme d'une quarantaine d'années, élégant dans son costume noir, les cheveux blonds coupés court, rasé de près, décline son identité. Ainsi, j'apprends qu'il se prénomme Miguel et qu'il s'agit de l'associé de M. Peña, avec qui il a fondé son cabinet à Paris, vingt-deux ans plus tôt. J'aurais fini par le deviner, car à une époque, Jenny m'avait parlé de lui – avec sa femme, ils venaient souvent dîner chez les Peña.

Je remarque son alliance à son annulaire, preuve qu'il est toujours marié – à la même femme, ça, en revanche, je ne peux l'affirmer. Je devine à l'accent prononcé de mon visiteur qu'il est d'origine hispanique, comme Ángel.

L'homme paraît hésiter face à moi alors que, de nous deux, c'est clairement moi la plus intimidée. Manquant à tous mes devoirs, je l'invite poliment à entrer. Et Miguel décline mon offre tout aussi poliment, agrémentant sa négation d'un sourire affable et irrésistible, presque communicatif – ce sourire-là devait assurément marquer des points lors d'entretiens avec de potentielles clientes.

Visiblement pressé, il ne me demande pas qui je suis ni la raison de ma présence ici – me considère-t-il comme la nouvelle domestique ? J'imagine qu'il s'en fiche, ou bien il n'ose pas m'interroger à ce sujet – j'avoue que son silence m'arrange, car j'ignore ce que j'aurais bien pu lui répondre. En outre, j'imagine que M. Peña n'a pas eu l'occasion de mentionner mon prénom à qui que ce soit – et c'est mieux ainsi.

— Pouvez-vous remettre cette enveloppe à Ángel de ma part, s'il vous plaît ? dit-il tout à coup en brandissant une enveloppe en kraft marron.

Je saisis l'enveloppe en murmurant un « oui, bien sûr » à peine audible – même pour moi. Je remarque que celle-ci est cachetée et comprends que le contenu est confidentiel. Sans doute s'agit-il d'un papier officiel, comme un contrat concernant une affaire en cours. Ce ne sont pas mes affaires, après tout.

Miguel n'ajoute rien. Aucune explication complémentaire, preuve qu'il n'y a sans doute rien à ajouter. Bien sûr, je suis curieuse de savoir ce que cette enveloppe contient, mais je me contente d'esquisser un sourire de façade. J'allais la lui remettre, et ce dès que mon visiteur aurait pris congé. Je crois d'ailleurs que c'est ce qu'il s'apprête à faire lorsque Miguel me dévisage longuement en silence. Allait-il me demander mon identité, finalement ?

— Comment va-t-il ? s'enquiert-il, visiblement inquiet et concerné par la santé de son associé et ami.

— Il se remet doucement.

Ma voix et mon regard sont plus graves et plus désespérés que je ne l'aurais voulu. *Il se remet doucement.* Je répète ça dans ma tête plusieurs fois, comme pour m'en convaincre moi-même.

Finalement, au bout d'un interminable silence, Miguel prend congé et s'en va après m'avoir exprimé son contentement quant à ce bref, mais non moins agréable échange.

Plus tard, au dîner, Ángel accepte pour la première fois de se joindre à moi dans la salle à manger. J'ignore s'il recherche ma présence ou s'il veut seulement voir autre chose que les murs sombres de sa chambre. Mais, quelle que soit sa motivation, je suis heureuse de pouvoir lui tenir compagnie. Je jubile intérieurement en savourant cette autre victoire – nous sommes clairement sur la bonne voie, tous les deux. Certes, il ne parle pas – pas même de l'enveloppe que je lui ai remise plus tôt et dont j'aurais aimé en apprendre davantage – mais il est là. Je ne parle pas, mais je suis là, avec lui. Nous sommes ensemble. Notre dîner est agrémenté d'un silence bienvenu et agréable, nullement pesant, comme ça a pu être le cas auparavant. Je n'ai pas besoin d'exprimer mon contentement, mes yeux se manifestant à ma place.

J'aurais aimé qu'Ángel me parle, bien sûr, mais je refuse catégoriquement de le forcer à le faire. Il me parlera quand bon lui semblera. Et si ce moment n'arrive pas, alors je respecterai son silence. N'étant pas moi-même très loquace, je ne peux lui reprocher son manque de conversation, tout autant que ses mots. Du reste, j'ai appris à me familiariser à son contact, de même qu'au son mélodieux et appréciable du silence, ainsi qu'à la souffrance sous toutes ses formes – physique et émotionnelle, notamment.

Au cours du dîner suivant, Ángel m'a demandé à brûle-pourpoint pour quelle raison je ne rentrais pas chez moi plus souvent. Décontenancée, je lui ai alors répondu que « chez moi, c'était ici, désormais. Auprès de lui ».

Il n'a pas paru étonné de ma réponse et a même esquissé l'ombre d'un sourire qui, si infime soit-il, m'a fait davantage fondre que le coulis de chocolat qui coulait délicatement dans ma gorge.

Un autre soir encore, alors que les quelques banalités s'étaient peu à peu muées en conversations plus profondes, alimentant nos repas journaliers, Ángel m'a prise au dépourvu en m'interrogeant sur la tenue que je portais :

— Cette robe vous va à ravir.

J'ai manqué de m'étouffer en remarquant qu'il l'avait remarquée ; en plus d'avoir retrouvé l'appétit, le goût et l'odorat, M. Peña venait, semble-t-il, de recouvrer la vue. Interdite, je l'ai remercié silencieusement du regard, incapable de formuler une réponse cohérente à son compliment comme sorti de nulle part.

— La salopette *tambien*.

Sa voix s'est brisée à la fin. Sa tête était baissée. Lorsqu'il a levé les yeux sur moi, ses yeux brillaient d'une lueur que je ne lui avais jusqu'alors jamais vue. Il voulait que je porte la salopette de Jenny.

Je ne la porterai plus, ai-je eu envie de lui dire. *Votre fille a trahi notre amitié. Vous voulez savoir comment ? En couchant avec mon meilleur ami, lequel l'a mise enceinte.*

Mes pensées ont fusé, rapides comme l'éclair. Si elles s'étaient muées en syllabes, en mots, alors, j'aurais été bavarde, ce soir-là – c'est un euphémisme. Au lieu de quoi, je me suis efforcée de contenir ma colère. Passer mes nerfs sur Ángel aurait été proprement injuste et injustifié, d'autant qu'il n'était au courant de rien. Il serait peut-être devenu grand-père – si la mort avait maintenu son unique fille ainsi que le fœtus en vie – et il était dans l'ignorance, sa fille ayant préféré fuir lâchement la réalité plutôt que d'affronter et d'assumer ses responsabilités.

Le dîner a pris une tournure étrange, ce soir-là. Certes, nous avions tous deux progressé, mais nous nous étions également rapprochés de manière significative et inattendue.

Embarrassée par le regard pénétrant qu'il a posé sur moi, je me suis levée de ma chaise et ai commencé à débarrasser quand Ángel s'est brusquement levé à son tour, posant une main étonnamment ferme sur mon bras nu. J'ai frissonné à son contact et je crois qu'Ángel a perçu mon trouble, car il a aussitôt relâché mon bras.

— Je vais le faire, a-t-il bredouillé d'une voix hésitante.

Tiens, il bredouille, maintenant. C'est nouveau ?

— Allez plutôt vous reposer.

Je l'ai regardé d'un air hésitant avant de m'éclipser. Je ne me suis pas fait prier, bien que j'avais très envie de rester avec lui, à le regarder faire la vaisselle – simplement ça : le regarder.

Après avoir enfilé un débardeur et un short assortis et m'être brossé les dents, j'ai opté pour le canapé. Certes, c'était moins confortable qu'un lit pour y dormir, mais de cette façon, je pouvais garder un œil sur Ángel, juste au cas où. J'en avais besoin. Cela me rassurait de le savoir non loin de moi.

Il paraissait surpris de me voir si proche de lui, mais ne s'en est pas offusqué. Le bel Hispanique semblait avoir retrouvé son assurance. Ses pas étaient fluides, sa démarche, légère, presque féline. C'était un réel plaisir de le voir ainsi. J'avais beau faire semblant de m'intéresser au roman ouvert devant mes yeux – celui que Jenny n'avait pas eu le loisir de finir – il m'était quasiment impossible de me concentrer, tant je ne pouvais détacher mon regard de cet homme, incroyablement beau dans sa douleur.

De temps en temps, je jetais quelques coups d'œil dans sa direction, juste pour voir s'il me regardait – ce qui était souvent le cas. La plupart du temps, je baissais les yeux la première en m'empourprant. Je n'en étais pas certaine, mais j'ai cru voir un rictus ourler les lèvres d'Ángel tandis qu'il balayait la pièce devant mes yeux ébahis. Était-il lui aussi amusé par nos petites joutes oculaires ? Sa bonne humeur était contagieuse, me faisant sourire malgré moi.

Soudain, j'ai eu très envie de capturer, d'immortaliser l'instant. Je me suis alors ruée jusqu'à la chambre d'amis, où j'avais laissé mon sac, et l'ai ouvert pour récupérer mes affaires à dessin en vitesse. M. Peña n'ayant pour ainsi dire pas quitté sa chambre ces derniers jours, j'avais dû renoncer à m'adonner à ma nouvelle passion : le dessin. Toutefois, je ne doutais pas d'y revenir un jour. Et ce jour – ou plutôt ce soir – était, semble-t-il, arrivé. Si j'étais bel et bien douée d'un talent, même infime, ainsi que le prétendait ma prof d'arts plastiques, alors je devais impérativement le mettre à l'épreuve, le provoquer, le roder, le pratiquer. Par ailleurs, l'appel du dessin était si fort que je me sentais incapable de l'ignorer, quand bien même j'aurais eu la volonté d'y renoncer.

Profitant qu'Ángel me tournait le dos, j'ai commencé par dessiner ses épaules, puis son dos. Mon premier dessin n'était ni de profil ni de face. C'était plus ou moins un croquis de dos. J'ai dû faire appel à mon imagination, même si force était de constater que ce n'était pas génial.

Même si je savais à qui appartenaient ces traits, je voulais mémoriser ma muse dans son entièreté, si possible de face.

Alors que j'abandonnais à regret l'idée de le dessiner, Ángel s'est retourné et, sans que je m'y attende – et à ma plus grande surprise – il a posé le balai dans un coin, a tiré une chaise et l'a approchée au maximum du canapé avant de s'y asseoir.

Cette proximité visuelle m'a d'abord troublée, subjuguée que j'étais par lui. J'avais du mal à croire ce que je voyais, mais lui ne semblait pas s'en formaliser. C'était comme s'il avait lu dans mes pensées. Il me faisait rire intérieurement à essayer de prendre la pose. Son air sérieux me faisait penser à cette fameuse scène de *Titanic*, dans laquelle Rose demande à Jack de la dessiner entièrement nue, seulement vêtue du « Cœur de l'Océan ». Bien entendu, je n'avais pas l'intention de demander à Ángel d'aller jusque-là.

Je me suis contentée de lui donner quelques indications, afin d'obtenir le meilleur angle possible, lui demandant d'incliner légèrement la tête à gauche ou à droite. Il coopérait sans hésiter ni broncher.

Les quelques rayons de lune qui traversaient la pièce donnaient un éclairage sombre et magnifique, presque surréaliste. Ángel voulait paraître le plus efficace possible et cela me distrayait – de la vie en général, de la mort, en particulier.

Mes premiers coups de crayon étaient hésitants et flous, gagnant peu à peu en netteté et en précision. Ce dessin-là était personnel et précieux. Je savais dès lors qu'il serait réussi, et ce avant même qu'il soit fini.

— Vous rougissez, a-t-il dit d'une voix basse et sensuelle alors que j'achevais son portrait.

Je ne m'en étais même pas rendu compte, trop absorbée que j'étais à contempler son visage. Lorsqu'au bout de cinq minutes à peine, je lui ai montré le résultat, mon cœur battait la chamade alors que j'attendais, fébrile, ses commentaires.

J'ai repensé à la fois où j'avais malencontreusement dessiné Jenny à la place de Morgane en cours d'arts plastiques. Cette fois, c'était bel et bien Ángel qui était couché sur le papier. Aucun doute possible – j'ai pris soin de vérifier avant de tourner le dessin vers lui.

J'ignore s'il est satisfait du résultat. Quoi qu'il en soit, il a regardé le dessin et m'a souri. Il a gardé la pose, m'invitant silencieusement à le dessiner encore et encore.

Là encore, je ne me suis pas fait prier. Je l'ai dessiné, encore et encore, jusqu'à ce que mon poignet me fasse mal. Jusqu'à ce que je sois en mesure de le dessiner sans plus le regarder, de façon automatique, quasi frénétique.

Au bout de six dessins, je me suis arrêtée et me suis massé le poignet, endolori par l'effort. Tout à coup, Ángel s'est assis à côté de moi. Il a cherché mon assentiment du regard et a pris le relais. Il m'a massée avec une telle agilité que j'ai ressenti des picotements sur ma peau, laquelle s'est hérissée à son contact. Je l'ai regardé faire sans dire un mot – il n'y avait rien à dire, seulement à recevoir.

Trop tôt à mon goût, Ángel s'est redressé, puis s'est levé. Sans un regard, il a repris le balai et a poursuivi sa tâche comme si de rien n'était.

Cet homme est déroutant. Pas sûr que mon petit cœur brisé arrive à le suivre.

Peu désireuse de poursuivre la lecture de ce roman à l'eau de rose, j'ai allumé la télévision. J'ai découvert avec stupeur que plus aucune image relatant le crash du vol A320 ne circulait sur la chaîne info. Plus aucune trace du drame. Rien. Comme s'il n'avait jamais eu lieu. La mort éclipsée par la mort. Quelle ironie !

Chaque jour, plusieurs de nos semblables meurent. Ce n'est pas très original en soi. C'est même banal. Nous vivons avec cette menace permanente et immuable, telle une épée de Damoclès au-dessus de nos têtes. Nous y sommes préparés – du moins, en théorie – formatés, et ce dès notre naissance. La mort est là, bien vivante, présente à chaque instant de notre vie. Si la mort est acquise, elle trouve son originalité dans les faits, dans les circonstances de son irruption. Généralement, elle survient de manière inopinée, abrupte. Sauf que dans ce cas précis, Jenny n'est pas n'importe quelle morte, elle est *ma* morte. Celle que la vie a abîmée, lâchement abandonnée, puis rejetée.

J'ai appuyé rageusement sur la télécommande et, dans un soupir de lassitude, ai zappé sur un film multi rediffusé. Les minutes se sont égrainées, jusqu'à ce que je ne puisse plus résister à l'appel du sommeil, Morphée m'ouvrant généreusement ses bras, douillets et réconfortants à souhait. Aussi, ai-je sombré, sentant à peine les mains qui m'ont soulevée du canapé.

Lorsque je me suis réveillée quatre heures plus tard, j'ai réalisé que j'étais seule, allongée dans un lit confortable et douillet. Malgré l'obscurité, j'ai reconnu la chambre d'amis. *Ángel*.

42

Allongée au fond de ce grand lit froid, je passe en revue les différents portraits d'Ángel. J'en améliore certains, peaufine quelques détails. Je m'ennuie, perdue dans la vacuité quasi abyssale de mon existence.

Désœuvrée, je gomme quelques traits d'un dessin pour mieux l'affiner. La copie n'est, à mon sens, pas aussi réussie que l'original, mais je devrai m'en contenter. Je veux garder le souvenir matériel, vivant de l'homme dont j'ai su apprivoiser le chagrin et avec lequel je cohabite depuis plusieurs jours maintenant. Au cas où. Au cas où les choses tourneraient mal. Au cas où ma mémoire l'oublierait. Au cas où il me congédierait abruptement, sans explication – il en a parfaitement le droit. Au cas où je le perdrais, lui aussi.

Je souris amèrement à l'un de ses portraits en songeant que dans deux jours, les vacances seront finies. Pourquoi la vie est-elle si compliquée ? Est-ce moi qui le suis ?

Je n'arrive pas à me rendormir, cette nuit-là, le cerveau embrumé par tout un tas de pensées contradictoires. De questionnements, aussi.

Assoiffée, je me lève et me rends à la cuisine. J'y ouvre le frigo dans lequel je trouve une bouteille d'eau.

Tandis que je bois plusieurs gorgées d'affilée, un éclair suivi d'un violent coup de tonnerre m'arrache un cri ainsi qu'un sursaut. Depuis toujours, j'ai peur de l'orage.

Lorsque j'étais petite, je me réfugiais dans le lit de mon frère, mes parents étant déjà souvent absents. Alors, il ouvrait ses bras et me berçait en murmurant quelques paroles réconfortantes à mon oreille.

Je retourne dans la chambre d'amis, en espérant que l'orage passe. Mais, il ne passe pas.

Au contraire, il se rapproche. Je compte mentalement, afin d'en évaluer la distance. *Un… Deux… Trois… Quatre…*

La foudre s'abat juste au-dessus de moi, suivie d'un autre éclair, me faisant sursauter à nouveau. Je tente de me focaliser sur les battements de mon cœur, mais rien n'y fait.

Je me réfugie alors à l'étage, à bout de souffle. J'hésite un bref instant en ralentissant dans le couloir. Puis, prenant mon courage à deux mains, j'entre à tâtons dans la chambre d'Ángel. Je ne me soucie guère de ma tenue en cet instant – je devrais peut-être. En cet instant, je ne me préoccupe ni de sa réaction ni des conséquences. Je ne veux ni ne peux dormir seule. J'ai peur – pas seulement de l'orage, je l'avoue, mais ça, Ángel ne doit pas le savoir.

Dans l'obscurité de la chambre, éclairée par intermittence par les éclairs, je m'arrête devant le lit, essayant de distinguer sa silhouette. Soudain, je le vois. Il est tourné vers moi, les yeux grands ouverts, comme s'il m'attendait ou avait anticipé – désiré ? – ma venue. Comme s'il n'arrivait pas à trouver le sommeil, lui non plus. A-t-il peur de l'orage, lui aussi ? Surprise, je le regarde tirer la couverture, m'invitant silencieusement à venir le rejoindre. Après une brève hésitation – que risqué-je, après tout ? – je me glisse sous les draps et réprime un frisson à leur contact froid.

En vrai gentleman – je l'ai toujours su avant même de le connaître – Ángel rabat la couverture sur moi. Puis, il vient se blottir contre moi, une main tremblante posée sur mon cœur, comme pour l'apaiser, lui aussi.

Je frissonne au contact de sa peau nue et chaude, contrastant et détonant effroyablement avec la température quasi glaciale de la mienne.

Nous restons ainsi, pressés l'un contre l'autre, à guetter la fin de l'orage. Ángel ne chuchote pas de mots à mon oreille pour me rassurer comme le faisait mon frère, mais sa seule présence suffit à y parvenir. Je suis si bien dans ses bras – étonnamment fermes autour de moi. Je sais qu'il ne me lâchera pas. Je devine qu'il en a besoin, lui aussi, au moins autant que moi.

Nos corps se frôlent, se touchent, se fondent l'un contre l'autre comme si nos vies en dépendaient. Je pense à la copie, savoure l'original.

Nous gémissons tous les deux, nous frottant l'un contre l'autre. Je bouge brusquement en réprimant un nouveau cri – l'orage est de plus en plus fort. Il se rapproche.

La main d'Ángel glisse lentement sur mon front, qu'il caresse dans une vaine tentative d'apaisement. Il caresse tendrement mes cheveux, y pose un doux et chaste baiser, et alors, je me liquéfie. J'oublie où je suis et qui je suis. Je suis exténuée. Mon corps a besoin de se reposer, mais mon esprit, lui, lutte contre le sommeil, préférant se délecter de ce contact ô combien salvateur.

Je sens son souffle chaud dans ma nuque. C'est agréable. La bouche d'Ángel se pose dessous mon oreille, juste sous le lobe, puis sur ma nuque, où elle s'attarde agréablement – encore une fois, mon corps et mon esprit sont en totale contradiction l'un avec l'autre.

Tout à coup, j'ai chaud, au point que je me demande si je n'ai pas de la fièvre.

À mon tour, je passe une main sur mon front pour vérifier ma température. Elle me paraît normale. Mais alors, d'où me vient cette chaleur soudaine ? Aurait-elle un quelconque rapport avec mes hormones d'adolescente ? Je ne me souviens pas avoir déjà ressenti de telles sensations, même lorsque j'étais dans les bras de Logan ou que nous nous embrassions. Serait-ce parce que M. Peña m'attire depuis que j'ai quatorze ans ? Serait-ce parce je fantasme sur lui en secret depuis toutes ces années ?

Ses doigts poursuivent leur assaut tandis qu'il caresse mon bras nu avec une infinie douceur. Ma peau se consume sous ses doigts agiles, quoique légèrement tremblants. Il semble nerveux, lui aussi. Je savoure chaque seconde de cet instant comme si c'était le dernier. Comme si j'allais mourir foudroyée d'une minute à l'autre. Mourir dans ses bras serait le plus beau cadeau que la vie puisse m'offrir – même si j'aimerais vivre pendant quelques minutes encore.

Je ferme les yeux, absorbant le plaisir que chacune de ses caresses me procure. J'ai honte, coupable d'être dans ce lit, dans lequel il avait dû maintes fois faire l'amour à sa femme, Anne. J'ai honte, mais c'est tellement bon, tellement surréaliste, aussi, que j'ai l'impression de rêver, de flotter au-dessus de mon propre corps éveillé par lui. *Encore. J'en veux encore.*

Il ne s'arrête pas, comme s'il lisait dans mes pensées – je vais finir par croire qu'il est télépathe. Ses doigts me taquinent, me provoquent, me titillent. Mon corps se tend naturellement et irrésistiblement vers lui. Impossible de lui résister, quand bien même je le voudrais. Même si ce temps-là ne nous appartient pas, même s'il ne s'agit que d'un simple moment d'égarement, même s'il me rejette ensuite, j'éprouve le besoin irrépressible et inexplicable d'être là, avec lui. J'ai besoin d'être, d'avoir, de ressentir, de vivre, de m'abandonner. Deux âmes esseulées, en perdition, se réanimant doucement au contact de l'autre.

Lentement, je me retourne pour lui faire face, et Ángel et moi nous dévisageons longuement, nos mains sur nos cœurs respectifs. Ils battent l'un pour l'autre à l'unisson. Je me sens nue, exposée face à son regard pénétrant et désarmant. Vulnérable, aussi.

Dans une invitation silencieuse, le bel Hispanique m'attire à lui. Soudain, en une fraction de seconde, nous basculons dans le lit et il se retrouve au-dessus de moi. Je ne me rappelle pas l'avoir vu baisser mon shorty. Je suis comme déconnectée de la réalité. Sans doute tout cela n'est-il qu'un songe. Je ne suis pas ici et Ángel est profondément endormi dans sa chambre. Seul.

Je retiens mon souffle, puis pousse un gémissement lorsqu'il me pénètre doucement, accueillant la douleur comme une délivrance. Il m'habite, prend possession de mon corps et de mon âme. Sa main se fraye un chemin sous la bretelle de mon débardeur, pour venir se poser sur mon sein tandis que l'autre est entrelacée à la mienne.

Je frissonne de plaisir tandis que mes poils se hérissent sur mes bras nus. J'ai la chair de poule. Je ne pense à rien si ce n'est à l'instant présent.

Ángel m'embrasse sur les lèvres pendant qu'il me fait doucement l'amour. Ses baisers atténuent sensiblement la douleur tandis que ses va-et-vient s'intensifient. Sa bouche descend le long de ma gorge ; il la lèche tel un chat lape son lait. Il est doux, tendre et délicat dans sa façon de m'aimer.

Je vis et savoure l'instant tout en songeant au fameux roman autobiographique de Marguerite Duras, *L'Amant* – que Jenny m'avait prêté l'année dernière.

Je relis mentalement le passage dans lequel la narratrice évoque sa première fois avec cet amant, « dans l'onctuosité du sang ». C'est exactement ce que je ressens.

Je sens mon vagin se contracter autour de son sexe durci, niché au fond de mon ventre. De mon pouce, j'essuie une goutte de sueur qui perle sur son front, rendu moite par l'effort ainsi que par la tiédeur nocturne.

Il me dit que je suis belle pendant qu'il me donne du plaisir, et parce que ces mots-là sortent de sa bouche, je veux bien le croire. Je repense à cette femme dans le bus. Dans les bras de cet homme, je suis *elle*. Je suis cette femme, forte et sûre d'elle, à qui il donne du plaisir. Dans ma tête, j'ai dix ans de plus, je suis expérimentée et j'offre mon corps à ce bel homme perdu. Je me sens forte, puissante. Féminine.

Malgré mon inexpérience, je l'aime de la seule façon possible : avec ma bouche, mes caresses et mon silence. Nos souffles et nos râles se mélangent, étouffés par la bouche d'Ángel. Nos corps communiquent, font connaissance, en osmose parfaite, unis par la douleur. Ils expriment ce que nous taisons. Ils disent l'indicible. Ils traduisent nos maux, en libèrent la douleur. Ils s'imbriquent merveilleusement l'un dans l'autre telles les pièces d'un même puzzle. Ils se mélangent. Nous ne faisons plus qu'un. Au fond, peut-être que le désir a toujours été là, latent. Peut-être que ce moment était prévisible et inévitable.

Dans les bras de cet homme, je vis, je meurs à l'infini. Je suis entre la vie et la mort. L'orgasme approchant, je jouis. Fort. Des larmes coulent le long de mes joues sans que je m'en rende compte. De son pouce délicat, Ángel les essuie, puis jouit à son tour.

Repue, je tourne la tête vers la fenêtre. L'orage a cessé lorsque nous avons fini de faire l'amour. Ángel, lui, s'est endormi, mais il ne m'a pas lâchée pour autant, me retenant en otage dans la prison délicieuse de ses bras robustes et protecteurs.

Fermant les yeux, je le rejoins bientôt dans le sommeil, un sourire béat aux lèvres, encore humides de ses baisers. Tout à coup, la perspective de ma rentrée au lycée me paraît plus supportable. Plus cruelle, aussi.

43

Au lycée, je retrouve avec plaisir Morgane. Elle me raconte ses vacances – apparemment, elle et son petit ami en ont profité pleinement – je lui raconte les miennes sans, bien sûr, entrer dans les détails. J'invente des sorties imaginaires avec des cousines elles-mêmes imaginaires, des visites impromptues de mon frère – dont je n'ai, à ce jour, reçu aucune nouvelle malgré sa promesse. Bref, je m'invente des vacances idéales dans une vie idéale dont je ne fais pas vraiment partie.

Morgane me dit qu'elle me trouve changée. Je rougis à cette remarque en songeant à ma nuit passée avec Ángel. Je pense à lui, même en cours. Ma dépendance à cet homme m'inquiète. Je pense à lui plus que de raison – même si mon cœur, lui, en a une. Je l'ai dans la peau. Et si j'étais tombée amoureuse de cet homme ? M'en relèverais-je un jour ?

Je me demande ce qu'il fait, s'il pense à moi, s'il m'attend, si je lui manque, s'il regrette notre nuit. Je n'en reviens toujours pas. Bon sang ! Cet homme m'a fait l'amour. À moi. Il m'a désirée, moi.

Je me revois ôter les draps tachés de sang – le mien – et imprégnés de l'odeur du sexe, de son sperme, aussi – unique preuve de ma jeunesse disparue.

Pendant la pause de dix heures, Logan vient me voir. Après l'avoir salué poliment, Morgane s'éclipse discrètement – elle est à l'opposé de Jenny, curieuse et extravertie.

— Salut, me dit-il de cet air timide qui, je crois, m'est réservé.
— Salut, lui réponds-je sur le même ton.
Rapidement, le silence s'installe. La gêne, aussi, tandis que nous regardons tous les deux nos pieds. D'un coup, je me revois un an et demi en arrière, lorsque Logan s'est avancé vers moi et m'a demandé, d'une voix faible et timide, si je voulais sortir avec lui. Je l'avais trouvé si mignon, si craquant que je n'avais pu refuser. Je m'étais entendue dire « oui, je le veux » dans un souffle, en gloussant comme la gamine que j'étais alors. Il me plaisait. Logan avait souri, presque étonné de ma réponse tandis que Jenny était restée bouche bée, visiblement sous le choc.

Je le regarde enfin. Je le toise ostensiblement. J'ai bien envie de lui faire cracher le morceau, de lui faire avouer sa faute. Oserait-il s'y confronter ? Ou prendrait-il la fuite comme ce fut le cas de Jenny ?

S'il trouve anormal le fait que je ne lui ai pas souhaité son anniversaire, Logan se garde bien de me le faire remarquer. J'éprouve soudain quelque remords à son égard. Après tout, il a toujours été là pour moi, et particulièrement durant cette épreuve qu'est le deuil.

Il me regarde fixement et intensément. Je l'interroge du regard. Que voit-il en moi que j'ignore ?

— T'as changé, Anaïs.

Probablement parce que je ne suis plus vierge, ai-je envie de lui répondre – mais ce serait hors de propos et méchant, sachant qu'il s'est toujours montré patient avec moi.

Je me sens rougir – habituellement, je réserve cette réaction chimique et épidermique à Ángel.

Je me sens étrangement coupable face à Logan. Il semblerait que j'ai quelque acte à me faire pardonner, moi aussi.

Je baisse piteusement les yeux, incapable de soutenir son regard davantage.

Passant une main sur mon visage, je réprime un soupir. Je suis ailleurs lorsque la voix de Logan parvient faiblement à mes oreilles sifflantes.

— J'organise une fête, samedi soir, pour mon anniv. Ma sœur sera chez son mec et elle a accepté de me prêter son app-part' pour la soirée. Donc... Enfin, bref. J'aimerais beaucoup t'inviter.

— J'y serai, le coupé-je sans même réfléchir. Tu peux compter sur moi.

Les lèvres de Logan s'ourlent, révélant ses dents parfaitement blanches.

— Génial. Je t'enverrai l'adresse par SMS.

Il passe une main dans ses cheveux ébouriffés pour la énième fois, preuve de sa nervosité, tandis que ses yeux vrillent au sol. Il me donne un timide baiser sur la joue, craignant visiblement ma réaction. Je le vois s'empourprer à son tour.

C'est alors que la sonnerie annonçant la reprise des cours retentit, nous délivrant tous deux de cette conversation quelque peu insolite et embarrassante.

En cours d'arts plastiques, j'ai cru tomber à la renverse lorsque j'ai ouvert mon cahier à dessins. Plusieurs portraits d'Ángel y étaient enfermés, certains affichant un sourire naturel et discret, d'autres plus sérieux, presque mutins. Ces dessins ont d'ailleurs éveillé les soupçons de Morgane qui, perchée au-dessus de moi, s'est exprimée :

— Waouh ! Il est canon ! Qui c'est ?

Un instant, bien que leurs voix soient dissemblables, il m'a semblé entendre Jenny qui était coutumière de ce genre d'expressions. J'ai alors répondu à Morgane, laquelle me regardait d'un air curieux, les sourcils froncés, qu'il s'agissait d'un homme rencontré au hasard dans la rue et que, avec sa permission, celui-ci avait accepté que je le dessine. Bien sûr, c'était un mensonge, mais je ne pouvais décemment pas révéler l'identité de mon modèle – ma muse.

Ce n'est pas pour ça que j'ai failli tomber de ma chaise, mais pour un autre dessin, plus personnel et suggestif. Un dessin me représentant entièrement nue, repue après l'amour, allongée sur le ventre, une main enserrant l'oreiller, les draps froissés et entortillés par endroits, cachant à peine mes fesses ainsi que la cambrure de mes reins. Les paupières closes, je dors paisiblement ; mes cheveux sont en bataille, rendus humides par la sueur, collant ainsi ma nuque et mes épaules.

Je m'étonne de la qualité du dessin, de la précision des détails, aussi. Sur ce portrait – bien plus que cela, en réalité – j'apparais sereine et sans défauts, magnifiée, sublimée par ma candeur juvénile. Je n'en reviens pas. C'est tellement poétique, presque irréel.

En détaillant le dessin de plus près, je comprends mieux l'origine du don et de la passion que vouait Jenny au dessin. En plus de sa beauté naturelle, ma meilleure amie avait, semble-t-il, hérité de l'incroyable coup de crayon de son père. C'était génétique.

Perdue dans mes pensées, je songe qu'il s'agit là d'un magnifique souvenir pictural – probablement le seul.

Un sourire béat sur les lèvres, je me demande quand Ángel – car il est signé de sa main – a-t-il dessiné ce portrait. Probablement après m'avoir fait l'amour, dès l'instant où je me suis endormie tout contre lui. M'a-t-il regardé dormir ?

Je rougis jusqu'aux oreilles et referme rapidement mon cahier en me demandant la raison qui a poussé cet homme à me « mémoriser » – l'avait-il déjà fait pour une autre femme ? – et si un ou plusieurs portraits similaires existent.

Pendant que Mme Gatinel me remet un formulaire d'inscription aux Beaux-Arts à la fin du cours, je m'interroge sur le cursus de M. Peña. Ses talents en dessin ont éveillé ma curiosité. Aurait-il fréquenté les Beaux-Arts, lui aussi ?

Je quitte promptement la salle de classe vidée de tous ses élèves en jetant un œil au formulaire. Pas sûr que mes parents acceptent l'idée que je sois une artiste, et encore moins que je persévère dans cette voie, trop éloignée de la leur, résolument plus cartésienne.

44

Jeudi, en rentrant du lycée, je suis parvenue à convaincre Ángel que nous sortions tous les deux. Ensemble.

Pour l'occasion, j'ai acheté une petite robe noire toute simple légèrement décolletée. Ce n'était qu'une robe, et pourtant, je me sentais incroyablement à l'aise dedans. Féminine. Belle.

Ángel aussi s'était habillé chic, élégamment vêtu d'une chemise bleu ciel assortie à ses yeux ainsi qu'un pantalon de costume gris anthracite. Il était craquant.

Attablés dans un coin du restaurant, à l'abri des regards, Ángel n'a eu de cesse de me dévorer des yeux, me complimentant sur le choix de ma tenue. Quant à moi, je me félicitais de tout ce chemin parcouru depuis l'annonce de la mort de Jenny – la cause de notre rapprochement – tout autant que de cette initiative. Après l'avoir longuement examiné, le docteur avait décidé de diminuer son traitement. Quant à moi, mes séances chez le Dr Malenfant se raréfiaient – à ma demande et aussi parce que celle-ci jugeait que mes progrès étaient significatifs et que j'étais « en bonne voie ».

Je me suis étonnée que M. Peña ne succombe pas à la tentation de l'alcool. J'ignore s'il avait, comme moi, opté pour un jus d'abricot par envie ou par pure solidarité. Quoi qu'il en soit, sa démarche m'a fait grandement plaisir.

Nous avons trinqué à « nous », discuté de tout et de rien. À aucun moment, nous n'avons fait allusion à cette unique nuit passée ensemble – davantage par pudeur que par omission, je crois.

Il était convenu qu'après le dîner, nous poursuivrions cette délicieuse soirée par une promenade digestive, suivie d'une séance de cinéma.

Qu'il était bon de se retrouver au milieu de tous ces gens. Notre première sortie parmi les vivants – nos semblables.

Il y avait déjà une file d'attente devant nous. Levant les yeux vers Ángel, je lui demande quel film il veut voir. Il me laisse choisir, précisant que le genre lui était égal. Louer un DVD nous aurait sûrement évité toute cette attente, mais le cinéma avait tout de même plus de charme.

Nous étions presque arrivés à la caisse – mon choix se précisait – lorsqu'un petit garçon un peu trop pressé de voir le dernier Disney nous est passé devant. Sa mère, confuse, l'a rattrapé de justesse par la main en nous présentant ses plus plates excuses. Et c'est là, alors que tout se déroulait parfaitement, que la soirée avait si bien commencé, que tout a basculé en un instant – à l'instar de la mort brutale de Jenny ayant inopinément surgi dans nos vies.

Les mots prononcés par cette femme, d'ordinaire simples et innocents, sont devenus crus et violents dans sa bouche. Elle a dit à son fils qui trépignait d'impatience : « Doucement, mon cœur. Laisse le monsieur et sa fille tranquilles. Bientôt, ce sera notre tour. Promis ».

Et voilà. Tout était dit.

J'aurais tellement souhaité qu'Ángel n'ait pas entendu ces mots. Car, c'était aussi ça, être vivant : parer à l'éventualité d'une blessure verbale, parfois innocente. Vivre tout en sachant la cruauté visible et invisible du dehors, ses agressions, ses menaces constantes, omniprésentes.

En prononçant ces mots, en apparence anodins, cette femme avait ravivé quelque chose dont elle ignorait la béance.

En disant cela, elle aurait tout aussi bien pu demander à Ángel : « Où est votre vraie fille, celle que vous avez élevée et vue grandir ? »

J'ai senti la main de mon bel éclopé quitter brusquement la mienne, soudain privée de sa chaleur. En le regardant, j'ai compris que cette soirée parmi les vivants serait la dernière. À l'évidence, il n'était pas prêt pour cette sortie en public. Et moi non plus.

Le petit garçon, lui, m'a regardée de ses petits yeux innocents, loin de s'imaginer les blessures qu'il aura à endurer en devenant adulte à son tour.

45

En plus d'avoir été un échec, cette soirée a ravivé des blessures à peine pansées. Ángel a rechuté aussitôt, anéantissant du même coup tous ses récents progrès, régressant de jour en jour. Il ne s'alimente plus, dort plus que de raison, s'enferme dans sa chambre, n'en sort que pour satisfaire un besoin naturel, la verrouillant parfois. Il ne m'adresse plus la parole, à nouveau fermé et distant, comme au début. Je le soupçonne même de consommer de l'alcool en cachette. Le voir ainsi – ou plutôt ne pas le voir – me fait de la peine. J'ai mal quand, parfois, je l'entends pleurer, me faisant fondre en larmes à mon tour. Les cauchemars sont revenus également, sortant de leur silence. Quant à moi, je trouve mon salut dans le ménage et le repassage. J'ai arrêté de cuisiner, la poussière et le labeur ayant remplacé mon pain quotidien. Je récure chaque recoin de chaque pièce avec plus de vigueur qu'avant.

Quelque chose s'est brisé entre M. Peña et moi. Comme cette assiette qui m'a échappé des mains et est venue se briser avec fracas sur le sol.

Impuissante, je regarde les morceaux de porcelaine, morts sur le carrelage, comme je regarde Ángel dépérir à vue d'œil. Aurais-je pu éviter leur chute à tous les deux ?

Je ne ressens pas la douleur – du moins, pas tout de suite. C'est une douleur sourde, calme, inoffensive, apaisante, même. Je ne vois que le filet de sang couler le long de ma main.

Dans la salle de bains, je retiens ma respiration tout en essuyant le sang. L'entaille n'est pas profonde – je suis presque déçue à ce constat.

Je frotte jusqu'à ce que ma paume devienne aussi rouge que le sang. Je trouve la trousse à pharmacie dans l'armoire et désinfecte ma plaie pendant que je pleure. Je n'ai que mes yeux pour pleurer. Je me sens comme livrée à moi-même. Après tout, qu'espérais-je en persuadant Ángel de sortir en ma compagnie, ce soir-là ? Comme si une simple sortie parmi les vivants suffirait à lui faire oublier tous ses maux – et les miens.

Je me sens coupable d'aimer cet homme fragilisé, défiguré par la vie – par la mort. Je me sens dépassée, vidée. Peut-être notre chagrin à tous les deux est-il trop fort. Peut-être risquons-nous de nous tirer dangereusement vers le bas. Non. Même si j'ignore quoi faire, je refuse de baisser les bras. S'il chute, alors je chuterai avec lui. Je suis responsable de lui, autant que de moi-même. Notre avenir en dépend, à tous les deux. Peu importent les moyens, seul compte le résultat.

Mais pour l'heure, je ne me sens pas suffisamment armée pour cautionner cette distance physique et émotionnelle entre nous, complice de notre perdition à tous les deux. Aussi, je décide de rentrer chez mes parents.

Tout de suite, je sens une tension. Je décèle une atmosphère chargée, électrique. Je reconnais l'odeur familière de la colère mêlée à celle de la déception, tout aussi palpable et reconnaissable.

Maria, égale à elle-même, m'accueille en me serrant dans ses bras. Le dîner va être servi dans cinq minutes. Mes parents sont déjà là, attablés, qui attendent que je les rejoigne.

Le dîner se passe dans un silence pesant, comme à l'accoutumée – rien à voir avec celui qui s'est installé entre Ángel et moi, cependant.

J'ignore ce qu'il en est dans les autres foyers, mais le nôtre est froid, sans relief, sans vie. Il n'y a pas la moindre chaleur entre nous. Moi qui ai le moral en berne, inutile d'espérer un quelconque réconfort de leur part. *Si seulement Lilian était là*, songé-je.

Je fais jouer ma fourchette dans mon assiette de lasagnes, ce qui semble passablement agacer mon père au vu des regards incendiaires qu'il me lance.

Le dîner touche à sa fin et ni mon père ni ma mère ne m'ont adressé la parole. *Génial. Bonjour l'ambiance !*

Ce n'est qu'une fois au salon, alors que Maria sert une infusion à ma mère et un digestif à mon père, que ce dernier pose une enveloppe marron sur la table basse, qu'il pousse froidement dans ma direction. Interdite, je m'en empare et découvre mon dernier bulletin scolaire – désastreux. *Merde*.

— Dis-moi, ma chérie, dit mon père d'une voix dangereusement calme et posée, presque mielleuse tandis qu'il vide sa liqueur de poire d'un seul trait. Que comptes-tu faire de ta vie, exactement ?

Je me sens défaillir tandis qu'il étend son bras sur le dossier du canapé jusqu'au-dessus de la tête de ma mère, stoïque, comme à son habitude – osera-t-elle contrer mon père un jour ?

Je blêmis. Jamais de sa vie mon père ne m'a surnommée ainsi. Pas même lorsque j'étais petite, d'où ma surprise et ma méfiance.

Chez n'importe quel père, ce surnom affectueux glisserait comme une caresse, mais dans sa bouche, cela sonne faux, presque comme une insulte.

Levant les yeux vers lui, je le foudroie du regard, le défiant sans ciller. Que puis-je bien répondre, sachant que la bataille est perdue d'avance ?

Quoi que je dise, il aura forcément le dernier mot. Qu'il me sermonne si ça lui chante ! Au point où j'en suis…

J'attends qu'il riposte sans mot dire. Pendant ce laps de temps, j'ai une pensée pour Ángel. À la façon dont il se comportait avec Jenny. D'après ce qu'elle m'avait dit – et d'après ce que j'avais pu voir – son père ne lui criait jamais dessus, élevait rarement la voix, même lorsqu'il était surmené ou contrarié. Par chance, Jenny était une élève studieuse et assidue dans la plupart des matières – comme moi avant – et les rares fois où elle avait ramené des notes médiocres à la maison, son père ne l'avait nullement réprimandée, se contentant de l'encourager pour ses notes à venir. Sa mère, en revanche, était plus sévère et avait moins de patience, s'inquiétant de l'avenir professionnel – quel avenir ! – de sa fille unique.

Après avoir recensé mes notes à voix haute – il les a visiblement apprises par cœur – mon père se lève du canapé et, en quelques pas, me rejoint avec la grâce d'un dangereux prédateur ayant flairé sa proie. Il s'apprête à attaquer.

Il me prend l'enveloppe des mains et, soudain, le dîner prend une tout autre tournure – décidément, la malchance semble s'acharner sur moi passé dix-huit heures.

Le regard courroucé, il me sermonne – enfin ! – me raille, me rabaisse, m'humilie. Et le pire, c'est qu'à aucun moment de cette lente mise à mort, ma mère ne daigne prendre ma défense. Me déteste-t-elle au point d'ignorer ma souffrance et mon désarroi ? Ou bien craint-elle seulement d'oser défier mon père en ma présence ? À ma connaissance, ce dernier n'est pas violent, si ce n'est avec les mots. C'est plutôt un activiste verbal, doué pour mettre ses adversaires à terre en maniant habilement le verbe.

J'ai envie de me soustraire à son regard noir, de me réfugier dans ma chambre et d'y rester pour le restant de mes jours, ou mieux encore, de retourner chez Ángel et de le convaincre de me garder près de lui pour toujours.

Face à mon père, je n'ai aucune chance. Aussi, je décide d'attendre sans broncher. Il finira bien par cesser de déblatérer sur l'importance capitale des études, le cursus qui forge notre vie future, etc.

Furieux, mon père m'annonce que ma mère et lui sont convoqués par mon professeur principal ainsi que par le proviseur dans deux jours. Inutile de leur demander la permission de me rendre à la fête de Logan, je connais déjà la réponse.

Baissant les yeux, je demande à mon père s'il a fini. Furibond, il me demande de répéter.

Alors, levant les yeux vers lui, je lui dis avec un soupçon d'insolence dans la voix :

— J'ai dit : as-tu fini de te défouler sur moi ?

Je ne reconnais pas ma voix, peinant à croire les mots sortis de ma bouche effrontée, indocile – cette même bouche qu'Ángel a su dompter, apprivoiser, nourrir de ses baisers.

Soudain, mon père m'assène une gifle, si cinglante que ma joue s'échauffe et me picote. La brûlure est désagréable, mais supportable – j'ai appris à tolérer la douleur, à vivre avec.

Une main sur ma joue endolorie, je regarde mon père de travers – c'est la première fois, et je l'espère la dernière, qu'il lève la main sur moi. Je dis :
— Encore. Frappe-moi encore.
Je le nargue, à présent. Mon père, décontenancé, peine à respirer normalement. Son souffle est court et saccadé ; il halète bruyamment tel un fauve enragé. Ma requête inattendue a arraché un sursaut à ma mère. Mon père, lui, serre les poings, mais ne réagit pas. D'une voix faible, presque inaudible, il m'ordonne de filer dans ma chambre, criant que je suis privée de sortie ainsi que d'argent de poche, et ce jusqu'à nouvel ordre – en d'autres termes, je suis punie. J'ai envie de rire tant la situation est risible. Comme si cette menace allait m'empêcher de souffrir. Au fond, ils n'ont jamais su me comprendre. Ni l'un ni l'autre. Et ce constat m'attriste. Parfois, je me demande si je fais réellement partie de cette famille tant mes parents et moi sommes dissemblables.

Étendue sur mon lit, la joue en feu, je pleure toutes les larmes de mon petit corps, apaisant la brûlure sur ma joue. Je réprime une grimace lorsque j'entends quelqu'un frapper à ma porte.
— Pas maintenant, Maria ! crié-je à travers mes larmes.
Mon oreiller en est trempé.
Je devine que j'ai vu juste, car aussitôt, j'entends des pas lourds s'éloigner du seuil et se diriger vers les escaliers. Soudain, alors que je perçois des éclats de voix depuis la salle à manger, je décide qu'il est temps pour moi de prendre une décision. M'apitoyer sur mon sort ne m'aidera en rien à aller mieux. Or, je dois impérativement aller de l'avant, sans quoi je risque de m'effondrer à nouveau.
Ma valise à roulettes ouverte en grand sur mon lit, j'y vide le contenu de mon armoire ainsi que de ma commode.

Tandis que je peine à refermer mon unique bagage, je comprends que je ne pourrai plus jamais remettre les pieds dans cette maison. C'est la dernière fois que je me trouve dans ma chambre. J'attendrai que mes parents soient couchés et, alors, je m'en irai d'ici définitivement. Je le rejoindrai.

46

En voyant mon unique valise dans l'entrée, Ángel, occupé à se verser un verre d'eau – Dieu merci, ce n'est pas du whisky ! – dans la cuisine, se fige. Tandis qu'il me dévisage, je lis de la panique dans ses yeux. De la peur, aussi. Il semble inquiet, comme un père le serait pour sa fille.

Ses yeux passent de moi à ma valise, puis de nouveau à moi. Soudain, je ne suis plus très sûre d'avoir pris la bonne décision. Et s'il me rejetait ? Et s'il me mettait dehors, comme ça, sans ménagement ? M'en remettrais-je ?

Après avoir posé son verre d'eau sur le comptoir, Ángel me rejoint à pas hésitants. Ce faisant, j'ai un mouvement de recul, soudain apeurée. Va-t-il me mettre une gifle lui, aussi ? Pas sûr que j'en supporte une deuxième, si apaisante et bienvenue soit la douleur.

Ángel s'immobilise. Je suis comme une biche effarouchée qui menace de s'enfuir à tout moment.

Je suis soulagée en ne le voyant pas lever la main sur moi. Il caresse ma joue encore rouge et échauffée du bout des doigts tandis que je ferme les yeux en réprimant un hoquet de douleur.

À nouveau, je frissonne à son contact, une main sur son avant-bras et les paupières closes. Je savoure sa caresse tandis que les larmes jaillissent du coin de mes yeux résolument fermés. Il est si bon avec moi, si généreux. Je ne mérite pas son affection. Je sens toute la colère contenue dans son regard affable. Il se demande probablement pourquoi ma joue est rouge lorsqu'il l'effleure et que je réprime une grimace. De même qu'il s'interroge sur la présence de ce bandage sur ma main droite. Toutefois, il ne dit rien. Seuls ses beaux yeux bleus m'interrogent en silence.

Lorsque je rouvre les yeux, je vois Ángel esquisser un sourire amer, mais non moins réconfortant. Hélas, mes larmes ne me permettent pas de lui rendre son sourire, magnifique et sincère. Pourtant, j'essaie. Il pose alors son autre main derrière ma tête et m'attire dans ses bras.

— Je suis là, susurre-t-il à mon oreille.

Et cette affirmation suffit à tarir mes larmes. Dans ses bras, je me laisse aller. Je me sens bien, en sécurité. Je me sens chez moi.

Desserrant son étreinte – ma main est toujours positionnée sur son avant-bras, comme pour le retenir – Ángel me fait asseoir avec précaution sur le canapé. Bienveillant, il positionne un coussin derrière ma nuque et m'intime l'ordre de l'attendre sagement. Je le regarde se diriger vers la salle de bains – c'est tout de même bien pratique d'en avoir deux à disposition. Deux minutes plus tard, il revient avec une trousse à pharmacie et un verre d'eau fraîche. Après m'avoir tendu le verre d'eau, que je bois goulûment par petites gorgées, M. Peña entreprend de changer mon bandage.

Je lui tends ma main pour qu'il puisse inspecter ma plaie qui suinte légèrement, comme le ferait un médecin, et je m'aperçois qu'il est plus doué que moi pour désinfecter les plaies. Non pas qu'il y ait une forme de compétition entre nous vers une quelconque distinction médicale, mais force est de constater que, déjà, Ángel n'est pas rebuté par la vue du sang, ce qui est un avantage certain.

Il me parle pendant qu'il désinfecte la plaie. Je lui raconte ma mésaventure en cuisine. Ce n'était donc pas une tentative de suicide – bien que l'idée m'ait traversé l'esprit, je l'avoue – je le rassure.

Je souris malgré moi alors que j'ai soudain une impression de déjà-vu. Et pour cause : il y a quelques jours, les rôles étaient inversés.

Une fois mon bandage changé, Ángel y pose un doux baiser, comme pour atténuer la douleur au maximum. Nos regards se croisent, et quelque chose d'indicible se passe, chargeant l'air d'électricité. Puis, il retourne dans la salle de bains ranger la trousse à pharmacie ainsi que le verre.

J'entends l'eau s'écouler, puis le bruit familier du frottement de mains sur une serviette de bain.

De retour dans le séjour, Ángel dresse son index tandis que je me redresse sur le canapé.

Figée, je passe une main dans mes cheveux sales et réprime un bâillement. Je suis épuisée, tant moralement que physiquement.

Lentement – et sans que je m'en rende compte – je sombre dans un sommeil latent, paradoxal, puis profond, dénué de rêves – si ce n'est du visage parfait d'Ángel.

Je grimace au contact froid des glaçons sur ma joue en feu. J'ouvre faiblement les yeux, mon cerveau encore embrumé par le sommeil. Où suis-je ?

Accroupi devant moi, une main maintenant la poche de glace sur ma joue, Ángel me sourit faiblement. De sa voix suave et troublante, il dit :

— Pardon de t'avoir réveillée.

Je le pardonne volontiers en lui rendant un timide sourire, incapable de lui en vouloir d'essayer de me soigner.

Je le laisse faire, réprimant une grimace de douleur. Ensemble, nous attendons que la glace fasse effet sur ma peau. Il m'est difficile de lutter. Alors, je fixe ses yeux bleus pour m'empêcher de sombrer de nouveau dans le sommeil. Je ne veux plus faire que ça : le contempler. *Retiens-moi*, imploré-je mentalement Ángel. *Empêche-moi de quitter tes beaux yeux. Empêche-moi de sombrer.*

Je lutte autant que possible. En vain. Je suis happée par le sommeil – pour une fois qu'il veut bien de moi, il faut que ce soit maintenant !

Mes yeux se ferment malgré les injonctions faites à mon cerveau. Mon esprit, lui, n'en a que faire, manifestement. Seule la respiration silencieuse et mélodieuse d'Ángel parvient à mes oreilles.

Une caresse sur mon autre joue, le froid quittant celle momentanément refroidie, puis un baiser déposé sur mon front, et enfin des bras autour de moi. Des bras fermes et robustes me soulevant avec souplesse.

J'ignore s'il s'agit d'un rêve ou bien d'une réalité tout aussi surréaliste et enviable. Dans le doute, je garde les yeux fermés, peu désireuse de rompre ce contact. J'ai l'impression de voler. Je vole. Mes pieds ne touchent pas le sol. J'imagine que si c'est réel, si je suis effectivement dans les bras d'Ángel, alors celui-ci nous dirige probablement vers la chambre d'amis, où il me déposera délicatement sur le grand lit froid. Au lieu de quoi, je m'aperçois en entrouvrant un œil qu'il pousse la porte de sa chambre et m'allonge habilement et doucement sur son lit.

Je divague sûrement, car mes yeux le voient me déchausser, puis me déshabiller. Il déboutonne habilement mon chemisier, sans un bruit, ôtant le tissu soyeux. Il s'attaque ensuite à mon jean. Coopérante, je soulève légèrement les hanches afin de l'aider à me l'enlever en douceur. Je le vois le glisser péniblement le long de mes jambes nues et douces.

Me voilà donc en débardeur et shorty – comme lors de cette fameuse nuit passée ensemble.

Mon cœur bat la chamade tandis qu'Ángel m'observe dans la pénombre. Je me demande vaguement ce qu'il compte faire de moi. Va-t-il me laisser ainsi, à moitié nue, offerte à sa vue ? Va-t-il de nouveau me faire l'amour ? J'avoue, je suis curieuse, dans l'expectative.

Soudain, je le vois se déshabiller devant mes yeux lourds de sommeil, en prenant soin de garder son boxer. Il me rejoint tranquillement dans le lit froid.

Il rabat la couverture sur nous, puis il me serre contre lui, habillant mon corps de ses bras nus, me pénétrant de son regard avide. Je sens son érection effleurer délicatement ma cuisse. Bientôt, nous nous endormons l'un contre l'autre, avec cette promesse de voir à nouveau le jour.

47

La fête bat déjà son plein lorsque j'arrive (tardivement) – malgré les injonctions de mon père, Maria a accepté de me couvrir durant mon absence – chez la sœur aînée de Logan. Ce dernier ouvre la porte en bois massif. Il ne dissimule pas sa surprise mêlée au soulagement de me voir.

— Entre, dit-il en haussant la voix par-dessus la musique et en ouvrant plus largement la porte afin que je puisse entrer.

Refermant la porte derrière moi, Logan me dévisage un instant. Mon regard est fuyant. Il me sourit malgré tout.

— Tu as pu venir, finalement ?

C'est une affirmation, non une question, car, de toute évidence, je suis là.

— J'ai cru que tu m'avais zappé.

Si seulement... Si seulement je pouvais tout zapper : ma vie, Jenny, Ángel, mes parents.

J'esquisse un sourire paresseux, aussitôt rendu par Logan.

— Tiens, lui dis-je en lui tendant son cadeau. Bon anniversaire.

— Merci, ma puce, répond-il chaleureusement en se penchant vers moi pour m'embrasser.

Je réussis à l'esquiver de justesse, ses lèvres atterrissant sur ma joue. Je tique à ce surnom affectueux qui, désormais, ne m'est plus destiné – a-t-il aussi appelé Jenny ainsi dans l'intimité ?

— Tu ne l'ouvres pas ? demandé-je, l'air espiègle, en le dévisageant.

— Euh... Si, bien sûr, répond-il en brandissant son cadeau, visiblement gêné, tout à coup.

Mes parents m'ayant momentanément coupé les vivres, j'avais dû faire appel à mon imagination. Finalement, j'avais trouvé le cadeau idéal.

Après l'avoir ouvert maladroitement, déchirant le papier sans ménagement, Logan observe l'objet qu'il tient entre ses mains. Il me regarde soudain, m'interroge silencieusement, visiblement décontenancé :

— Qu'est-ce que c'est ?

— Un journal intime, annoncé-je fièrement, mielleuse. Celui de Jenny – j'ai recollé les morceaux des pages déchirées, puis les ai rassemblées chronologiquement.

Un silence insolite s'installe. Je le vois blêmir. A-t-il une idée de ce qu'il contient ?

— Je me suis dit qu'un peu de lecture serait la bienvenue, j'ajoute avec sarcasme.

Logan et moi nous toisons en silence. Le malaise entre nous est palpable.

Après m'avoir remercié d'un sourire crispé, Logan me débarrasse de ma veste et s'éclipse, accaparé par un de ses amis.

Quant à moi, je déambule en direction du séjour, salue quelques visages familiers au passage tandis que d'autres me sourient ou me saluent plus ou moins chaleureusement. Je remarque avec agacement que Louna la peste est également de la fête. *Génial.*

Zach, visiblement éméché, lui aussi, me rentre dedans avant de s'excuser, confus.

— Oups ! Désolé, ma belle, glousse-t-il, une main sur mon épaule.

— C'est pas grave, dis-je faiblement.

Il me dévisage comme s'il me découvrait pour la première fois, avant de m'enlacer maladroitement. Je manque étouffer, écœurée par le mélange d'alcool et de sueur qui émane de lui. Je ferais mieux de repérer les toilettes et de rester aux alentours, juste au cas où.

Fidèle à lui-même, Zach me propose un verre d'alcool, que je refuse poliment. Il insiste et m'en met un d'office dans les mains. L'odeur est si forte que je crois que je vais vomir pour de bon.

L'adolescent me regarde d'un drôle d'air. Ses yeux m'encouragent à boire, ne serait-ce qu'une gorgée. Je lui en veux, et pas seulement pour son insistance à mon égard, mais aussi et surtout pour avoir laissé Logan et Jenny commettre l'irréparable. Toutefois, je me radoucis légèrement, devinant qu'il devait probablement être aussi ivre qu'eux, sinon plus.

Je jette un rapide coup d'œil par-dessus l'épaule de Zach. Louna la peste et ses acolytes – pourquoi Logan les a-t-il invitées ? – me défient ostensiblement du regard. Je les vois commérer, assises sur le canapé à siroter des bières et à lancer des œillades à tout va. Elles s'imaginent sûrement que je suis coincée, que j'exècre la fête autant qu'elles-mêmes – ce qui n'est pas faux, en vérité. Soit. Je relève le défi. Un peu d'alcool m'aidera sans doute à me détendre et à me mettre dans l'ambiance. Par ailleurs, la lucidité n'a pas que des avantages.

J'approche donc le gobelet de mes lèvres et, tout en bloquant ma respiration, bois une longue gorgée. L'alcool – de la vodka pure, apparemment – me brûle l'œsophage avant de remonter dans ma gorge. Je manque de recracher l'infâme breuvage.

Beurk ! L'odeur et la brûlure sont si insupportables que j'en frissonne. Zach, lui, me regarde avec fierté.

Tournant la tête, je réalise que celui-ci a retiré son bras de mon épaule et qu'il n'est plus là. Me voilà donc seule à nouveau – c'est l'histoire de ma vie : la solitude. J'en profite pour poser mon gobelet et m'en vais prendre l'air sur la terrasse.

J'inspire, expire plusieurs fois. Le corps penché en avant, je souffle comme après un jogging. J'espère que l'alcool se dissipera bientôt. Je détesterais ne pas être sobre jusqu'à mon retour à la maison. Tout le monde sait que l'alcool altère la personnalité de ses consommateurs : certains deviennent agressifs et mêmes violents, d'autres, plus chanceux, restent égaux à eux-mêmes ou deviennent plus joyeux, voire festifs. Dans quelle catégorie serai-je, moi ? Inutile de tenter le diable. Je ne prendrai pas le risque de montrer aux autres mon autre visage – celui sous l'emprise de l'alcool, du moins.

Dans la semi-obscurité, je distingue deux silhouettes enlacées et s'embrassant non loin de moi, à ma droite. Ils s'embrassent langoureusement en faisant du bruit. Je perçois des râles et des rires étouffés. Ils ont l'air parfaitement heureux, dans leur bulle.

Alors que je reprends doucement mes esprits, je me fige en reconnaissant l'une des deux silhouettes. Morgane – et son petit ami, je suppose.

Je m'apprête à m'écarter pour les laisser tranquilles, plongés dans l'intimité du soir, quand Morgane me reconnaît à son tour et m'apostrophe, visiblement gênée :

— Anaïs, ma belle ! Salut !

Euphorique – aurait-elle un peu trop forcé sur la bouteille, elle aussi ? – Morgane délaisse un instant les bras de son petit ami pour venir m'enlacer chaleureusement. Elle est si gentille et si généreuse avec moi. Sans remplacer Jenny, Morgane s'est progressivement fait une place dans mon cœur meurtri, dévasté. Je devrais culpabiliser. Or, je suis soulagée. Heureuse, même, de cette « invasion ».

Contente de me voir – elle sautille presque – Morgane me fait part de son soulagement quant à ma présence à cette fête. Elle en profite pour me présenter officiellement à son petit ami, Jules – qui essuie sa bouche aussi discrètement que possible dans la pénombre.

Le jeune homme blond et élancé, de trois ans son aîné – faisant de lui le doyen de cette soirée – me tend sa main, que je serre poliment. Morgane ne m'a pas menti : Jules est un garçon charmant. Il a intégré une école de commerce à la rentrée dernière, en vue d'obtenir son BTS. Le fait que Jules soit plus vieux que Morgane ne me choque guère, même s'ils vivent leur amour à l'abri de leurs parents respectifs, le détournement de mineur étant passible d'une peine d'emprisonnement dans notre beau pays. Je frissonne à la simple idée que mon père n'apprenne l'existence de ma « relation » avec Ángel et qu'il entreprenne une action en justice pour détournement, justement. Procédurier comme il est, il en serait parfaitement capable – et en aurait légalement tous les droits.

Soudain, j'ai une pensée pour Ángel. Accepterait-il de m'émanciper ? Étant donné sa stature ainsi que son influence dans le milieu juridique, cela ne devrait être qu'une formalité.

En vrai gentleman, Jules propose d'aller nous chercher à boire – je le soupçonne de vouloir nous laisser seules entre filles – mais à mon grand étonnement – et à celui de Jules – Morgane lui saisit la main et lui emboîte le pas, m'enjoignant à les suivre.

Tandis que je les suis jusqu'au bar, mes yeux se rivent sur leurs mains jointes. Et dire que j'avais tout ça : un petit ami bon et compréhensif – du moins, au début. Comme eux, nous nous touchions, nous tenions par la main, nous embrassions. Je l'aimais jusqu'à ce qu'il me trahisse.

Contrairement à ce que je craignais, la fête est géniale. Je m'y amuse bien – c'est-à-dire du mieux que je peux, vu les circonstances. L'alcool fait son effet : je suis détendue et un peu saoule, aussi – l'un ne va pas sans l'autre.

Au bout de la deuxième bière et du troisième shot de vodka, passé les brûlures successives et atroces dans ma gorge, puis dans mon estomac, je me sens bien. Je plane. Je vis. Je souris niaisement, ris parfois sans aucune raison, sans savoir pourquoi, mais je m'en moque. Je ne crains rien ni personne – pas même le ridicule. Je suis jeune et *vivante*.

En me voyant vider ma première bière, Logan – étonnamment sobre – m'a regardée d'un air inquiet. Il sait que je n'ai pas l'habitude de boire. Il sait aussi comment cela risque de se terminer si je ne ralentis pas ma consommation et si je ne me raisonne pas à temps. Nous le savons tous les deux. Toutefois, je continue de boire sans me soucier des conséquences – qui s'avéreront à coup sûr désastreuses dans mon cas – ni de ma future gueule de bois.

À plusieurs reprises, Logan a repoussé discrètement les bouteilles de bière sur la table, l'air de rien, les empêchant de venir jusqu'à moi, retardant le moment où mes lèvres se poseraient avidement sur le goulot. Il est si prévenant et si bienveillant. Il veut à tout prix m'éviter une de ces cuites mémorables dont les dégâts font plus de ravages encore qu'une catastrophe naturelle. J'aime l'idée qu'il prenne soin de moi, qu'il me protège comme il l'a toujours fait, même si je le déteste pour avoir osé me trahir lâchement, le défiant du regard à chaque instant.

Je sens le regard de Logan peser sur moi lorsque je danse avec Zach et quelques adolescents. Je me tortille, me frotte contre un garçon dont je ne connais même pas le prénom, particulièrement attentif et collant. Je devine à la façon dont il me regarde que ça lui plaît, contrairement à Logan qui, lui, me fait les gros yeux, tel un père sur le point de sermonner sa fille dévergondée. Peut-être ai-je seulement envie de le rendre jaloux. De le faire souffrir comme il m'a fait souffrir.

La soirée est ponctuée de jeux divers et amusants. L'un d'entre eux consiste à deviner le personnage ou l'objet qui est inscrit sur un bout de papier, puis placé sur notre tête par notre voisin. Comme la plupart d'entre nous – moi y compris – sont déjà plus ou moins alcoolisés, le jeu n'en est que plus drôle. Nous sommes assis à même le sol, en cercle, et nous rions à gorge déployée, les yeux brillants, anormalement excités pour certains ou somnolents pour d'autres.

Zach me fait mourir de rire. Même Louna la garce réussit cet exploit, c'est dire !

Je me sens bien. Apaisée. Comme si je revenais doucement à la vie – à grand renfort d'alcool, certes, mais tout de même.

Je glousse. Force est de constater que l'alcool me rend moins timide et plus sociable – tout le contraire de moi sobre. Je suis comme délestée de toute inhibition et j'ignore si je devrais ou non m'en inquiéter, car il me semble que ça me plaît. J'aime ça. Il me soustrait de la vie, du quotidien – d'habitude, je suis seule avec mon chagrin.

Nous enchaînons avec un « action ou vérité ». Lorsque vient mon tour, je meurs d'envie de poser la question fatidique qui me brûle les lèvres. Aussi, je me tourne prestement vers Logan :

— Vérité : As-tu oui ou non couché avec ma meilleure amie ?

Toutes les têtes se tournent promptement vers lui – l'objet de mon courroux – comme un seul homme tandis que j'attends fébrilement sa réponse, dans l'expectative.

— Tu devrais ralentir sur l'alcool, Anaïs, dit Logan d'un ton acerbe, manifestement choqué par mon accusation. Ça ne te réussit pas !

Son regard ainsi que son expression sont inquisiteurs. Je rêve. C'est moi qui ai été faite cocue, et c'est lui qui me fait des reproches ?

— Réponds à ma question, s'il te plaît, dis-je en me radoucissant légèrement et en le regardant droit dans les yeux.

— Anaïs...

— RÉPONDS ! le coupé-je en haussant le ton.

Je crois avoir vu Morgane avoir un sursaut.

— Maintenant. S'il te plaît.

Les trémolos dans ma voix trahissent ma tristesse ainsi que mon impatience.

— J'ai le droit de savoir. J'en ai besoin.

Au terme d'un long et lourd silence, alors que les autres nous dévisagent tour à tour, visiblement désireux de connaître la réponse, eux aussi, Logan qui me fait face baisse soudain les yeux avant de les relever vers moi, l'air désolé :

— Oui. Je suis désolé.

J'acquiesce d'un hochement de tête en avalant péniblement ma salive.

— OK. Vérité : Elle était « bonne » ?

Il me regarde sévèrement, sourcils froncés, visiblement choqué par ma question. Je devrais arrêter là avec mon interrogatoire. Après tout, il s'était soumis à ma question principale à laquelle je voulais obtenir urgemment une réponse. En plus de m'enivrer, l'alcool décuplait, semble-t-il, ma colère à son égard. On dirait Ross et Rachel s'entretuant devant le reste de la bande. C'est pathétique.

— Anaïs. Arrête, s'il te plaît, m'enjoint calmement Logan avec tact et diplomatie.

— Pourquoi ne veux-tu pas répondre ?

Las, Logan pousse un long soupir.

— Action : Parlons-en en privé, s'il te plaît.

Il désigne les autres venus jouer les voyeurs. Visiblement, Louna se délecte de cette dispute, croustillante à souhait.

— On nous observe.

Rassemblant le peu de courage et de lucidité qu'il me reste, je parviens à me lever, aidée de Morgane et de Logan, lequel me prend la main et m'entraîne vers une pièce voisine quand, soudain, je ressens un violent vertige. J'ai le tournis.

Ma main se crispe dans celle de Logan tandis que je ralentis et me fige. Sans réfléchir, Logan me pousse en direction des toilettes, dans lesquelles nous nous enfermons.

À peine a-t-il relevé la lunette que je vomis copieusement dans la cuvette tandis que je l'entends intimer l'ordre à deux adolescents occupés à se bécoter dans la baignoire de quitter promptement les lieux.

L'acidité de mes relents gastriques mélangée à celle de l'alcool me brûle littéralement les entrailles. Je vais mourir, c'est sûr. Ce n'est qu'une question de temps. La douleur est si atroce et si tenace que je m'agrippe aux rebords de la cuvette, agenouillée devant, attendant que mes spasmes se calment et guettant l'arrivée d'une nouvelle nausée. Je tire la chasse d'eau une première fois et reste ainsi, dans cette position, attendant avec précaution. Le moindre mouvement me serait fatal. Mon estomac et mon foie sont en vrac. Je suis barbouillée, ma bouche est anormalement sèche et j'ai froid.

Je peine à tourner la tête vers Logan qui s'est approché de moi. J'ouvre la bouche pour dire quelque chose avant de me raviser. Bien sûr, je préférerais – et de loin – qu'il n'assiste pas à ça, mais tout commentaire serait superflu.

Je vois Logan ouvrir un placard et farfouiller à l'intérieur tandis que je vomis de nouveau dans la cuvette.

Je me maudis de n'avoir pas suivi son conseil – avisé – et de m'être saoulée sans vergogne et sans rien dans l'estomac. De n'en avoir fait qu'à ma tête, de m'être « rebellée », puis ridiculisée devant les autres. Que pensera Morgane de moi après ça ?

Je sens sa main prendre délicatement mes cheveux et les ramener en une queue-de-cheval lâche mais confortable, à l'aide d'un chouchou que je devine appartenir à sa sœur.

Après avoir vomi une dernière fois et tiré la chasse d'eau pour la énième fois, je rabats la lunette et m'assois sur la cuvette en attendant de recouvrer mes esprits. Je grelotte, la tête baissée. Je n'ose pas regarder Logan directement dans les yeux. J'ai trop honte. J'ai gâché sa fête d'anniversaire et je m'en veux terriblement. Lui n'aurait jamais osé compromettre mon anniversaire, même ivre. J'aurais sans doute dû lui épargner ma présence. Trop tard. Le mal est fait.

J'entends de l'eau s'écouler depuis le lavabo. Je glisse un regard discret dans sa direction.

— Tiens, me dit-il doucement en me tendant un verre d'eau fraîche. Bois ça.

— Merci, réponds-je en acceptant le verre sans broncher.

Tandis que je bois une première gorgée, je grimace en déglutissant. L'eau apaise le feu dans ma cage thoracique, mais il me faut un moment avant de l'apprécier tant la douleur est diffuse partout dans mon corps. Ma première cuite. Ma première gueule de bois aussi – et la dernière, assurément.

Logan m'observe à travers le miroir sans mot dire. Il pourrait me sermonner, me dire «Je t'avais prévenue : tu n'as pas l'habitude de boire. Il fallait t'y attendre.» Or, il ne dit rien. Il se contente de me regarder en silence. Un silence plus éloquent et plus bruyant que des mots.

Une fois mon verre d'eau fini, Logan le récupère doucement de mes mains glacées.

— Ça va mieux ? Tu en veux encore ?

Non. Aux deux questions.

Je me contente de secouer la tête en guise de réponse.

Logan rince rapidement le verre dans le lavabo, puis il s'approche de moi en me jaugeant longuement. Il a l'air d'hésiter, avant de se pencher en avant et de me tamponner le front avec un gant de toilette humide. Je tressaille légèrement au contact de l'eau froide sur ma peau tiède. Il ne dit toujours rien, mais en croisant son regard, je devine qu'il est inquiet. Déçu, même.

Mon visage rafraîchi, Logan repose le gant encore imbibé d'eau sur le rebord du lavabo, puis rapidement revient vers moi. Il se penche en avant pour s'accroupir et soulève quelques mèches de cheveux échappées de ma queue-de-cheval de fortune et collées à mon front. Puis, sans que je m'y attende, Logan passe une main sur mon dos et une autre au creux de mes genoux pour me soulever.

— Logan… haleté-je, à bout de souffle.

Incapable de finir ma phrase, je l'interroge du regard, les sourcils froncés. Que fait-il ? Où m'emmène-t-il ? Pourquoi s'occupe-t-il de moi alors qu'une quinzaine d'adolescents se trouvent de l'autre côté de cette porte, attendant patiemment le retour de son hôte ?

Logan s'arrête pour me jauger encore – j'ignore par quel miracle les nausées se sont enfin dissipées – pendant qu'il me porte.

Il gravit prudemment les escaliers et nous dirige vers l'étage. Dans ses bras, j'ai l'impression d'être aussi légère qu'une plume. Je le regarde comme si je le découvrais pour la toute première fois. Il est si beau.

Ma tête cesse de tourner lorsque Logan me pose sur le lit de sa sœur. Je respire faiblement, par à-coups.

— Ça va ? me demande gentiment Logan d'une voix doucereuse, si doucereuse qu'elle atteint directement mon cœur et déclenche automatiquement mes larmes.

J'acquiesce faiblement d'un hochement de tête – le mieux que je puisse faire en cet instant. Je retrouve un peu de ma sobriété, mon organisme vidé de tout l'alcool ingurgité durant cette soirée.

— Je suis désolée, Logan. Je… bredouillé-je en cachant mes yeux de mon bras nu. Je m'en veux tellement d'avoir gâché ta soirée.

— Chut. Ne t'en fais pas pour ça. Ce n'est pas grave.

J'entends un tiroir s'ouvrir, puis se refermer.

— En revanche, Zach, lui, aura du mal à s'en remettre, je pense. Tu l'as pratiquement allumé lors de votre danse endiablée. Il n'a pas l'habitude, tu sais ?

Nous gloussons de concert. Je sens sa main fraîche et tremblotante ôter mon bras de mes yeux.

— Salut, dit-il en esquissant un franc et chaleureux sourire, qui m'est réservé.

— Salut, réponds-je en reniflant et en baissant les yeux pour fuir la sincérité de son regard.

Logan essuie mes larmes avec son pouce, effleurant ma joue de ses doigts délicats au passage.

— Tiens, dit-il en s'approchant. Je n'ai trouvé que cette nuisette. Ma sœur a dû emmener le reste de ses vêtements pour son voyage. J'espère que ça ira.

J'acquiesce mollement pendant que je saisis ladite nuisette.

— Tu veux que je t'aide à te déshabiller ou tu penses pouvoir te débrouiller toute seule ?

Je vois Logan un tantinet rougir en prononçant le mot « déshabiller ». Je n'avais pas remarqué à quel point il pouvait être pudique, lui aussi.

— Je devrais pouvoir m'en sortir, murmuré-je, bizarrement aussi gênée que lui.

Il m'a vue nue à quelques reprises, pourtant. Devais-je imputer cette gêne à cette proximité soudaine ?

— OK. Je te laisse te changer dans ce cas.

Logan croise mon regard interrogateur et ajoute aussitôt :

— Je reviens tout de suite.

Un sourire énigmatique se dessine sur mes lèvres. Un sourire fade, de façade, sans joie. Bien que je sois toujours en colère contre lui – pour les mêmes raisons qu'évoquées précédemment – la perspective de son retour imminent auprès de moi me rassure quelque peu.

La main sur la poignée, le dos résolument tourné, Logan se fige.

— Pour répondre à ta question de tout à l'heure, elle n'était pas « bonne ». Elle n'était pas toi. Elle ne l'a jamais été. Sache que je regrette amèrement. Je n'ai jamais été amoureux de Jenny.

En revanche, je t'aime, Anaïs. Je n'ai jamais aimé personne d'autre que toi et tu le sais.

Sa voix se brise et il prend congé sans même m'adresser un regard. À mon tour, je fixe amèrement la porte close. Je voulais une réponse à ma question. À l'évidence, je l'ai obtenue.

La musique et le brouhaha s'engouffrent par la porte au moment où Logan la referme et me rejoint quelques minutes plus tard. Parmi les nombreuses voix et autres braillements, je reconnais celle de Zach, grave et singulière.

— Elle te va bien, sourit Logan en désignant la nuisette en satin.

J'essaie de ne pas prendre un air trop affecté à ce compliment. Je le regarde se diriger vers moi, une assiette en carton contenant une part de gâteau au chocolat ainsi qu'une fourchette à dessert dans les mains.

Sans me quitter des yeux, il vient s'asseoir sur le bord du lit. Ainsi, il a tenu sa promesse. Il est revenu.

— Tu peux rejoindre les autres, tu sais ? suggéré-je, m'efforçant de dissimuler mon mensonge. Je m'en sortirai très bien toute seule.

Je réalise en disant ces mots que je ne suis pas très convaincante. Les yeux de Logan, eux, semblent aussi perdus que moi. Peut-être préfère-t-il rester auprès de moi, tout simplement. Peut-être en a-t-il *besoin* ?

— Ils peuvent se passer de moi pendant quelques instants. Et puis... j'ai envie d'être avec toi.

Il attend une réponse de ma part, un assentiment. Il scrute mes yeux, les sonde. Mon regard est neutre, indéchiffrable, mais les émotions qui m'assaillent, elles, sont tangibles et perceptibles – du moins pour moi, à défaut de l'être pour lui.

Logan coupe un morceau de gâteau à l'aide de la fourchette qui le transperce et s'approche un peu plus de moi. Il pousse un soupir, léger, sifflant, avant de porter la fourchette jusqu'à ma bouche. Encore nauséeuse, je fais un effort surhumain pour l'entrouvrir.

Il me regarde et m'écoute mastiquer, un sourire triomphant sur les lèvres. Puis il engloutit une bouchée à son tour. Nous savourons le silence qui nous enveloppe autant que ce fondant au chocolat.

— Il faut que je t'avoue quelque chose, Logan, dis-je au bout d'un moment, le cœur battant la chamade.

Il tourne les yeux vers moi, attendant que je prenne de nouveau la parole. Je m'éclaircis la gorge et ouvre la bouche :

— J'ai lu le journal de Jenny.

Les yeux résolument fixés sur l'assiette, Logan acquiesce. *Et encore, ce n'est que le début,* songé-je. Quelle sera sa réaction lorsqu'il apprendra la grossesse – non désirée – de Jenny ? Aussi douloureuse soit cette nouvelle, je dois la lui dire. Il a le droit de savoir – et moi de comprendre. Je ne peux décemment vivre en gardant ce secret pour moi toute seule. Quelqu'un d'autre doit en porter le poids.

Songeant aux différentes façons d'aborder le sujet, je décide qu'il n'y en a aucune qui serait susceptible d'en atténuer le sens. Aussi, j'opte pour la sobriété :

— Elle évoque votre nuit passée ensemble.

Logan passe une main dans ses cheveux, preuve de sa nervosité.

— Je suis sincèrement désolé, Anaïs. Si tu savais à quel point je m'en veux. Je regrette tellement.

Il pousse un soupir, incapable de soutenir mon regard.

— On était bourrés tous les deux et on s'est réveillé sans comprendre ce qui nous était arrivé. On n'a jamais réitéré cette nuit-là. Je ne te demande pas de me pardonner. Seulement de me croire. C'est important pour moi que tu le saches.

Le silence se fait. Un ange passe – Jenny ?

— Je te crois, Logan.

— Merci.

Il renifle tandis que j'hésite à poursuivre. Profitant de ma lucidité retrouvée, je décide d'aller jusqu'au bout de cette conversation :

— Il y a autre chose...

Logan se tourne vers moi et hausse un sourcil. L'espace d'un court instant, j'hésite à lui avouer mon rapprochement physique et charnel avec le père de ma défunte meilleure amie, avant de finalement me raviser et de déglutir avec peine.

— Dans le journal de Jenny, j'ai découvert une échographie.

Je retiens mon souffle. Mon cœur va exploser tandis que mes larmes continuent de couler.

— Elle... Elle était enceinte. De toi.

J'entrevois le visage devenu blême de Logan. Sous le choc, bouche bée, il manque de s'étouffer avec sa fourchette.

— Quoi ? Attends, tu déconnes, là ? dit-il d'une voix morne.

Il se terre dans son silence introspectif. Je l'imagine se flageller pour avoir ainsi osé dépuceler ma meilleure amie sans aucune protection. Quant à moi, l'idée qu'il ait pu désirer une autre que moi, même ivre, me révulse. Jenny représentait-elle un fantasme à l'instar d'Ángel pour moi ?

Le voir ainsi, abattu, me fait de la peine. Soudain, je n'ai plus faim. Je veux dormir. Je veux oublier mon comportement puéril de ce soir ainsi que cette conversation. Logan doit digérer cette nouvelle du mieux qu'il le peut – il avait conçu un enfant et aurait pu devenir père si celui-ci avait vécu, et à supposer que Jenny aurait fait le choix de le garder, ce dont je doute.

Les yeux mi-clos, je regarde Logan se lever et poser l'assiette sur le guéridon. Je l'entends rabattre la couverture sur lui au moment où il se glisse doucement dans le lit, à côté de moi. Je me demande vaguement ce qu'il a en tête, mais refuse de lui poser directement la question, trop épuisée pour parler.

Je sens ses doigts caresser mon dos, puis remonter doucement jusqu'à ma nuque, effleurant mes cheveux défaits au passage. Il me donne un baiser sur la tempe, puis sur la joue.

Mes paupières s'alourdissent tandis qu'il me caresse encore, dessinant des cercles dans mon dos. J'ai envie de résister, de lutter à l'appel du sommeil. Mais j'en suis incapable. Toutes ces émotions mélangées à la quantité d'alcool consommé m'ont épuisée, mon cerveau et mon cœur sont en vrac.

Bientôt, le sommeil a raison de moi. Je me détends imperceptiblement, bercée par la respiration mélodieuse de Logan – nourrissais-je encore quelque (res)sentiment ou de la rancœur à son égard ? – ainsi que les battements réguliers de son cœur. J'ignore si c'est réel ou si je suis déjà happée par un rêve. Je n'ai pas la force de me réveiller pour vérifier, mais je crois entendre Logan susurrer à mon oreille : « Dors, ma puce. Je suis là. » Ces mots, semblables à ceux prodigués par Lilian, me bercent doucement. Puis un baiser humide sur mon front pour accompagner ses mots. Et puis, plus rien.

Il fait jour lorsque je me réveille quelques heures plus tard, le lendemain matin. Les rayons du soleil s'infiltrent à travers la fenêtre, diffusant une lumière vive dans la chambre. Tellement vive que je gémis en me retournant dans le lit.

Si ouvrir les yeux m'est difficile, me lever est mille fois plus pénible. Ma tête m'élance ; elle est comme prise dans un étau invisible. La douleur est atroce, horrible, fulgurante et tenace.

Une main sur mon front, je grimace, accueillant ma première – et dernière – gueule de bois du mieux que je peux – c'est-à-dire mal.

Je me redresse, la bouche anormalement sèche et pâteuse, et me laisse glisser jusqu'au bord du lit avec l'usure d'une personne âgée que le temps aurait affaiblie. Mes membres sont raides et ankylosés. Je me demande comment les consommateurs d'alcool osent réitérer cette expérience – à ce jour inédite pour moi.

Ce faisant, je me rappelle quelques bribes de ma conversation avec Logan. Je me souviens de tout ou presque avec une précision déconcertante : mon arrivée ici, ma brève conversation avec Morgane, l'action ou vérité, mon ivresse, en passant par ma dispute avec Logan, jusqu'à mon atterrissage ici, dans la chambre de la sœur de Logan. Où est-il, d'ailleurs ?

Après avoir ôté la nuisette gentiment prêtée par ce dernier, je remarque mes vêtements lavés, repassés et pliés sur la chaise qui me fait face. M'approchant, je les enfile rapidement, frissonnant au contact du tissu frais sur ma peau nue. Ils sentent bon l'adoucissant, toute trace de vomi ayant disparu. Je me demande si Logan les a lui-même lavés ou s'il a eu recours à une aide extérieure comme le pressing.

Je chancelle dans les escaliers, une main sur mon crâne endolori – jamais plus je ne boirai d'alcool – et parviens tant bien que mal – le sol bouge anormalement – jusque dans la cuisine, où je retrouve Logan.

— Salut, m'accueille-t-il avec un sourire chaleureux tandis qu'il repose son bol de café sur le comptoir derrière lequel il est assis.

— Salut, réponds-je faiblement en essayant vainement de faire taire mes maux de tête.

J'ai envie de demander à Logan une aspirine ou deux, afin de faire passer ceux-ci au plus vite, mais il me devance, anticipant ma question.

— Tu veux un café ? me demande-t-il posément en se levant de son tabouret.

— Plutôt un jus d'orange, si tu as.

Je réprime une moue de douleur. Je n'ai que ce que je mérite. Je l'ai bien cherché, après tout.

Logan ouvre un placard, en sort deux verres : un grand et un plus petit. Il verse du jus d'orange dans le grand et une aspirine ainsi que de l'eau dans le second.

Je l'observe, reconnaissante de son silence et de sa compréhension. Par chance, il m'a épargné la fameuse question « Bien dormi ? » à laquelle j'aurais été forcée de mentir.

Logan pose les deux verres sur le comptoir de la cuisine et m'aide à m'asseoir sur un tabouret haut à côté de lui. Le malaise entre nous est palpable.

Je sirote silencieusement mon verre de jus d'orange, alterne avec mon verre d'eau tandis que Logan savoure son café au lait.

Mon estomac, qui a décidément toujours un timing parfait, fait des bruits bizarres. Je baisse les yeux, honteuse, la main posée sur mon ventre. J'ignore à qui donner la priorité : à ma tête – bien que l'aspirine ne devrait pas tarder à agir – ou bien à mon ventre qui, à son tour, fait des siennes.

— Tiens, dit Logan en me tendant une tartine de pain en retenant un gloussement, visiblement amusé par les acrobaties spectaculaires de mon estomac. Tu devrais manger un peu. Il me semble que ton estomac est du même avis que moi.

Il me jauge, me titille. J'ai envie de rire, moi-même amusée par cette situation risible. Toutefois, je fais mine de le regarder de travers. Cette fois, je décide de suivre son conseil et mords dans la tartine, timidement d'abord, puis plus généreusement. Ça fait du bien de manger un peu.

Sentant les yeux de Logan se poser sur moi, je me tourne légèrement pour le regarder à mon tour. *C'est moi,* ai-je envie de lui dire. *Je suis de retour.* Bien sûr, je ne serai jamais plus la Anaïs innocente et frivole des débuts, du temps où Jenny vivait encore parmi nous. Toutefois, il subsiste encore une part de moi, si infime soit-elle, qui a survécu au drame, à la tragédie, à la mort. Une survivante. Voilà ce que je suis.

Logan me sourit, de ce sourire chaleureux et franc. Je m'étonne que la nouvelle de la grossesse accidentelle de Jenny ne l'ait pas davantage affecté. Peut-être n'était-il pas amoureux d'elle ainsi qu'il l'affirmait, après tout, ce qui expliquerait sa réaction – ou plutôt son absence de réaction.

Logan repose son bol encore fumant. Il se rapproche légèrement de moi et tend sa main sur ma joue pendant qu'il me dévisage. L'espace d'un instant, je crois qu'il va m'embrasser – et je m'aperçois que je ne le repousserai probablement pas. Mais il se contente de caresser ma joue rosie et de replacer une mèche de mes cheveux derrière mon oreille. Je déglutis péniblement en le regardant faire. C'est alors que Zach fait soudain irruption dans la pièce, traînant les pieds et grattant son torse par-dessous son T-shirt sale.

— Oups. Pardon. Je dérange ?

Aussitôt, Logan retire sa main de ma joue et nous nous reculons l'un de l'autre, comme si nous venions d'être pris la main dans le sac.

Zach se joint à nous pour ce petit-déjeuner tardif, après quoi nous entreprenons de ranger l'appartement de fond en comble avant le retour de la sœur aînée de Logan.

Ayant acquis une certaine maîtrise en tâches ménagères, je n'ai aucun mal à venir à bout de chacune des pièces – huit au total – de cet appartement, ce qui me vaut le respect et l'admiration des deux garçons.

Aux alentours de quinze heures, une fois le ménage terminé, Logan m'informe que lui et les autres prévoient d'aller déjeuner au McDo et me propose donc tout naturellement de me joindre à eux. Je suis sur le point de répondre – pourquoi pas ? – quand mon téléphone portable vibre dans la poche de mon jean. Entre les évènements de la veille et ce matin, j'ai complètement oublié de vérifier mes messages vocaux et autres SMS. Je me souviens brusquement que j'étais censée appeler Maria avant minuit pour lui donner de mes nouvelles.

Je profite de ce que les garçons sont partis sortir les poubelles pour consulter mes messages.

Je découvre deux SMS ainsi qu'un appel manqué de Lilian. J'enchaîne avec quatre appels manqués – tous provenant de la maison. Mon angoisse s'accroît à l'écoute desdits messages. Je reconnais la voix chantante de Maria sur les trois premiers, puis celle, autoritaire et froide, de mon père. *Merde. Ils sont rentrés.* Je l'aurais su si j'avais appelé Maria ainsi qu'il était convenu.

Tel que je le connais, mon père doit être dans tous ses états, comme à son habitude. Mais qu'est-ce que je lui ai fait, à la fin ? Pourquoi m'en veut-il à ce point ? Toujours à guetter le moindre faux pas de ma part, contrairement à mon frère qui, lui, s'en tire toujours avec les honneurs. C'est injuste – et injustifié.

Je fixe l'écran de mon smartphone, le regard vide. Je suis ailleurs, déconnectée du monde réel au moment où Logan et Zach reviennent.

Je décline l'invitation à regret, prétextant un impératif familial. Logan semble déçu.

J'étreins rapidement les deux garçons tour à tour. Ça me fend le cœur – j'aurais tant aimé rester encore un peu – mais je dois impérativement rentrer chez moi, sans quoi Maria risque d'avoir des ennuis par ma faute. Tel que je le connais, mon père est capable de la congédier sur-le-champ simplement parce qu'elle s'est portée volontaire pour me couvrir, assumant la pleine responsabilité de mes actes. Je dois à tout prix éviter ça et réparer mes erreurs, quitte à être punie pour le restant de mes jours. Maria n'a pas à subir les conséquences de mes actes.

48

La nausée me gagne lorsque je descends du bus. Avant de me faire assassiner par mon père, je décide d'aller faire un saut chez Ángel. J'ai besoin de le voir, de savoir qu'il va bien. Ce faisant, je décide d'éteindre mon portable – mon père me tombera dessus bien assez tôt – et le fourre dans ma poche.

Je ralentis, stupéfaite, à la vue d'un panneau « À vendre » cloué sur une fenêtre. Me serais-je trompée d'adresse ?

J'avance. Soudain, je me rappelle que je dispose encore du double de la clé. Aussi, je m'en saisis et l'introduis en hâte dans la serrure.

Poussant la porte dans un grincement familier, je constate avec effroi que la maison est vide. Nue. Dépouillée de toute vie. De toute humanité. La cuisine est méconnaissable, au même titre que les autres pièces. À croire que personne n'a vécu ici. Et si ce n'était qu'une affabulation de ma part ? Et si tout cela n'était en réalité qu'un leurre, qu'une imposture ?

J'examine le moindre recoin de chaque pièce, à la recherche du moindre indice me mettant sur une piste tel un inspecteur sur les lieux d'un crime. Je cherche sans parvenir à comprendre. J'espère secrètement qu'un miracle va se produire. En vain. Je dois me rendre à l'évidence : *il* est parti, emportant avec lui les derniers souvenirs de moi – de « nous » – ainsi que de Jenny. J'espère seulement que là où il est, il est vivant et bien portant.

Je vacille légèrement en entrant dans la chambre d'Ángel. Le lit est défait, les draps encore imprégnés de notre odeur à tous les deux. Les yeux fermés, je le revois me faire doucement l'amour ici même, avec une infinie tendresse. Il était si beau au-dessus de moi, son sexe plongé dans le mien, avide et mouillé. Si beau. Si réel. Si... à moi – l'espace d'une nuit, du moins.

En entrant dans la chambre de Jenny – dans laquelle je m'étais pourtant promis de ne plus mettre les pieds – je remarque qu'elle est vide. Plus aucun poster, plus aucun vêtement dans le dressing. Même la brosse à cheveux ainsi que son maquillage ont disparu. Ainsi, M. Peña a vidé cette pièce sans même m'en avertir – même s'il en avait parfaitement le droit, après tout.

Seule la salopette de ma défunte meilleure amie repose sur le lit recouvert d'une couette grise.

M'approchant, je distingue un bout de papier posé sur le vêtement, et sur lequel il est écrit «Merci». Ce mot, signé de la main d'Ángel, seul héritage de notre histoire éphémère, et dont je connais à présent le sens caché.

Je le lis plusieurs fois et, tandis que j'enfile la salopette en jean, je laisse mes larmes couler sans résistance aucune. J'ai pleuré Jenny parce qu'elle est morte. Je pleure Ángel parce qu'il est vivant.

Je comprends avec amertume la visite inopinée de Miguel, son associé; de ce pli qu'il m'avait remis – les papiers de mise en vente de la maison – de son voyage improvisé à Barcelone – où je devine qu'il avait dû rendre visite à Anne, afin qu'elle signe lesdits papiers en vue de toucher sa part de la maison. Tout prend sens dans mon esprit quelque peu embrumé. J'espérais seulement qu'il n'y avait pas découvert les vraies raisons qui avaient poussé Jenny à s'expatrier – sa grossesse accidentelle et non désirée.

Peu de temps après la mort de Jenny, j'avais composé son numéro. Je voulais lui parler, entendre le son de sa voix. Bien sûr, j'étais directement tombée sur sa messagerie : « *Coucou. Vous êtes bien sur le répondeur de Jenny Peña. Si vous tombez sur ce message, c'est que je ne suis pas là ou que je suis morte. Je plaisante. Après le bip, vous savez ce qu'il vous reste à faire.* » Raccrocher. Voilà ce qu'il me restait à faire.

Je ne voulais croire à sa disparition. Aussi, avais-je eu l'envie – le réflexe – d'en avoir le cœur net. Sa voix était si réelle et si vivante. Elle était *elle*. Pleine de vie et d'entrain.

Reniflant, je sors mon portable et l'allume. Mon père a, une fois de plus, essayé de me joindre, mais je m'en fous. Qu'ils aillent se faire foutre, lui et ma mère. Eux qui n'ont jamais eu la moindre considération à mon égard ni tenté de me comprendre, *a fortiori* depuis la mort de ma meilleure amie.

Je tape rapidement un message à cette dernière, que je relis avant d'envoyer : *Je te pardonne.*

Après m'être assoupie sur le lit de Jenny, je me réveille en sursaut. Je jette un rapide coup d'œil sur ma montre en poussant un juron. Il est tard. Je dois me dépêcher de rentrer avant que mon père ne lance un avis de recherche – tel que je le connais, il en est parfaitement capable, mais pas pour les raisons que l'on croit.

Dans un dernier regard, je fais mes adieux à cette chambre ainsi qu'à cette maison. J'imagine que M. Peña n'aura aucun mal à la vendre et qu'il en tirera un très bon prix.

Dehors, je presse le pas, me mettant à courir après le bus qui vient tout juste de partir. La circulation est dense à cette heure-ci de la journée, même pour un dimanche. Je dois à tout prix attraper ce bus si je ne veux pas arriver davantage en retard à la maison.

Mais, le bus va trop vite pour moi. Aussi, je slalome entre les voitures, provoquant la colère et les insultes des automobilistes.

Les klaxons fusent de toutes parts. Je me sens comme le méchant essayant de semer vainement le héros.

À bout de souffle, je ralentis le pas, agitant les bras en l'air en un mouvement désarticulé, errant au milieu de la route comme *Rain Man*, lorsqu'une voiture en sens inverse klaxonne bruyamment.

Je vois le véhicule foncer droit sur moi, mais ne bouge pas, paralysée par une force invisible sur laquelle je n'ai aucune emprise.

Je regarde la voiture, les yeux écarquillés de stupeur. Je n'ai pas peur. Je laisse le Destin choisir pour moi. Un bruit horrible, assourdissant retentit alors, me projetant sur plusieurs mètres. Puis un cri strident. Puis, plus rien. Le noir. Et le silence. Un silence macabre et funeste.

49

Jenny est aussi belle que dans mon souvenir. Elle n'a absolument pas changé – on change rarement dans la mort, me direz-vous. Elle baigne dans un halo de lumière céleste, semblable à un ange. À mon tour, je m'avance – je vole ? – vers une lumière blanchâtre, mais non moins apaisante.

Jenny me sourit. Elle me dit qu'elle va bien, qu'elle est en paix et qu'elle ne souffre pas. Bien sûr, elle aurait aimé vivre plus longtemps, mais c'est ainsi. Il faut l'accepter. Je devine que ce message à peine codé m'est adressé directement. Il est censé m'apaiser, me tranquilliser. Je sens les larmes me monter aux yeux. J'essaie de déculpabiliser, car si je ne suis pas responsable de sa mort, je n'aurais, en revanche, pas dû me rapprocher de son père, même pour tenter de le guérir – de nous guérir tous les deux. Aussi, je lui demande de me pardonner.

Je suis étonnée, pour ne pas dire choquée, quand Jenny m'offre d'emblée son pardon. Je ne mérite pas son amitié, même à titre posthume. Je me sens bien avec elle. Elle me manque tant.

Je tends la main vers elle. Mais Jenny secoue la tête, refuse de la prendre. J'insiste. J'essaie de la toucher, mais j'en suis incapable. Elle ressemble davantage à un hologramme qu'à un être fait de chair et d'os ; elle n'est pas palpable. Je crie, je hurle : *S'il te plaît, Jenny, emmène-moi avec toi. Je suis prête. C'est là que je veux être, près de toi.* Mais rien n'y fait. Elle ne m'entend pas, mes cris se muant en murmures à peine audibles. Moi, je peux l'entendre, en revanche, ce qui est d'autant plus frustrant.

Elle me dit, d'une voix doucereuse et posée, sereine, qu'aussi douloureuse soit la vie, je dois vivre, je dois me battre, lutter pour me frayer un chemin parmi les vivants. Car, selon elle, c'est ici qu'est ma place, et non là-haut, auprès d'elle. Un jour, bien sûr, je mourrai. Mais ce jour-là n'est pas encore arrivé. Je dois vivre sans me préoccuper de la mort, savourer chaque instant de chaque jour comme si c'était le dernier. Profiter des vivants.

Elle s'approche de moi et, d'un sourire angélique, me remercie d'avoir bien voulu aider son père à faire son deuil. Elle pose sa main transparente sur moi et je la sens à peine. Soudain, je sens une autre main, plus tiède, se poser délicatement sur la mienne lorsque je m'éveille, les larmes cristallisées aux coins des yeux.

— Anaïs. Ma puce, souffle Lilian en pressant davantage ma main, visiblement soulagé de me voir revenir à moi.

Étais-je dans le coma ?

Il me sourit et pose un baiser sur le dos de ma main. Je balaye la chambre d'hôpital du regard d'un air paniqué.

— Que s'est-il passé ? Pourquoi suis-je ici ?

— Tu as eu un accident, ma puce. Ils ont dû te transporter d'urgence à l'hôpital.

Je le regarde de mes yeux vitreux sans comprendre. Un accident ?

— Tu as une commotion cérébrale, une fracture du tibia et trois côtes cassées, ajoute mon frère en dessinant de petits cercles sur ma main, réchauffée grâce à lui. Les médecins disent que tu t'en sortiras sans trop de séquelles. D'après eux, tu seras de nouveau sur pied d'ici deux ou trois jours.

Je laisse passer un silence pour digérer ces informations du mieux que je peux, et aussi pour tenter de me remémorer les évènements précédant mon accident. Je me souviens être entrée chez Ángel, avoir enfilé la salopette de Jenny, puis avoir couru après le bus, et... Mon Dieu ! J'ai vu Jenny. Elle m'est apparue. Pour de vrai. Je lui ai même parlé. Je dois garder cela pour moi, sans quoi mon entourage me prendra pour une folle.

— Tu nous as fait peur, p'tite sœur. On a cru qu'on allait te perdre.

« On » ? Qui ça, « on » ? Mes parents sont-ils là, eux aussi ?

Je m'interroge vaguement sur la question tandis que Lilian laisse tomber sa tête sur mon ventre. Prise au dépourvu, je me mets à lui caresser doucement les cheveux et l'arrière de son crâne. Je l'observe. Ses traits sont tirés. Il semble fatigué. J'imagine qu'il n'a pas beaucoup dormi ces dernières heures. J'ignore quelle aurait été ma réaction si mon frère s'était trouvé à ma place, allongé sur ce même lit d'hôpital.

Nous restons ainsi une minute ou deux, le silence nous enveloppant agréablement tous les deux. Finalement, Lilian relève doucement la tête, baisse légèrement les yeux en essuyant les larmes qui ont coulé le long de ses joues. *Oh ! Lilian ! Je suis désolée.*

— Je vais chercher une infirmière, dit-il après avoir reniflé.

Il se lève du lit.

— Ça va aller ?

J'acquiesce d'un faible hochement de tête. Penché au-dessus de moi, Lilian dépose un baiser sur mon front et me donne une caresse sur la joue.

— Je reviens bientôt, m'assure-t-il en me dévisageant et en me souriant. Promis. En attendant, repose-toi, d'accord ?

J'acquiesce de nouveau tandis qu'il m'embrasse la joue, cette fois. Il me regarde. Je le sens hésiter. En le voyant ouvrir la bouche, je redoute pour la première fois les mots qui vont en sortir. Que va-t-il dire ?

— Avant de m'en aller, j'aimerais élucider quelque chose.

Je déglutis, encore dans les vapes, probablement à cause des médicaments que l'on m'a administrés.

— S'agissait-il d'un simple accident ou d'autre chose, Anaïs ?

Le suicide. C'est à cela que Lilian fait allusion. J'avoue y avoir moi-même songé une ou deux fois après que Jenny nous a quittés. Ai-je eu envie de me jeter volontairement sous cette voiture ? Je ne crois pas.

Lilian détourne le regard. Mon silence est suffisamment éloquent. Oui, je l'admets. Je n'ai opposé aucune résistance au moment où la voiture a tenté de freiner. Je suis restée là, au milieu de la route, incapable de bouger. J'étais sous le choc. Mais ce n'était pas volontaire. Non.

Je regarde Lilian – inutile d'ajouter quoi que ce soit – s'éloigner en direction de la porte, avant de disparaître. Lilian est si bon, si protecteur avec moi. Il m'a manqué – comme toujours. Certes, j'aurais aimé que l'on se revoie dans d'autres circonstances, mais il était là, et c'était là l'essentiel.

La perfusion qui diffuse des antibiotiques dans mes veines me rend molle et groggy. J'ai envie de dormir. Encore. Je souris malgré moi en repensant à toutes les fois depuis la mort de Jenny où le sommeil n'a pas voulu de moi, me rejetant comme une malpropre. Aujourd'hui, je tiens ma revanche.

Mes yeux se ferment doucement. J'espère secrètement revoir Jenny durant mon sommeil. Mentalement, je l'appelle. *Jenny ? Es-tu là ?*

À ma grande surprise, ce n'est pas elle que je vois, mais *lui*. Ángel.

Lorsque je rouvre les yeux – j'ignore combien de temps j'ai dormi – je découvre ma mère assise sur un fauteuil dans un coin de la chambre. Ses yeux sont rouges et humides – elle a pleuré ? Pour moi ? Elle serre un mouchoir blanc, froissé dans sa main droite. Mon père se tient à debout à côté d'elle. Sa main est pressée sur son épaule en un geste réconfortant et sincère. Je les entends parler. De moi.

Je lutte pour ouvrir les yeux plus grands, mais je n'en ai pas la force. C'est trop violent, trop irréel. Surréaliste, même. Mes parents sont là. Pour moi. Pas pour mon frère, leur fils prodigue. Mais pour *moi*.

Ils ont l'air fatigués, éprouvés. De toutes les personnes qui me sont chères, mes parents sont les derniers à qui j'imaginais manquer un jour. Jamais je n'aurais pensé voir ma mère verser des larmes pour moi. Mon père, lui, est égal à lui-même, même si la douleur et le chagrin se peignent sur son visage. Lui qui, d'ordinaire, est si impassible, je peux voir tout un tas d'émotions transparaître à travers ses yeux.

J'entends mon père marmonner quelque chose à ma mère – il va descendre à la cafétéria manger un morceau et passer quelques coups de fil, puis il reviendra auprès de nous.

Après avoir donné un baiser à ma mère qui presse sa main avant de la lâcher, mon père s'approche du lit dans lequel je me trouve. Il me caresse la joue – cette même joue qu'il a giflée quelques jours auparavant – comme pour s'excuser.

Je me liquéfie dans une sensation et une douceur agréables.

Au moment où mon père me baise le front, je l'entends me murmurer : « Repose-toi, ma chérie. Papa revient bientôt. » Je sens alors toute l'émotion contenue, dissimulée dans sa voix. Il se retient, je le sens. Ces mots réconfortants me touchent en plein cœur et me bouleversent. J'ai envie d'ouvrir les yeux et de le prendre dans mes bras. De le serrer si fort contre moi qu'il ne voudra pas me quitter, même pour se nourrir. *Papa*. Mon papa. À moi.

Ma peau s'électrise au contact de ses doigts. C'est si agréable. Si libérateur. Si salvateur, aussi. Bien plus que les médicaments que l'on m'administre. Papa est doux et beau lorsqu'il n'est pas en colère. Je lui pardonne. Dans ma tête, je le lui dis : « Je te pardonne. » Tu es mon père, et malgré tout ce qui a pu se passer entre nous, je te pardonne.

Je l'entends plus que je le vois se tourner vers ma mère et lui demander, d'une voix calme et posée :

— Veille sur elle jusqu'à mon retour.

Ma mère acquiesce d'un « oui » faible et émouvant. J'ordonne à mes yeux de s'ouvrir, mais ceux-ci refusent de m'obéir.

— Je t'aime, murmure mon père à mon oreille avant de s'éclipser, nous laissant seules, ma mère et moi.

Il m'aime ? Si seulement il m'avait avoué ces trois mots plus tôt. Avant que ma vie ne bascule définitivement. Avant que Jenny ne meure dans d'atroces souffrances. Avant qu'Ángel ne me quitte à son tour après m'avoir fait l'amour – cela, mon père ne doit jamais le savoir. Ou bien à mes huit ans, lorsque je suis tombée de vélo et que j'ai pleuré toutes les larmes de mon corps. Pourquoi ne les avait-il pas dits auparavant ? Était-ce si difficile que cela à admettre ?

Lorsque je m'éveille enfin, ma mère se précipite jusqu'à mon lit, sur lequel elle s'assoit avec précaution, en prenant soin de ne pas me faire mal.

Je lui souris faiblement, grimace en voulant me redresser. Nouvellement bienveillante et serviable à mon égard – je m'interroge quant à ses motivations – ma mère m'aide à m'asseoir dans le lit, place l'oreiller sous ma tête, et me verse un verre d'eau, qu'elle porte jusqu'à mes lèvres asséchées. Pourquoi ce revirement soudain ? Pourquoi cet intérêt nouveau pour moi ?

Le regard triste et larmoyant qu'elle pose sur moi me fait autant souffrir que mes blessures internes, si ce n'est davantage. Je ne comprends pas leur réaction à tous les deux. Je suis perdue. J'ai besoin que l'on m'explique. Ce contact, ce rapprochement, cette pseudo proximité mère/fille... Tout cela est nouveau pour moi – et pour elle. Ma mère et moi n'avons jamais été fusionnelles, loin de là. Contrairement à Jenny et à Anne, dont j'enviais la relation. C'est important, une mère, malgré tout. Maria a certes comblé ces lacunes maternelles, mais elle n'est pas *ma* mère. Celle qui m'a portée durant neuf mois, avant de me mettre au monde.

Jamais elle ne m'a serrée dans ses bras. Jamais elle ne m'a donné un surnom affectueux comme le font généralement les mères avec leur fille. J'ai toujours eu l'impression qu'elle m'évitait, fuyait ses responsabilités. Je n'ai jamais su pourquoi elle agissait ainsi avec moi, en ma présence. Je n'ai jamais compris ni toléré cette distance entre nous. À tel point que, petite déjà, je me suis demandé si je n'avais pas été adoptée. Avais-je fait ou dit quelque chose de mal ? Avait-elle honte de moi pour une raison qui lui était propre ? Étais-je le fruit d'une grossesse non désirée – ce n'est pas comme si elle n'avait pas déjà eu un fils. Ou bien étais-je un accident, le fruit d'une liaison extraconjugale dont mon père ne savait rien ou, au contraire, dont il savait tout – raison de son probable rejet ?

Je revois Jenny riant de mes hypothèses, toutes plus farfelues les unes que les autres. Du haut de mes douze ans, j'ai même imaginé que ma mère devait être une sorte de reine ou une personne importante, influente, m'interdisant de l'approcher à moins de cent mètres, contrainte de respecter le protocole à la lettre. À l'époque, je trouvais cela sensé. Logique. Mais à présent que je me retrouvais face à cette femme – une inconnue, du moins dans mon cœur – je caressais l'espoir de connaître enfin la vérité.

Ma mère prend ma main dans la sienne et me dévisage longuement. Elle essuie quelques larmes imaginaires sur ses joues.

Je déglutis tandis que ma mère relève les yeux et les pose à nouveau sur moi. *OK. Je suis prête pour les révélations. Non. En fait, pas du tout. Est-ce que ça ne peut pas attendre encore un peu ?*

Je baisse les yeux à mon tour. Je crains le pire. Que va-t-elle m'apprendre ? Que j'ai été adoptée ? Ou pire encore ? Je me sens mal, tout à coup. Et ce silence qui n'en finit pas. *Achevez-moi tout de suite, par pitié !*

— Ton père et moi avons eu si peur de te perdre, ma chérie, souffle ma mère en retenant ses larmes et en approchant son autre main pour me caresser la joue.

Je réprime un frisson, les yeux écarquillés. « Ma chérie » ? Ça aussi, c'est nouveau. Il va falloir que je m'habitue (ou pas).

— Pardonne-moi, Anaïs.

Elle veut que je lui pardonne ? Pourquoi, au juste ? Pour n'avoir pas su jouer son rôle de mère comme je l'aurais souhaité ?

Sur le ton de la confidence, elle me raconte qu'elle a failli me perdre à ma naissance. Ainsi, j'apprends qu'elle a fait plusieurs fausses couches après l'arrivée de Lilian. Aussi, lorsqu'elle a appris qu'elle était de nouveau enceinte, ma mère était peu optimiste et s'apprêtait déjà à me faire ses adieux avant même ma venue au monde. Elle n'était pas certaine de pouvoir mener cette grossesse jusqu'à son terme, physiquement et moralement épuisée.

Elle se met à nu, m'explique tout jusque dans les moindres détails : la vive émotion qu'elle a ressentie lorsque je suis finalement née. Leur joie, à elle et à papa. Leur peur, aussi. Mon poids à la naissance, ma taille. Des petits détails *a priori* insignifiants, mais qui ont leur importance pour moi.

J'écoute cette femme – ma mère – se confier à moi. Je la regarde comme si je la découvrais pour la toute première fois. Comme si je la retrouvais enfin. Mes yeux baignés de larmes vont de sa bouche à ses yeux. Je la trouve belle malgré ma vue brouillée. *Tu es belle, maman. Je t'aime.*

Au fur et à mesure que je l'écoute, l'épais brouillard dans ma tête se dissipe peu à peu. Tout s'ordonne, levant progressivement le voile sur les zones d'ombre de ma vie.

À présent, je comprends mieux les raisons qui ont poussé ma mère à mettre de la distance entre nous. Je suis soulagée d'apprendre qu'elle ne souffrait pas d'un quelconque déficit maternel, ainsi que je le pensais. Au contraire. Elle m'aimait. Elle m'aime. Seulement, elle a toujours eu peur de me perdre, culpabilisait, se refusait à moi par peur de s'attacher. Et après l'accident dont j'ai été victime, ma mère – et mon père – a cru me perdre pour de bon, révélant son instinct maternel au grand jour – et pour mon plus grand bonheur.

Au terme de ces révélations ô combien émouvantes – et nécessaires – ma mère m'enlace tendrement dans ses bras en me demandant pardon à nouveau. Quant à moi, je ne réagis pas. Je suis sous le choc, abasourdie. Ça fait beaucoup d'informations d'un seul coup. Si j'avais su qu'elle s'ouvrirait ainsi à moi, je me serais jetée sous une voiture plus tôt.

— Je vais aller voir ton père et lui dire que tu es réveillée, me prévient ma mère en se levant.

Elle imite mon père en me donnant un baiser sur le front, puis se dirige vers la porte. Je la suis du regard, l'air hagard. Je n'en reviens pas.

Je réprime un bâillement. Lentement, je ferme les yeux. Encore. Je suis lasse, épuisée. J'ignore si c'est le contrecoup de l'accident ou si c'est à cause des aveux de ma mère qui résonnent en moi. Quelle que soit la cause à ma fatigue soudaine, je me rendors sitôt la porte refermée.

Épilogue

La maison a été vendue. Avant que les nouveaux propriétaires n'emménagent, je suis allée relever le courrier une dernière fois, avant que le changement d'adresse ne soit fait sur la boîte aux lettres. Parmi les quelques lettres, il y en avait une adressée à Jenny.

Curieuse, je l'ai ouverte. Elle contenait une courte lettre de Kendji, accompagnée d'une photo dédicacée. J'ai été émue aux larmes en lisant cette lettre, malheureusement parvenue trop tard à sa destinataire. J'ai regretté que Jenny ne soit pas là pour en apprécier chaque mot. Elle aurait été si heureuse, aurait probablement sauté de joie en se pendant à mon cou. J'aurais tellement aimé partager sa joie communicative.

À Barcelone, une cérémonie religieuse a été donnée en hommage aux victimes du crash aérien. Quatre mois s'étaient écoulés depuis la tragédie et, malgré tout, la douleur et le chagrin étaient toujours là, palpables.

Voir tous ces gens endeuillés était aussi émouvant que la cérémonie elle-même. Le prêtre espagnol a énuméré toutes les victimes. En entendant le nom de Jenny, j'ai eu un pincement au cœur. Des cierges ont été allumés pour chacune des victimes. Après quoi, nous nous sommes recueillis près d'une stèle érigée tout spécialement à leur mémoire.

L'enquête a conclu à une erreur humaine. Le pilote de l'avion ayant lui-même péri dans le crash, aucune justice terrestre n'a pu être rendue, si ce n'est un dédommagement dérisoire pour chacune des familles des victimes.

*

J'ai réussi à convaincre mes parents d'abandonner le lycée pour m'inscrire aux Beaux-Arts. J'y suis heureuse et fais la fierté de mes professeurs qui ne tarissent pas d'éloges quant à mon talent de dessinatrice.

À l'heure du déjeuner, je quitte l'établissement en saluant quelques camarades au passage. Je regarde le portrait d'Ángel, conservé précieusement dans mon cahier à dessins.

J'ai retrouvé le sourire. Et ce sourire, c'est à lui que je le dois. Il m'a aidée face à l'adversité et je lui dois beaucoup. Grâce à lui, j'ai réalisé que la vie continuait malgré tout. Qu'il y avait une vie après la mort, que je devais profiter de chaque instant et regarder la vie en face.

Je sens deux mains se poser sur mes yeux. Je me retourne, le sourire aux lèvres – c'est lui qui me l'a rendu.

— Logan, soupiré-je avant de me retourner pour l'embrasser langoureusement sur les lèvres.

Dans la collection Nouvelles Pages

Cent papiers Sans pieds – Tiffany Ducloy

La voltigeuse de Constantinople – Laurent Dencausse

Le bal des vampires – Sébastien Thiboumery

Un aigle dans la ville – Damien Granotier

J'ai été accusé du pire – Bernard Joliot

La tueuse de Manhattan – Pierre Vaude

Le Revenu Perpétuel et Ephémère – Didier Curel

Voyage au cœur des hémisphères – Dimitri Pilon

L'Édredon
La revue littéraire de JDH Éditions

Venez découvrir les textes de la revue

Suivez **JDH Éditions** sur les réseaux sociaux
pour en savoir plus sur les auteurs,
les nouveautés, les projets…

Inscrivez-vous à notre Newsletter sur
www.jdheditions.fr
Pour recevoir l'actualité de nos nouvelles
parutions